文学理論をひらく

An Introduction to Literary Theory

木谷　厳 編著　Itsuki KITANI

小川　公代　Kimiyo OGAWA

生駒　久美　Kumi IKOMA

霜鳥　慶邦　Yoshikuni SHIMOTORI

髙村　峰生　Mineo TAKAMURA

Aestheticism
Romanticism
Psychoanalysis
Sigmund Freud
Dream
Unconsciousness
Repression
Oedipus Complex
Gender
Feminism
Angela Carter
The Bloody Chamber
Frankenstein
Mary Shelley
Jacques Lacan
Henry James
The Turn of the Screw
Queer theory
Jane Austen
Racism
Border
Class
Identity
Slavery
American Civil War
Barack Obama
Adventures of Huckleberry Finn
New Historicism
New Criticism
Formalism
Close Reading
Paul de Man
Derrida Modernism
Deconstruction
Metaphor
Irony
Symbol
Allegory

北樹出版

危機と批評
文学研究のクリティカル・モメント

　本書は、「文学を読むとはどういうことか」、とりわけ「英米の文学を研究するとはどのようなことか」という問いをテーマとした本です。よって本書を手に取る読者の方は、大学の文学部あるいは人文系の学部生が多くなるかもしれません。そのような読者のみなさんは、入学以来、少なからず一度は次のような質問を受けたことがありませんか——

　　文学部って、文学を学ぶ学部なの？　そもそも大学で文学を学ぶって実際に何をするの？　何がおもしろいの？

読者のみなさんのなかで、このような問いに理路整然と返答できる方はいるでしょうか。ここで首を傾げているみなさんにはぜひ本書を読みすすめていただきたいと思います。他方、「自分は返答できる！」と自信をお持ちのみなさんには、なおさら本書に目を通し、自らの考えと照らし合わせながら、われわれ筆者との対話を楽しんでもらえれば幸いです。

　まずは文学部の現状から話を始めたほうがよいでしょう。21世紀を迎えてから15年近くが経ちましたが、3.11や原発の問題をはじめ、これまで当たり前のように享受してきた日々の暮らしや、信じていた価値観が根底から揺るがされるようなさまざまな出来事を私たちは経験してきました。このような社会の変動や改革とともに大学をめぐる環境も大きく変わってきています。こうした変化にもっとも晒されている学部のひとつが文学部ではないでしょうか。大学で文学を学ぶことの社会的な意味について、ただの個人的な趣味娯楽としてではなく、学問、知を通じて世のなかにいかに貢献できるかについて、はっきりと答えられない時代です。いまや「文学部の危機」というフレーズは、文学部の枕詞ともいえます。

　このような状況下において、理論的な文学批評は、とくに衰退の一途を辿っていると言われています。奇しくも、文学の批評理論の本場であるアメリカでも同じ傾向がみられています。20世紀における英米文学批評の歴史に名を刻

んでいる J・ヒリス・ミラー（J. Hillis Miller）やエドワード・サイード（本書6章参照）をはじめとする多くの批評家もまた、批評理論のみならず、より広く伝統的な意味での文学を含む人文学（Humanities）そのものの危機を口々に叫んできました。こうしたなかで、文学研究においてもっとも歴史の長い、形式面（作中のイメージがもたらす効果や文体のリズムなど）を分析する精読（close reading あるいは *explication de texte*）の「伝統」について、イギリスにおける批評理論の代名詞ともいえる批評家テリー・イーグルトン（Terry Eagleton）は次のように述べています。

> われわれは今、かなり危ない状況に直面している。文学批評は、その伝統的な役目を二つとも見捨てるという危機に瀕しているのだ。すなわち一方では、文学の形式面に対しておおかたの研究者の感度が鈍くなっているというのに、他方では、批評家の社会的・政治的責任に疑いの目を向ける者たちがいる。現代では、こうした政治的探究は、おおむね文化研究（カルチュラル・スタディーズ）に丸投げされてきた。ところがその文化研究の方は、逆に細やかな形式分析という伝統的な仕事を放り出しがちだ。どちらの研究部門も、たがいに学び合うことがほとんどなかったのだ。(2007, p.16[35])

イーグルトンの議論を整理すると、「文学批評」には「伝統的な役目」が「二つ」あります。一つは、上の通り、文学研究における形式への注目、すなわち精読ですが、その対極にあるとされるのは歴史・政治的あるいは文化研究的なアプローチによる文学の読み方です。文学と政治・経済的要素は不可分であると主張する、いわゆる「マルクス主義的文学批評」は（いささか単純化すれば）後者に属する研究的立場であり、この領域において、イーグルトンは現在もっとも権威ある一人です。そして、何より重要なポイントは、「伝統的な」文学批評のなかでもとくに形式主義の非歴史性に対して批判的な立場にあったイーグルトンですら、文学研究の根幹ともいえる「形式」への細やかな配慮に対する研究者自体の「感度」が鈍ってきていると認識している事実、形式主義批評そのものの存続が「危機」にあることを憂いているという事実なのです。[1]

実をいえば、形式主義的な文学批評が「危機」に瀕しているというイーグル

トンのような考え方は、決して現在だけの問題ではありません。この思考を英米文学批評において、もっとも鮮やかに論じたのは、第二次世界大戦後にベルギーからアメリカに渡ったポール・ド・マン（Paul de Man, 1919-1983）でした。1967年の講演をもとにした「批評と危機」（"Criticism and Crisis"）と題された論文で、ド・マンは「批評」を意味する「クリティカル」（critical）という言葉が同時に「危機的（≒死の淵にある）」という意味（たとえば日常英語でも"critical condition"は「危篤」を意味します）を同時に持ち合わせていることに注目します。ド・マンによれば、この1960年代におけるアメリカの文学研究領域では、人類学や言語学などの社会科学あるいは精神分析など領域横断的な学問の成果を取り入れたアプローチが始まり、「伝統的な」文学批評においてそれまで当然視されていた前提が覆される「危機」感が生じたとされていますが、これは先ほどのイーグルトンの引用と同じ構造といえます（de Man 1983, pp.4-5[14-15]）。[2]

しかし、そのような「危機」において、無根拠に信じている「自己の正しさ」そのものが批判的に——"critical"という語は、ただの「批判」ではなく、このままでよいか、見直すべき箇所はないかという吟味・検討に近い意味をもちます——問われる瞬間＝契機こそもっとも重要なのであるとド・マンは考えます。これをふまえた上で、「危機の概念と批評の概念とは、きわめて密接に結びつくことになり、あらゆる真の批評は、危機というあり方で生ずるとまで言いうるほどなのである」と語るのです（1983, p.8[22]）。この点についてド・マンは、フランス詩人ステファーヌ・マラルメ（Stéphane Mallarmé, 1842-1898）の唱えた「詩の危機」やドイツ人哲学者エドムンド・フッサール（Edmund Husserl, 1859-1938）による「ヨーロッパ諸学の危機」など、「人文学」と「危機」をテーマにした論考を例にあげながら、次のように言い換えています。

> ［文学的］哲学的な知は、自己自身に立ち返るときにのみ生ずるのだ［…］。しかし、それはまさに同じテクストのなかで、ただちに反対のことを始めてしまう。危機のレトリックはそれ自身の真理を、誤りの叙法において述べる。それは、みずからが発している光に対して根本的に盲目なのである。（1983, p.16[35]）

つまり、自己の洞察がテクストの秘密を暴いたと認識する瞬間、実は、自己

危機と批評　5

の無自覚な価値観や前提などが当のテクストそのものによって暴かれてしまう——最大の洞察が最大の盲点になる——というのが「危機のレトリック」なのであり、ド・マンの批評がこの後「ディコンストラクション」(deconstruction)と呼ばれるようになった所以でもあるのです（詳述は第5章参照）。ド・マンにとって「文学」とは、こうした「危機の形式」の謂いであり、何も特権的な特定の言葉遣いのことを指すわけではありません。批評家たちが「文学など必要ないと主張するその瞬間＝契機にも、文学はどこにでも存在している」のです（1983, p.18[38]）。したがって、人類学、言語学、そして精神分析もまた、「ヒュドラ［頭部を切り落としてもたちまち再生するギリシア神話の怪物］の頭のように再び姿をあらわした文学にすぎない」とド・マンは主張しています（1983, p.18[38]）。ド・マンは、「理論」もまた「文学」そのものでもあるということを、この「危機＝批評」という関係を通じて論じています。

　このような「批評」と「危機」をめぐるド・マンの卓抜な議論もまた、まったく独自のものではないようです。両者の表裏一体性にもっとも早い段階で気づいた知識人の一人が、ドイツの文芸批評家ヴァルター・ベンヤミン（Walter Benjamin, 1892-1940）です。ベンヤミンが1930年代に出版を構想していた雑誌の名前こそ、『危機と批評』（Krisis und Kritik）でした。

　つまり、19世紀のマラルメによる「詩の危機」以来、フッサール、ベンヤミン、ド・マン、サイード、そしてイーグルトンという例が私たちに示すものは次のようになります。それは、人文学という制度のなかに文学研究が誕生して以来、既存の「批評」はつねに後続の新たな「批評」にとって代わられる「危機」と表裏一体となって現在まで来ている——つまり、「文学批評」が「危機」とともになかった時代はないということなのです[3]。今からおよそ10年以上前の1991年、『批評空間』（英訳はCritical Space）という雑誌が刊行され、その編集後記において浅田彰は、雑誌名の由来についてこう述べています——「それは批評空間を意味すると同時に、危機的＝臨界的空間をも意味する。実際、われわれはまさしく危機的＝臨界的な時代を生きているのであり、われわれの思考もまたその批評的強度を試されていると言ってよい」(p.258)。浅田の言葉は、現在の文学研究・批評をめぐる状況にもそのままあてはまるものです

（また、現にこの創刊号にもド・マンの論文の翻訳が掲載されています）。このアクチュアリティこそ、文学がつねに危機＝臨界とともにあることを何よりも雄弁に語っているといえるでしょう。

では、このような危機＝臨界とつねに隣り合わせの文学は、なぜ今も存在し続けているのでしょうか。このことを考える上で、実はこの「危機」という漢字自体とても示唆的なのです。これは企業や大学での講演など、いたるところで使い古された常套句なのですが、「危機」（クリシェ）という字は「危」険であり、また「機」会すなわちチャンスでもあるのです。これに倣い、批評の臨界＝危機こそ批評のチャンスでもあると考えられる、希望に満ちた思考が今こそ求められているのではないでしょうか。この「使い古された」物言いで語られる「危機」という言葉自体、いくら「使われ」てもなくなることのない文学研究——すなわちテクストを読むという営為そのものと切り離すことはできません。それはおそらく、テクストを丹念に読み込むという、「精読」を基礎とした文学研究の態度をつねに忘れてはならないということでもあるのです。

このように、その誕生以来制度としての危機と隣り合わせでここまで生きながらえてきた文学研究とは、まさに「物語」（ストーリー）にある無尽蔵の力を味わい続ける、あるいは引き出し続けるということです。さらにいえば、物語をただ無批判に鑑賞するのみにとどまらず、そこにひそむ危険な「美化・美談化」（これは近頃のマス・メディアなどで顕著な傾向です）、「文脈の単純化」、あるいは「短絡的な物語化」といった単純な因果の定式化への誘惑に注意を払い続けることではないでしょうか。事実、これらの多くは、世のさまざまな出来事に対するわれわれの読解力（リテラシー）の重要性とも深く関わっているのです。歴史的アプローチによる文学研究にせよ、詩や小説の形式を分析する精読に基づく研究にせよ、そこには必ず解釈の物語（あるいは物語り）（ストーリー／ナラティヴ）が介在します▶4。文学研究は、ときとして現実世界に参与し、その物語をさまざまなことがらと結びつけながら批判＝批評的（クリティカル）に価値判断を下すという意味において、きわめて政治的にもなりえます。その批評的＝臨界的（クリティカル）な力には、ときとして物語の構造そのものを破綻させるような力や、物語の外側へ出ようとする力さえ帯びることもあるのです。

このように、さまざまな読みの行為を通じて、「物語の否定という物語」も

含め、「解釈の物語」を無限に創造するという点において、文学研究とは「読むこと」をめぐる果てしない営為です。たとえつねに危機＝臨界期にさらされていたとしても、「読むこと」に終わりがないかぎり、「文学的なもの」(the literary)に、そしてそれに従事する文学研究に終点はないのです。個々のテクストが内包するいまだ汲めど尽くせぬ物語の豊穣さを、個々人のさまざまな批評意識に基づいた味読＝精読のアプローチによって新たな読み方を発見する「悦び」にこそ、文学研究の醍醐味があるのではないでしょうか。

　以上のような意識は、これを共有する5人の若手研究者によって本書を通じて多種多様に論じられます。本書の前半はテクスト読解の実践編（小川、生駒）、後半は理論編（木谷、霜鳥、髙村）ともいうことができるでしょう。前半では、特定のテクストを精読することを通じて、これまでの「文学理論」について、とくに英米文学をめぐる女性の問題（フェミニズム）、同性愛の問題（クィア・セオリー）、人種の問題などのアイデンティティ・ポリティクス──（とくに社会的不平等を受けがちな〈マイノリティ〉と見なされる）人びとのさまざまな権利と公平性を主張する政治的態度──の観点から紹介します。また、後半では、これまでの「文学理論」──とくにディコンストラクション、受容美学（読者反応論）、ポストコロニアル研究（欧米と旧植民地の問題）をもとに、21世紀における文学研究のあり方について考察してゆくことになります。基本的に各章完結型の議論ですので、どの章から読み進めても差し支えありません。これから文学研究を学びたいという初学者、そして文学部の学生、大学院生、および若手研究者の方々にこそ、著者一同がぜひ伝えたいと静かに訴えている知的興奮にふれていただきたいと思います。

＊　＊　＊

　最後になりますが、本書の題名『文学理論をひらく』には、日本における文学理論受容に新たな地平を切り「拓く」というという意味だけではなく、蒙を啓く（これは少しおこがましい気もしますが）、本を「開く」、講義を「開く」、そして漢字をひらがなで開くように、難しいことがらをわかりやすい言葉や例えで「開く」など、さまざまな意味で「ひらく」という意図が込められています。このタイトルを考案したのは、北樹出版の花田太平さんです。2年前に花田さ

んからオファーがなければ、このような機会や若手研究者同士の素晴らしい出会いはありませんでした。終始きめ細やかなサポートをしてくださった花田さんに、この場をお借りして心より感謝いたします。

編　者

Endnotes

▶1　この詩をめぐる著作のみならず、現在イーグルトンは、文学自体の読み方をめぐってまったく同じアプローチで考察を進めています（Eagleton 2013）。とはいえ、マルクス主義批評と「形式」への注目には深い関係があります。このことについては、本書第8章の注8を参照。
▶2　本節では、邦訳のある外国語文献については、［　］のなかに邦訳書のページ数を明記しています。また、本書における日本語の引用は、適宜変更が加えられている場合があります。
▶3　人文学そのものに関していえば、ここからさらに遡ること200年近く前のドイツ（プロイセン王国）においても同様の状況下にありました（大河内、p.221）。
▶4　物語と歴史（hi-story）の不可分性に関する優れた解説については野家を参照（とくにpp.157-88）。

Bibliography

Eagleton, Terry. *How to Read a Poem*. Oxford: Blackwell, 2007［テリー・イーグルトン『詩をどう読むか』川本皓嗣訳、岩波書店、2011］.
　——. *How to Read Literature*. New Haven: Yale UP, 2013.
Miller, J Hillis. *On Literature*. London: Routledge, 2002.
Said, E. W. *Humanism and Democratic Criticism*. New York: Columbia UP, 2004［E・W・サイード『人文学と批評の使命——デモクラシーのために』村山敏勝・三宅敦子訳、岩波書店、2013］.
浅田彰「編集後記」『批評空間』1号 1991, p.258.
大河内泰樹「特権としての教養」『人文学と制度』西山雄二編、未来社、2013, p.221-44.
野家啓一『物語の哲学』岩波書店、2005.

CONTENTS

危機と批評：文学研究のクリティカル・モメント【木谷厳】 ……………… 003

第Ⅰ部　テクストをひらく：物語の読み方とその多様性

第1章　意識から無意識へ：夢・動物・おとぎ話【小川公代】 …………… 014
1. 『風立ちぬ』：夢と無意識の関係 ……………………………………… 015
2. 「赤ずきん」「ジャックとマメの木」：教材としてのおとぎ話 ……… 017
3. 『フランケンシュタイン』における夢と無意識 ……………………… 020
4. 『狼の血族』：語りの素材としてのおとぎ話 ………………………… 025
5. 「虎の花嫁」：女性の無意識の声 ……………………………………… 029
＊コラム：文学と価値の転換 ……………………………………………… 037

第2章　女同士の絆：ヘンリー・ジェイムズの『ねじの回転』と精神分析・クィア批評【生駒久美】 ……………………………………………………… 039
1. 精神分析とクィア批評 …………………………………………………… 040
2. ヘンリー・ジェイムズと『ねじの回転』 ……………………………… 041
3. 精神分析批評と『ねじの回転』 ………………………………………… 043
4. 「主人」になる家庭教師：転移と鏡像段階 …………………………… 049
5. クィア批評の視点からみる女同士の絆 ………………………………… 053
＊コラム：女性と言葉 ……………………………………………………… 063

第3章　"ポスト"フェミニズム理論：「バックラッシュ」とヒロインたちの批判精神【小川公代】 ……………………………………………………… 064
1. "ポスト"フェミニズムとは ……………………………………………… 065
2. 野上彌生子の批判精神 …………………………………………………… 068
3. ジェイン・オースティンの媚びないヒロイン ………………………… 071
4. チック・リット小説は女性の批判精神を生むか ……………………… 075

第4章　白と黒：『ハックルベリー・フィンの冒険』における人種の境界線【生駒久美】
....087
　　1.　『ハックルベリー・フィンの冒険』と人種問題.................088
　　2.　アメリカ黒人の歴史......................090
　　3.　モリソン vs. フィッシュキン論争.................093
　　4.　白と黒：パップ・フィンの場合.................095
　　5.　「享楽の盗み」という幻想.................099
　　6.　パップ・フィンの息子と黒人逃亡奴隷.................100
　　7.　ハックの「決断」.................103
　　8.　『ハック・フィン』の結末.................105
　　＊コラム：アメリカ小説におけるホモエロティックな感情.................108

第Ⅱ部　理論をひらく：文学研究とその未来

第5章　読むことの文学：ド・マンの精読とアイロニー【木谷厳】.................110
　　1.　文学研究と　精　　読（クロース・リーディング）.................110
　　2.　ド・マンのディコンストラクション思想の成り立ち.................115
　　3.　ロマン主義（1）：シンボルとアレゴリー.................118
　　4.　ロマン主義（2）：アレゴリーとアイロニー.................123
　　5.　「主体」のアイロニーから「言語」のアイロニーへ.................125
　　＊コラム：ド・マンとデリダの出会いと「イェール学派」.................132

第6章　「平成の三四郎」たちへ：グローバル時代の移住者として【霜鳥慶邦】.................134
　　1.　三四郎が観た『ハムレット』：外国文学と「吾人の標準」.................134
　　2.　英文学の読み直し、書き直し.................137
　　3.　「対位法」的に世界を見つめる.................141
　　4.　移動する「標準」、混合する「標準」.................143
　　5.　「平成の三四郎」たちへ.................146
　　＊コラム：文化と「標準」.................151

第7章　作者の死と読者の誕生：受容理論と「ウェブ以降」の世界【髙村峰生】.................152
　　1.　ポストモダンと「作者の死」.................153

2. 読者の誕生 …………………………………………………… 161
  3. ポストモダン以後：作者＝読者のネットワーク ……………… 165
  ＊コラム：文学と年齢の問題 ………………………………………… 174

第8章 「美感的なもの(ジ・エスセティク)」の快楽と文学研究の現在 【木谷厳】 …………… 176
  1. 唯美主義の系譜：シェリーを中心に ………………………… 176
  2. 美学イデオロギー（1）：シュリーを読むド・マンを読む …… 181
  3. 美学イデオロギー（2）：ド・マン・スキャンダルをめぐって … 186
  4. 新たな美の潮流（1）：新歴史主義を越えて ………………… 189
  5. 新たな美の潮流（2）：「形式」と「悦び」 …………………… 192
  ＊コラム：「物語る人(ホモ・ナランス)」としてのわれわれの文学と倫理 ……… 198

図書案内 ……………………………………………………………… 200
事項・人名索引 ……………………………………………………… 202

第Ⅰ部

テクストをひらく
物語の読み方とその多様性

英米の文学研究とは何か、とりわけテクストを読むこと、物語を解釈することのおもしろさについて実践的に紹介します。文学理論のいくつかのキーワード（ジェンダー、精神分析、人種など）をもとに、ときとして「古めかしい」文学のテクスト分析が、現代社会を生きる私たちに新たな知見を提示することでしょう。とくに文学研究の初学者にはこのパートのいずれかのチャプターから読み始めることをお薦めします。

ONE

意識から無意識へ

夢・動物・おとぎ話

小川公代

　フランス人作家・詩人ポール・ヴァレリーは、「わたし」という人間のなかに「得も言われぬ内的神秘の力」、あるいは「それを≪動かす≫衝動的なエネルギー」が潜んでおり、それゆえに人間が、善と悪、虚偽と真実、美と醜といった矛盾を孕む生き物であると述べています (p.246)。彼はこのエネルギーを「わたし」という人間に一貫性を与えるものとしてとらえながらも、もっと変動しやすいものであるとも考えていました。意志や理性で止めることができない無意識の衝動が「わたし」を突き動かし、予期せぬ惨事を招いてしまうということもあるでしょう。精神分析も文学も、この衝動が何なのかを探り当て、言葉で摑み出そうとしている点で同様に創造的だといえます。ヴァレリーと同時代に生きたオーストリア人で精神分析理論の創始者ジークムント・フロイトは無意識に働く生理学的な衝動を主に性的欲動 (sexual impulse) によって説明しようとしました。このように、意識から無意識へ注意を向けることの効用は、理性によって支配される社会規範のみに縛られない人間のあり様が想像できるということです。人間を社会の一員である前に肉体をもつ動物としてとらえた場合、常々「異常」と思われていることが「正常」に思えたりすることがあります。これこそ多くの優れた文学作品が私たちに教えてくれることの一つだといえます。

　北米の心理学者ブルーノ・ベッテルハイムのように、おとぎ話を、子どもが動物的衝動（とくに快楽的志向）を制御し正しい道徳的判断をするための教材として見なす立場もあります。しかし、おとぎ話や文学は道徳規範にとらわれない視座を私たちに与えてくれます。この章では、まず精神分析理論において無意識と夢がどのようにリンクしているか説明します。その後、ベッテルハイムのおとぎ話分析を手掛かりにしつつ精神分析理論の基本概念を確認してから、19世紀のメアリ・シェリーの『フランケンシュタイン』や、20世紀のアンジェラ・カーターの『血染めの部屋——大人のための幻想童話』の作品分析をしま

す。これらの作品には、理性で制御できない感情や倫理的に許されない性愛が描き出され、理性と獣性という人間の矛盾に光が当てられています。

> **Keywords**
>
> ジークムント・フロイト　夢　無意識　性的抑圧　エディプス・コンプレックス　メアリ・シェリー　『フランケンシュタイン』　アンジェラ・カーター　『血染めの部屋』　『狼の血族』　ブルーノ・ベッテルハイム　エラズマス・ダーウィン　ジョン・ポリドーリ　『アーネストゥス・バーチトールド』　ロナルド・D・レイン　『ひき裂かれた自己』

1 ≫ 『風立ちぬ』：夢と無意識の関係

　映画『風立ちぬ』（宮崎駿, 2013）は、少年堀越二郎が飛行機に乗って空を飛ぶ夢から始まります。その夢のなかで二郎は眼下に広がる川や街並み、人びとが手を振る様子を見降ろしながら気持ちよく滑空します。ところが、その飛行機が突然敵の攻撃にあい墜落してしまうのです。そして二郎は夢から覚めます。この映画を見た人は、この夢とも現実ともわからない始まり方に不思議な感覚を覚えたかもしれません。あるいは、滑空の壮快さや高揚感に対して墜落の恐怖は、二郎が感じている将来への期待と不安が混在した無意識の心の状態を表しているのではないか、という客観的な分析をしたかもしれません。

　夢は無意識界から意識へと送られてくるメッセージであり、まさにシンボルの担い手です（河合, p.55）。わかりやすくいうと、人間が目覚めて活動しているときには抑圧されている恐怖、不安、苛立ち、欲望といった心的エネルギーが、無意識の状態では解き放たれるというのが精神分析理論です。フロイト（Sigmund Freud, 1856-1939）は、精神の潜在的活動は背後に隠れていても、夢、病症、言い間違い、連想によって、その存在が確認できると考えていました。つまり、夢や病症を分析することによって、目に見える現象を越えた場所、あるいは意識に浮上しないけれどたしかに存在する「無意識」に辿りつけるという理論です。心の闇に閉ざされた幼少期の心的外傷(トラウマ)があれば、その患者の夢を分析することによって明らかになるというのです。

先述したヴァレリー（Paul Valéry, 1871-1945）は、さまざまな文学的な喩えを用いながら人間を突き動かすものは何か、という「無意識」の命題を掲げていました。映画『風立ちぬ』の副題ともなっているフランス語の一節、"Le vent se léve, il faut tenter de vivre."（風が吹いている、なんとかして生きなければならない）も実はヴァレリーの力強い言葉です。ヴァレリーの文学的探求は、19世紀末に産声をあげた精神分析理論と軌を一にしていました。彼の作品には、現代人の複雑な内面世界、分裂した意識のあり様が描かれています。

ヴァレリーは「パリの存在」というエッセイで、その身体と精神の結束点を、巨大都市パリという比喩で見事に表現しました。人間の無意識に漂う内的世界には光と影の両側面があることが象徴的に表されています。

> そしてわたしはこう考える、わたしたちの内部にだって、通りもあれば、十字路も袋小路もある、不気味な界隈もぶっそうな場所も見つかる。同時に魅力的な場所、神聖なところもまた存在する。[…] 私たちの内面の「都市」では、一瞬一瞬がわたしたちの生の踏み出す一歩なのだから、絶え間ない活動が、善と悪、虚偽と真実、美と醜といった相矛盾する、いかにも人間らしい、人間を人間たらしめるすべてのものを生みだすことをわたしたちは承知しているのだ、ちょうどひとつの首都に、そういうものが必然的に集まって強烈な対照をなしているように。（ヴァレリー, p.190）

日常的に自分の「生」の絶え間ない活動について、意識して考えることはないかもしれません。しかし、このようにして「都市」にたとえられると、人間の「内部」に目を向けてみようという気になります。

ヴァレリーもフロイトも、ヒステリー研究の第一人者ジャン＝マルタン・シャルコー（Jean-Martin Charcot, 1825-1893）と同時代に生きていました。皮膚、細胞、血管といった人間の身体は一見、心や精神とあまり関係がないように思われますが、精神分析理論が生まれた背景には、身体と心をつなぐ神経器官に対する深い関心がありました。フランス人研究者のシャルコーは精神と身体との相互作用をふまえた神経学を研究しており、フランスに留学したフロイトは彼の理論や身体の内部の神秘に魅了され、そのしくみを理論化しました。[1]フロ

イトが得た身体器官についての神経学、生理学の知識が、まだ当時は市井に膾炙していなかった精神分析理論に説得力をもたせたともいえます。

イギリスでは、18世紀後半に世界医学の中心になりつつあったエディンバラ大学において「心」がすでに解剖学的関心の対象となっていました。その源流は臨床観察と検死解剖を柱とするヘルマン・ブールハフェ（Hermann Baerhaave, 1668-1738）のオランダ医学でしたが、これにより医学言説では「心」が物質化していきます。

メアリ・シェリーが影響を受けたとされる医師で、夢の現象にも関心のあったエラズマス・ダーウィン（Erasmus Darwin, 1731-1802）はこのエディンバラ大学の医学部で神経医学を学んでいました。ダーウィンは、デカルトの「我思う、故我あり」という理性中心の人間像を離れ、物質のようで霊のようなもの（"animal spirits"）が、体内の神経ネットワークを駆け巡る流動的な主体というイメージを抱いていました。そうすると、感覚や情操が理性と渾然一体となるわけです。アラン・リチャードソン（Alan Richardson）によれば、医学の進歩により、神学の領域でタブーとされてきたテーマ、たとえば、魂の有無、神の必要性、自己の統一性、について疑義が問われるようになりました（p.12）。心（mind）と身体（body）の各部位をつなぐ神経器官は必ずしも理性によってコントロールされない自律した器官と位置づけられます。

睡眠中の意識が働かない状態では、理性の力は抑制されるので、夢は自己の内部にある願望や不安、性的欲動といった生理的に引き起こされる活動を反映すると考えられるようになりました。この考え方がのちにシャルコーによるヒステリー病の研究やフロイトの精神分析理論にも反映されていくわけです。

夢という現象に対する関心は、宮崎駿の映画に見られる今日的なものでは決してありません。文学者の想像力や医学研究者の探求によって、何世紀も前からさまざまに解釈されてきました。

2 ≫「赤ずきん」「ジャックとマメの木」：教材としてのおとぎ話

意識が近づくことのできない心理的内容を指す「無意識」は精神分析の一つ

の鍵概念ですが、この無意識とおとぎ話の近接性については、ブルーノ・ベッテルハイム（Bruno Bettlheim, 1903-1990）が『昔話の魔力』(The Uses of Enchantment 1976) で論じています。おとぎ話というものは、ある集団全体が共有する無意識の願望、空想、不安を、主人公が遭遇する動物や巨人といったさまざまな形で反映するというのです。理性と衝動の内的葛藤は、たとえば責任感のある「狩人」と獰猛な「狼」といったシンボルに形を変え語り継がれ、長い時間をかけて定着していった、という風に。この点で、おとぎ話は夢と同じ役割を果たしているともいえるでしょう。

　ベッテルハイムの分析を見ていく前に、精神分析における　性（セクシュアリティ）と抑圧の関係を確認しておきましょう。心的葛藤を社会規模に敷衍すると、「文明」(civilization) や社会の規範に従おうとする理性と、「野蛮・未開」(primitivism) の領域で許容される本能や性的欲動とのあいだに生じる対立としても理解できます。フロイトにとって、前者は過度に「抑圧的」(repressive) であり、神経症を誘発しかねないものです。もちろん彼も、人類が生き延びるためには文明が必要であることを理解していましたが、それでも文明が性衝動に及ぼす「圧力」、文明による「禁止」を手放しで肯定していたわけではありません（ストーp.152）。性がタブー視される必要はない、性的抑圧は解消されうるというフロイトの考えは、ベッテルハイムにとっては「驚くべき解放性」をはらむ思想であり、彼が「性的解放と教育改革の結合」に目覚めるきっかけともなります（『フロイトのウィーン』p.176）。

　ベッテルハイムは「シンデレラ」「白雪姫」「ジャックとマメの木」「ヘンゼルとグレーテル」「ラップンツェル」「赤ずきん」といった数多くのおとぎ話を、フロイトの夢分析のように解釈しています。ただし、フロイトが患者による夢の描写から幼少期の心的外傷を探るのとは異なり、ベッテルハイムはおとぎ話を子どもの心理的発達の模範例として提示しています。

　精神分析理論には、人間が生命維持のために必要なものを得ようとする本能は「快楽原理」(pleasure principle) に基づく行為に表れるという考えがあるので、動物的本能も全面的に否定されているわけではありません。しかし、ベッテルハイムにとっておとぎ話は、子どもが自分の快楽志向的な側面を認識した

上で、社会規範に従う「現実原理」(reality principle) の大切さを学ぶツールです。快感を得ようとする「快楽原理」が過剰に働く場合、理性の司令塔がブレーキをかけます。フロイトは前者を動物的本能、あるいは「イド」(id)、後者を「超自我」(super-ego) と呼びます。現実的に問題をきたすことがあれば、超自我が調整役として介入するのです。これが現実原理です。たとえば、欲望に身を任せてチョコレートを食べ過ぎるとお腹を壊してしまいますから、超自我が「そろそろやめた方がいいよ」と働きかけるわけです。

　ベッテルハイムのおとぎ話解釈では、イドをコントロールする現実的な側面——「善」が「悪」を成敗する勧善懲悪の価値——が強調されます。たとえば「赤ずきん」の解釈では、最終的には保護者の役割を担う狩人（超自我）によって快楽志向の狼（イド）が掌握されることが重要であると考えます。赤ずきんだけでなくおばあさんもひと飲みにしてしまう狼は動物的本能の過剰の象徴なのです。

　ベッテルハイムは「ジャックとマメの木」を男の子の成長過程を象徴する物語として紹介していますが、ここでも動物的本能から超自我の芽生えへの段階的な移行がみられます。この物語から彼が読み取った無意識は近親相姦的欲望です。たとえば主人公ジャックの牝牛の「乳」が彼の母親依存の象徴であるといった具合に、他にも、魔法のアイテムや巨人なども男の子の発達段階のメタファーとして解釈することができるのです。まず、ジャックの家で飼っていた牝牛は「乳」を出さなくなり、彼もいつまでも家に引きこもっているわけにいかなくなります。ベッテルハイムによれば、これはおしゃぶりや母乳栄養など、口から性的快楽を得る「口唇期」——性的発達の第一段階——が終わり、子どもがもはや母親に依存できなくなることを意味します (pp.188-89)。次の「肛門期」つまり（排泄活動を通して）セルフコントロールの訓練をする時期を経て、最後の「男根期」の段階に到達すると、自分の性器の発達に伴い、性的欲動に注意が向けられるようになります。ジャックが乳の出なくなった牝牛と交換して手に入れる魔法のマメは、夜の間に巨大なマメの木に成長するのですが、ベッテルハイムはこれを男根的象徴であると考えます (p.189)。この段階で、無意識に（異性の）親に対して性的欲望を感じ始めます。ただし、男の

子の場合、父親に去勢されるのではないかという去勢不安により、母親への性的欲望を断ち切ります。この心的葛藤を「エディプス・コンプレックス」と呼びます。

　ジャックは3度もマメの木を登り、魔法のアイテムを手に入れ、父権を象徴する人食い巨人を自らの手で倒すことに成功しますが、この解釈はさまざまでしょう。保護者に依存する快楽原理を離れ、牝牛を手放す（象徴的には母離れする）ことによって開かれた新しい道を進むことは現実原理を選び取るというベッテルハイムの解釈も可能ですし（p.192）、また、巨人を人間に内在する怪物的側面ととらえることも可能でしょう。おとぎ話に登場する人を食らう動物や怪物は、人間の獣性を象徴しているとも考えられるからです。

　ベッテルハイムの解釈をみていくと、フロイトの性的発達理論がある部分ではおとぎ話とも共鳴する「物語」を形成していることに気がつきます。フロイトが、実の父を殺し母と親子婚を行ったギリシア神話の「オイディプス（エディプス）」の物語から「エディプス・コンプレックス」の着想を得たことも、精神分析理論の成立が豊かな文学的土壌に多くを負っていることの証左であるといえます。神話にも、おとぎ話にも、思うに任せぬ生（性）が語られており、フロイトもベッテルハイムもその魅力に惹きつけられていました（ベッテルハイム『フロイトのウィーン』p.172）。精神分析理論自体を文学的、思想的地平に位置づけるためにも、フロイトが生きた19世紀の文学作品や同時代の精神医学言説を検証してみたいと思います。

3 ≫ 『フランケンシュタイン』における夢と無意識

　19世紀イギリス小説に描かれる人間の隠れた凶暴性、獣性といえば、たとえば、メアリ・シェリー（Mary Shelly, 1797-1851）の『フランケンシュタイン』（*Frankenstein* 1818）に登場する怪物や、シャーロット・ブロンテ（Charlotte Brontë, 1816-1855）の『ジェイン・エア』（*Jane Eyre* 1847）の屋根裏部屋の狂女バーサ、ロバート・ルイス・スティーブンソン（Robert Louis Stevenson, 1850-1894）の『ジキル博士とハイド氏の奇妙な物語』（*Strange Case of Dr Jekyll and*

Mr Hyde 1886)でハイドが見せる狂気や暴力があります。フランスでは、エミール・ゾラ（Émile Zola, 1840-1902）の『獣人』（*La Bête Humaine* 1890）が、「殺人」という形で人間の獣性を描き出しています。たしかに彼は「執筆草案」で小説の構想を「列車の機械的な轟音、つまり知的、社会的成果を背景として、神秘的で胸をえぐるようなドラマによって示したいもの、それは感情面における現在の状況、人間の奥底に潜む野蛮さである」といい表しているのですが（Zola, p.400）、19世紀的な思想の潮流をみてとることができます。

　これらの作品が人間を突き動かす「何か」を「動物」にたとえているのをただの偶然と言ってしまうことはできますが、文学的、哲学的テーマとしての獣性、あるいはその抑圧としてのシンボルを意識しないでは、精神分析理論そのものの成り立ちや方向性を理解することはできません。『ジェイン・エア』の屋根裏部屋に監禁されるバーサは「動物」として表象されていますが、薄暗い場所に押し込められる狂女は抑圧された人間の獣性のシンボルでもあります。

　おそらくこの議論はアリストテレス（Aristotelēs, BC384-BC322）の『霊魂論』（*On the Soul*）にまで遡るでしょう。人間は動物とは異なり、植物的霊魂（栄養や滋養能力）や感覚的霊魂（感覚や欲求に関わる）に加え、思考的霊魂（理性、合理性、高度な思惟）が与えられているという考え方です。動物には理性はなく、欲望の赴くままに行動すると考えられていました。同じく、デカルト（René Descartes, 1596-1650）は『方法序説』（*Discours de la méthode* 1637）や『人間論』（*Traité de l'homme* 1648）で、アリストテレス的にいうと「思考的霊魂」をもつ人間と「感覚的霊魂」しかもたない動物とのギャップを最大限に広げます。つまり、動物にしろ、精巧な自動人形にしろ、理性をもたないものは人間とは似ても似つかない存在である、というのです。

　しかし、アリストテレスやデカルトの時代を経て、人間の霊魂や行動原理についての思想は大きく変容し、18世紀から19世紀にかけて、人間に内在する動物的「感覚的霊魂」が大きな位置を占めるようになります。フロイトの「不気味」（uncanny）という概念は、人間の内部に潜伏する獣性と不可分であると言えるでしょう。この概念もまた、エディプス・コンプレックス同様、文学作品——ホフマン（E. T. A. Hoffman, 1776-1822）の短編小説「砂男」（"*Der Sandmann*"

1816)——の分析に依拠しています。抑圧されていた無意識の衝動が社会的規範からそれる行動を引き起こし、自らの存在をも脅かす恐怖というものが、物語の「不気味」な怪物や悪魔の姿に投射されるというのです。

人間の獣性とは、文字通り動物的な本性のことですが、これがひとたび理性の支配下から逃れ、自由に動き回る「怪物」という形をとると、シェリーの『フランケンシュタイン』に描かれる脅威の存在となります。「フランケンシュタイン」が実は怪物を指すのではなく、創造者である科学者の名前であることはあまり広く認識されていません。それはこの怪物が科学者フランケンシュタインの分身（alter-ego）であると考えられていることと関係しているでしょう。フランケンシュタインという「理性」から解き放たれた「無意識」に潜む暴力性を怪物が象徴しているとすれば、前者が後者のことを「墓地から解き放った自分自身の霊」（my own spirit let loose from the grave）と表現するのも理解できます（Shelley, p.55）。

さらに興味深いのは、精神分析理論の誕生を待たずして、すでに「夢」が人の無意識、あるいは生理学的影響の表れを象徴するものとして考えられていたことです。フランケンシュタインは、夢のなかで婚約者エリザベスを「抱擁し、その唇に最初の口づけをしたとたん、その唇がみるみる青ざめて死人の色を帯び」、そうかと思うと「母親の死体に変り」、「うじ虫」が這い回るという不吉な夢を見ます（Shelley, p.44）。ここで、自分の分身である怪物によってエリザベスが殺されてしまうことは重要な意味をもちます。フランケンシュタインの夢に彼女の死が暗示されているだけでなく、彼の無意識ともいえる怪物がその執行者となるからです。

また、この夢を精神分析的に読み込むことも可能です。まず、「口づけ」はフランケンシュタインの性的欲望を表します。また、なぜその対象であるはずのエリザベスが夢のなかで突然母親の死体に変貌するのか、という疑問も生じます。母の死（欠落）はエディプス的テーマです。実際、フランケンシュタインの母親は小説には登場しませんし、彼自身、怪物を創造する過程で「母親」の身体を必要としないのです。精神分析的には、究極の近親相姦的欲望の禁忌であると解釈できます。精神分析理論に基づき『フランケンシュタイン』を分析

したピーター・ブルックス（Peter Brooks）は、怪物の創造過程に母親が欠落していることに注目しており、シェリーが、フランケンシュタインに性行為によってではなく人工的な方法によって怪物を誕生させたことについて「父親によって息子の近親相姦願望がこれほど徹底して禁止されることはない」と論じています（Brooks, p.90）。

　もちろん、シェリーの時代に「精神分析理論」というものは確立していなかったので、この「エディプス・コンプレックス」を無理やりその作品解釈にあてはめることは無益であるという考えもあるでしょう。ただ、ベッテルハイムやブルックスのように物語を夢分析の対象とする批評家は、名作と呼ばれる文学作品には人間の深層心理が書き込まれているという認識を共有しているといえます。

　人間の深層心理について何を語るかは別にして、「無意識」の存在は19世紀初頭にすでに広く認知され、論じられるようになっていました。つまり、自我が支配する領域やデカルト的な「理性」「意識」より、それが欠如した無意識のトランス状態に関心が向けられるようになっていきます。この転換を説明することは一筋縄ではいきませんが、フランス革命によって一変する社会情勢も一つの大きな要因でしょう。

　その証拠に、革命後に書かれたシェリーの『フランケンシュタイン』における無意識への関心は彼女の父親ウィリアム・ゴドウィン（William Godwin, 1756-1836）と一線を画しています。理性主義者、小説家でもあったゴドウィンは「理性」や「自由意志」の重要性を説きました。しかし、フランス革命の暴徒たち、またその後続いたロベスピエール派の恐怖政治（1793-1794）――革命反対派、穏健派、過激派などの処刑――などの過剰な暴力によって露となる非理性やそれに対する恐怖は、理性への信頼を凌駕していきます。つまり、シェリーの小説は単なる夢物語ではなく、人間の内に獣性が潜んでいるのではないかという恐怖を（「不気味な」怪物という具現化された形で）表しているのです。

　シェリーの『フランケンシュタイン』執筆のきっかけともなったスイス、ディオダティ荘での怪奇談義にジョン・ポリドーリ（John William Polidori, 1795-1821）も参加していました。彼は怪奇談義の発案者バイロン卿の主治医で、

怪奇物語『吸血鬼』(*The Vampyre: A Tale* 1819) や『アーネスタス・バーチトールド』(*Ernestus Berchtold ; or, The Modern Oedipus : A Tale* 1819) の作者でもあります。彼の作品においても「夢」は重要な役割を果たしていますが、それもそのはず、彼は先述したエラズマス・ダーウィン同様エディンバラ大学で医学を学んでおり、夢遊病 (oneirodynia) の現象に興味をもち、それについての論文も書いています。

ポリドーリの『アーネスタス・バーチトールド』には、主人公による夢の描写がありますが、夢が自己内部の闇の部分を照らし出しています。

> 私がとうとう自室のソファで眠りこんだとき、夢の中に、彼女 [ルイーザ] が初めて出会ったときのような健康で美しく輝き、快活さに溢れる姿で現れた。突然彼女が私の方に向かって駆けてきたかと思うと、花のように萎んでしまった。(p.118)

この小説は、ドニという人物が悪魔と契約を交わすことによって、家族が不幸になる話です。ドニの美しい娘ルイーザに心を奪われるバーチトールドが語り手となって、ルイーザや彼女の兄にふりかかる不幸が語られます。引用文に見たように、バーチトールドがルイーザに近づくやいなや花のように萎んでしまう夢は、彼女の不幸な死を予見しています。まさに、フランケンシュタインが見るエリザベスの不吉な夢と同じ機能を果たしているのです。エリザベスはフランケンシュタインの夢が予知したように殺害され、犯人である怪物は彼の「無意識」の闇の部分を担っています。

シェリーもポリドーリも「夢」、または「夢遊病」といったトランス状態に深い関心を寄せていました。つまり、彼らの解剖学的な眼差しで身体をとらえるような近代的な視点と怪奇物語の不思議な夢の描写は矛盾するというよりむしろ19世紀的な身体と心の連関性を示しています。シェリーの怪物がまた「動物」にたとえられていること ("Who can follow an animal…" p.153) をみても、人間の獣性や性的欲動というフロイト的イメージの萌芽をみてとることができます。

4 》》『狼の血族』：語りの素材としてのおとぎ話

　では、フロイトの時代を経て20世紀になると人間の獣性や性的欲動は文学にどのように反映されるようになるのでしょうか。アンジェラ・カーター（Angela Carter, 1940-1992）の作品に関していうと、人間に内在する「動物」は、精神分析理論というフィルターを通して表象されるようになります。ただしそれは、19世紀の「獣性」とも、フロイトの「不気味」な怪物も異なる動物のイメージです。

　「60年代にはフーコーとレインを読み、非常に影響を受けました」とインタビューでも答えているように（現代女性作家研究会編, p.254）、カーターは一時期

図 1-1　映画『狼の血族』のジャケット

ロナルド・D・レイン（Ronald David Laing, 1927-1989）の精神分析理論に傾倒します。彼女の『血染めの部屋』（*The Bloody Chamber* 1979）には10篇のおとぎ話の再話が収録されていますが、人間には非理性的で動物的な部分が多分にあることを意識しながら、「青髭」「美女と野獣」「赤ずきん」といったおとぎ話の修正を行っています。たとえば、カーターの「狼の血族」は「赤ずきん」の再話ですが、ベッテルハイムのようにおとぎ話と精神分析理論の近接性を強く意識しています。

　『血染めの部屋』はベッテルハイムの『昔話の魔力』の3年後に刊行されましたが、カーターは彼とは異なり、おとぎ話を固定化された教材としてではなく、変幻自在に形を変えていくものとしてとらえています。そして、おとぎ話を誰もがおのおのの目的をもってアクセスし、再構成することのできる「公共的るつぼ」（communal melting pot）のようなものであるとして、ベッテルハイ

ムの精神分析的解釈やその目的を批判しました (Gamble, p.22)。「狼の血族」はニール・ジョーダン監督、カーター脚本によって映画化され、同名のタイトル『狼の血族』(*The Company of Wolves* 1984) で公開されました。このセクションで

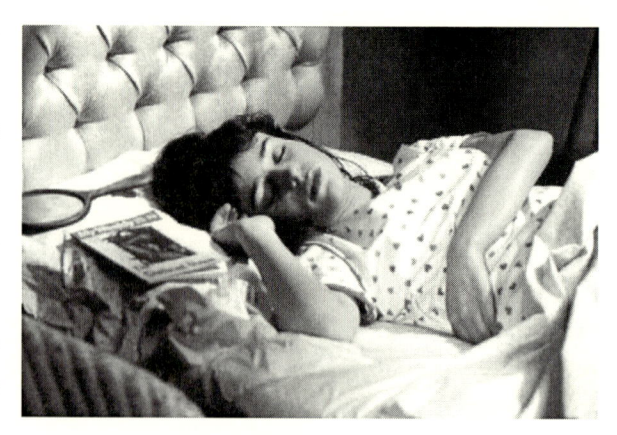

図1-2　映画『狼の血族』より

は、視覚的にもおもしろく、また精神分析的色彩が色濃く表れている映画化されたバージョンを中心にみていきましょう。

　『狼の血族』の舞台は現代に設定されていますが、思春期を迎えるロザリンが見る夢がまさにおとぎ話「赤ずきん」をなぞっています。ここで重要なのは、主人公自身が赤ずきんになった夢を見るということです（図1-2）。また、リアリティーと幻想の世界が混在する「マジック・リアリズム」というカーター独特の語りでは、おとぎ話にはないリアリティーも追求されます。たとえば、ロザリンの姉が森に迷い込み、狼に食べられ、亡くなります。その後、おばあさんが時間をかけて編み上げる赤いマントはロザリンのものになり、ようやく「赤ずきん」の物語が始動します。

　ロザリンが夢のなかで赤いマントを身にまとうことで、「赤」という色がより一層シンボリックな意味合いを帯びます。ベッテルハイムは赤ずきんの「赤」を女性の性のシンボルであると指摘しながらも、主人公を男性（狼）の性的対象や被害者の象徴と見なしています。しかし、この物語がカーターによって作りかえられたとき、性的欲望はもはや男性の特質にとどまりません。

　1960年代の「性の革命」(sexual revolution) の後、セックスを含む性全般の解釈が大きく変容します。とくに女性にとって性は解放への鍵となり、カーターにいわせると、「セックスとは快楽の手段、いや、快楽という言葉は違う

かもしれない。むしろ存在そのもの（is-ness）」の表現方法なのです（Carter 1988, p.214）。

原作「狼の血族」でも、主人公の性的欲動を象徴的に表すことに力点が置かれています。主人公は少女ではなく、大人の女性への変貌を遂げつつあります。「狼の血族」からの引用を見てみましょう。

> 彼女の乳房はふくらみ始めたばかり。髪の毛はリント布みたいだし、とても美しい亜麻色なので、青白いひたいの上に影ひとつ作っていない。頬の色は象徴的な真紅と白で、ちょうど初潮を迎えたばかりなのだ。彼女の体内時計が、今後は、一カ月に一度時を報じることになるだろう。(p.257)

カーターは主人公の身体に起きている変化に注目しています。ベッテルハイムはこの「赤」は性的に「激しい感情」("violent emotions")を象徴しているといいながらも、主人公の「幼さ」("not only is the red cap little, but also the girl")を強調しています（p.173）。一方カーターは、「赤」を「女性の出血」、つまり初潮（"woman's bleeding"）と描写し、性の目覚めを露骨に描いています（p.113）。

さらに、「彼女は割られていない卵のようだ」（p.258）（"she is an unbroken egg" p.114）と表現されていますが、実際に映画でロザリンは物理的に「卵」を見つけるのです。彼女は森のなかのとてつもなく高い木に登り（この上昇運動は彼女の成長を表しています）、枝にかかった鳥の巣のなかに卵を発見するのですが、ちょうどそのとき卵が割れ、なかから赤ん坊をかたどった彫像や、真っ赤な口紅が現れるのは暗示的です。彼女はこの彫像を取り出し、口紅を塗り、鏡に映し出される顔を眺めます。

主人公の思春期の身体的な変化が強調されたところで、ようやくグリム童話定番の「おばあさんに食べ物と飲み物を届けるために、一人で森の小道を歩いていく」という場面に移ります。そこで優美な衣装を身にまとった狼人間と遭遇するのですが、彼は腹をすかせた野獣ではなく、獣性を秘めた人間、あるいは「誘惑者」として登場します。眉毛がつながっているという特徴以外は人間と同じ姿をしているので、狼人間とは認識されていません。ロザリンもまんざらでもないようで、狼人間が先におばあさんのうちに辿りつくことができた

ら、キスを与えるという要求にも応じ、取り立てて急ぐ気配もないのです。

　カーターのおとぎ話の再話には、人間の内部にひそむ獣性を形象化するため、野獣と人間のハイブリッドが登場します。ここで注目に値するのは、この狼人間が露骨に「狼」の姿をしていないことでしょう。のちに狼の姿に変身する際に、仮の姿である人間の口のなかから狼の突起した鼻口部が現れ、いうなれば「脱皮」します。狼（動物）が人間の内部に隠されていたということが視覚的に表現される場面です。もちろん、狼（狼人間）が無意識の領域を象徴しているのですが、映画『狼の血族』に関していうと、ロザリンが見る夢の内容すべてが無意識世界を表しているといえます。つまり、彼女自身の異性に対する性的欲望もその夢の世界に映し出されているというわけです。

　グリム版のおとぎ話にも理性と獣性の対比は描かれています。超自我と呼ばれる心理機能を体現する登場人物というのは、子どもの指導者となる父か母、または王様といった権威をもつ登場人物である場合が多いのですが、グリム版の「赤ずきん」では超自我のシンボルである母親によって「寄り道をしてはいけない」という警句が発せられます（p.63）。

　『狼の血族』では許容範囲内において終始リアリティーが追求されますが、ある場面にくると、この物語自体がロザリンの夢であったことを思い出すのです。おばあさんの頭が、狼人間の手によって陶器のように粉々に破壊される場面です。カーターとジョーダンの映画が従来のおとぎ話と決定的に違うのは、寄り道をしないよう注意するのが赤ずきんの母親ではなくおばあさんであること、またそのおばあさんが教訓じみたことをいう道徳の権化、あるいは過度に抑圧的な超自我として表象されていることです。「頭」は本来理性を司る場所としてイメージしやすいので、おばあさんの頭が粉砕される場面は二重に示唆に富んでいます。性的欲動をコントロールするはずの超自我の（しかも衝撃的な仕方での）消滅はベッテルハイムの「赤ずきん」解釈を真っ向から批判するものです。

　「超自我」の不在を埋めるのは「イド」を象徴する狼人間です。ロザリンが遅れておばあさんの家に到着すると、狼人間は彼女を貪り食おうとはせず、痩せ型の筋肉質な姿態を露にし、ロザリンを誘惑しているのか、牽制しているの

か、はたまた攻撃しているのかわからない態度で彼女に接近します（図1-3）。そして狼人間が狼の姿に変身すると、もはやロザリンにとっては脅威ではなくなります。最後には、彼女の膝の上で甘える大人しい動物になります。さらに驚くべきこ

図 1-3　映画『狼の血族』より

とに、ロザリン自身も牝狼になり（変身する場面はない）、彼らの群れに加わります。おばあさんという超自我から解放されたロザリンは最後に牡狼と番いとなり、獣性（とりわけ女性の）を肯定する新たな価値観を提示してもいるのです。

5 ≫ 「虎の花嫁」：女性の無意識の声

　抑圧されてきた無意識というものは男女に共通する問題ですが、カーターにとっておとぎ話を語り直すということは抑圧されてきた女性の立場を意識しつつ既存の物語に積極的な修正を加えることでもあります。たしかにベッテルハイムがいうように、おとぎ話の精神分析的解釈には「さまざまな心理学的な問題を解決し、パーソナリティを統合する」という教育的要素があることも否定できません（p.32）。しかし、フロイトの精神分析理論やおとぎ話は万能薬でもなければ、人間に関する真理を示しているわけでもありません。とりわけ、ジェンダーの観点からおとぎ話を読むと、普遍的な人間像というものが不可能であることがわかります。

　たとえば、おとぎ話の女性像を普遍的なものとしてとらえるべきでないという議論は、ルース・ボティックハイマー（Ruth B. Bottigheimer）の『グリム童話の悪い少女と勇敢な少年』（*Grimm's Bad Girls and Bold Boys* 1987）で提示され

ています。たしかに、グリム童話が編纂された 19 世紀初頭に遡って考えれば、ボティックハイマーがいうように、おとぎ話に登場する女性たちの特徴として「無力さ」や「沈黙」があげられることがある程度理解できるでしょう (pp.71-72)。また、「従順さ」が女性登場人物に期待され、それに違反するものには「罰」が与えられる、と述べています (p.94)。

　時代の変化とともにおとぎ話の修正が求められてきたことは、数多くの作家たちが再話を試みたことからも明らかです。アメリカの女性詩人アン・セクストン（Anne Sexton, 1928-1974）は無批判でおとぎ話を読むことに疑義を抱いています。彼女による「シンデレラ」の再話では、シンデレラと王子様とのハッピーエンドは「博物館の展示ガラスの中に飾られた二体の人形」であると表現されており、召使いに傅かれ「子どものおむつを取り替える必要もない」何不自由ない生活があまり幸せそうに描かれていません (p.56)。結婚だけを女性の人生の目標とする物語への辛辣な皮肉と解釈することができます。

　この「シンデレラ」が収録されている『魔女の語るグリム童話替え話』（*Transformation* 1971）が出版される以前から、フェミニズム運動はさかんになっていました。ジェンダーの分離領域（私的領域＝女性、公的領域＝男性）の議論により、「よくできた奥さん」や「良妻賢母」という伝統的役割やステレオタイプ化されたイメージは批判の対象となり、また先述した「性の革命」によって女性性がより積極的で能動的なものに再定義されていきました。カーターのおとぎ話再話への関心はそういった文脈において高まっていったといえます。

　真理と信じられてきたものに批判の目を向けることこそ、カーター文学の神髄です。「絶対的な真理」はミシェル・フーコー（Michel Foucault, 1926-1984）によって否定されましたが、それは真理と称される用語や理念が、社会に遍在する権力の構造（power structure）のなかで形成されてきたものであると見なされるからです。フーコーに影響を受けた精神分析家レインは、権力構造を、「正常」とされる人びとが自分たちの価値を中心的価値であると見なすことによって、そこからはみ出た「異常」にみえる人びとを不当に押さえつけるしくみであると考えていました。フロイトにとって文明が過度に抑圧的であったよ

うに、レインにとってこの権力構造は不当に抑圧的でした。もちろん、精神病院といった医療施設もその例外ではなく、医者と患者の支配関係などもレインの批判対象となり（ショーウォルター，p.286）、医師の権威を前提と考えるフロイトとは袂を分かつこととなります。こうして、レインのアプローチは「反精神医学」と呼ばれるようになります。

　レインに感化されたカーターの作品は、現代社会の至るところに存在する権力をあぶり出し、支配関係が生じない人間関係というものを模索しています。レイン派の理論では、精神分裂症は、家庭内で女性が受ける抑圧と圧迫の産物と解釈されました（ショーウォルター，p.287）。たとえば、ルーシー・ブレアはレインの患者ですが、彼女は父親の「女」「娘」「家庭」という言葉によって縛られてきた女性です。父親は「今時の女たちは自立するという考えを抱いている」が、自分の「娘」は紳士階級の妻になるよう躾けられてきたのだから、娘のいるべき場はつねに「家庭」にあるべきという家父長的な価値観を押しつけるのです（ショーウォルター，p.285）。レインにとってルーシーの症例は、抑圧的な権力構造が家庭にも存在することを物語っています。

　カーターによると、レインの『ひき裂かれた自己』（*The Divided Self* 1960）は「1960 年代でもっとも影響力のある著書」であり、「これによって狂気、疎外、親嫌いが魅力的に見えた」といいます（Carter 1988, p.215）。カーターの作品をみても、狂気とも言える暴力や、常識を逸脱する行為に及ぶ人物が数多く登場し、支配者と服従者というジェンダーの枠組みからの脱出を試みるヒロインが多いと言えます。

　受動的で無口な女性に対して主体性のある雄弁な男性というジェンダーの枠組みや既存の力関係こそカーターが果敢に挑んだ障壁です。支配者と服従者という構図がわかりやすく描出されているのは初期の作品『魔法の玩具店』（*The Magic Toyshop* 1967）でしょう。孤児となった主人公メラニーは弟ジョナサン、妹ヴィクトリアとともに母方の叔父であるフィリップ・フラワーに預けられます。人形使いでもあり、玩具店を営むこの叔父は経済的に依存している妻マーガレット、その弟フランシーとフィンに対して暴虐的で、マーガレットは結婚したその日に口がきけなくなってしまったほどです。叔父の権力は、毎年 12

月26日に自らが演出する人形劇を全員に強制的に見せることによって誇示されています。マーガレットは実は弟のフランシーと愛し合っており、倫理的には許されない関係にあるのですが、カーターはそれを批判対象とはせず、ありのままに描いています。最後に、叔父の玩具店が火事になり、彼の支配から脱する機会が訪れたとき、マーガレットは言葉を取り戻し、メラニーはフィンと手を携えて逃げのびます。

『英雄と悪漢』(*Heroes and Villains* 1969)の主人公マリアンもまた「教授」(Professors)と呼ばれるインテリたちによって支配される「文明」の領域に息苦しさを感じ、とうとう脱出します。しかし、この物語は二重構造になっていて、「蛮人」(Barbarians)の仲間入りをしてジュエルという「蛮人」と結婚しても、マリアンは依然として「支配する・される」という男女間の闘争を続けなければなりません。ここにも、文明的抑圧と権力構造からの解放というカーターの思想的テーマが見え隠れしています。

主人公が感じる文明生活の窮屈さや父権というテーマは『血染めの部屋』の「虎の花嫁」(The Tiger's Bride)で掘り下げられています。この物語はボーモン夫人の『美女と野獣』の再話で、主人公が父親のつくった借金と引き換えに野獣に譲り渡されるという話です。カーターならではの語りによって、父親の犠牲となる「娘」の視点から描かれています。この取引相手である野獣とは虎の姿をした領主であり、「ラ・ベスチア」(野獣・動物の意)と呼ばれています。

カーター版ではこの「娘」の視点から野獣という異質なものの恐ろしさだけでなく彼女を惹きつけて止まない動物的な何かを巧みに描写します。野獣は「一度でいいから美しい若い女性の裸がみたい」(p.58)、そうすれば、父親の財産も返し、娘も解放するというのです。このことで主人公はプライドを傷つけられますが、それでも野獣の要求に従います。ちょうど、『魔法の玩具店』で思春期のメラニーがフィンの「獰猛で、洗い落されていない、動物の不快な匂い」に彼の男性性を感じるように(p.36)、大きな獣の前で自らの裸をさらした主人公は彼の一瞥によって「死んでしまうかもしれないと」思うほどであったと語っています(p.65)。

野獣の望み通り裸になった主人公は彼の館を去ることを許されるのですが、

父親との離別、野獣との結婚を決意します。父親のもと——家庭——に戻れるのに戻ろうとしない行動は異常と見なされるでしょう。しかし、カーターから見れば、この異常と思える行動は、その実、父権からの解放という正常な判断に基づいているのです。「彼（召使い）はもう（主人公の部屋の）ドアの鍵を閉める必要はなかった」は（p.66）、彼女が父親と野獣の取引の道具ではなくなったことを意味します。

　この野獣と人間の主人公の物語は、おとぎ話にはよくある「変身」で幕を閉じます。「蛙の王」や「美女と野獣」といった従来のおとぎ話では、動物に姿を変えられていた登場人物が物語の終わりでようやく人間の姿を取り戻します。ベッテルハイムにとって、人間の姿の回復は「下等生物」から「高等生物」への移行を象徴します（"move from a lower to a higher state of being"）(p.289)。しかし、カーターは意図的にこのプロセスを反転させるのです。「虎の花嫁」では、最終的に牡虎が人間に変身するのではなく、人間であった主人公が牝虎に変身するのですが、これは『狼の血族』のエンディングを彷彿させます。

> 　彼が少しずつわたしに近づいてきて、ついには粗いビロードのような彼の頭を、そして紙やすりのようにざらざらした舌を、自分の手に感じた。「彼はわたしの皮膚をなめて取り去ってくれるのだ！」
> 　こうして彼が舌でなめてくれるたびに、この世に生を授かったすべての皮膚が次々と剥ぎ取られてゆく。そしてそのあとには生えたばかりの緑青をふいたような、輝く毛が残った。(p.67)

　野獣が主人公に「生」とは何かを原始的なやり方で実地教授するこのエンディングは、息苦しい「文明」の領域からの解放とも読み取れます。また、人間を動物に変身させることは、チャールズ・ダーウィン（Charles R. Darwin, 1809-1882）の進化論に基づいて考えるなら、「退化」（degeneration）を辿ったことになり、フロイト的にいうと人間の性的発達段階を「退行」（regression）すること——前の段階に戻ること——を意味します。つまり、「理性」の回復を期待する読者にとっては、意表をつく衝撃の結末となるのです。

　カーターのこの奇想天外な物語にはどのような意味があるのでしょうか。ま

ず、これまで貶められてきた性や獣性の地位の回復が強調されています。それはカーターが生きた1960年代の「性の革命」の遺産ともいえます。彼女のおとぎ話再話で特徴的なのは「獣性」に攻撃性が伴わないことです。もちろん、『狼の血族』で狼人間の暴力性はおばあさん殺害に象徴的に描かれていますが、抑圧的な超自我を排除しようとする意図によって正当化されています。超自我のシンボルであるおばあさんの「頭」が粉々に砕かれるのです。人間の心理に内在化された権力構造や性をコントロールしようとする超自我がロザリンの「夢」という形をとって表象されています。

カーターは「狼の血族」や「虎の花嫁」で、他愛もないおとぎ話という隠れ蓑をまとい、権威批判やタブー破りをやってのけているわけです。彼女は誰でも知っているおとぎ話という無邪気な物語を媒体として、抑圧されてきた女性の無意識の声を代弁しているといえます。『魔法の玩具店』の口のきけないマーガレットの例をみても、「声」や「言葉」はカーターにとって重要な意味をもちます。もし夢が人間の無意識を象徴するのであれば、誰かが語り手となり分節化する必要があります。フロイトもベッテルハイムも文学作品やおとぎ話の力を借りて闇に閉ざされていた無意識世界を照らし出したといえますが、彼らの物語は万人共通の真理ではありません。

その証拠として、フロイトの精神分析理論に基づく分析は必ずしもすべての症例にあてはまるというわけではありませんでした。たとえば、ドーラという女性患者の症例があります。フロイトは彼女の社会的環境を考慮に入れることなく、彼女のヒステリーの症状は自慰的幻想、父親への近親相姦的欲望、バイセクシュアルな願望から生じているという解釈に徹しました。ドーラはフロイトの強引な解釈を否定し、最後には分析を途中でやめてしまうという形で反応するのです（ショーウォルター, p.203）。フロイトはあまりに性急に自分の言葉をドーラに押しつけようとした結果、彼女の信頼を失ってしまいます。

家父長社会においては、女性が「叛逆的」と男性の目に映る態度をとることもあるでしょう。それは「異常」な行為と解釈されるかもしれません。経済的に夫に依存する妻がたとえば、子どもの教育方針について自分の意見を聞いてもらえなかったとします。社会的にも金銭的にもレヴェレッジ（影響力）を欠

いている実質無力な妻は、夫を説得することはできるでしょうか。夫に頼まれて毎日夕食を作って待っていても外で食事を済ませてきてしまう彼に苛立ちを覚える妻は、彼の行動を改めさせることはできるでしょうか。もし彼女に残された手段がヒステリックに訴えることだけだとすれば、それを「狂気の沙汰」「異常な行為」であると片づけてしまうことはできないでしょう。

女性にもさまざまな欲求はあります。知的、性的欲求に加えて、人間として認められたいという欲求です。「娘」「妻」「母」という社会化された自己に徹することを強いられた結果、生の活動が封じ込められてしまい精神不安に陥ってしまったとしたらどうでしょうか。もちろん、精神病院でカウンセリングを受け、適切な処置によって症状は改善するのかもしれません。カーターのおとぎ話の再話は、そうなる前に無意識の声に耳を傾け、自分の存在そのもの（is-ness）——生理学的な身体——と対話する大切さを教えてくれます。生きていれば生じる欲求と折り合いをつけること、それをときには他者にも許すことが必要であるという現実的なアドバイスであるようにも解釈できます。

「異常」と見えるものが「正常」で、「正常」と見えるものが「異常」であるというテーマはカーターの作品に限ったことではありません。C・ブロンテの『ジェイン・エア』で屋根裏部屋に監禁される狂女バーサは、不気味な「動物」的存在として描かれましたが、彼女に人間の尊厳を与えた作家がいます。本書6章でも扱っているジーン・リースの『サルガッソーの広い海』という小説です。バーサの「異常」とも思える行為（たとえば彼女の言葉の喪失や首を噛む暴力的行為）が政略結婚の犠牲者という過去によって正当化されるのです。カーターやリースのように人間の無意識や生の絶え間ない活動を曇りない眼差しでとらえようとするとき、物語（フィクション）であっても葛藤する心の真実に近づくことはあるのかもしれません。

Further Reading

妙木浩之『エディプス・コンプレックス論争——性をめぐる精神分析史』講談社，2002：エディプス・コンプレックスというフロイトが考え出した概念にまつわる議論を精神分析の歴史と照らし合わせながら論じています。心が性の発達ラインに沿って組織化されている

というフロイトの議論が、どのように後継者たちに受け継がれていったかがわかりやすく解説されています。

ブルーノ・ベッテルハイム『昔話の魔力』波多野完治・乾郁美子訳，評論社，1978：『ジャックとマメの木』『赤ずきん』『ラップンツェル』などといったおとぎ話を、フロイトの精神分析理論を用いて分析しています。生きていく上でのさまざまな問題、なかでも、成熟するための「闘い」に関する問題を文学という形で扱っています。

現代女性作家研究会編『アンジェラ・カーター――ファンタジーの森（現代イギリス女性作家を読む）』勁草書房，1992：『血染めの部屋』以外にも、アンジェラ・カーターの代表作品（『魔法の玩具店』『英雄と悪漢』『新しいイヴの情熱』など）がわかりやすく解説されている作品論。カーターの特別インタビューも収録されています。

Endnotes

▶1 すでに18世紀半ばに、神経学と精神医学は、科学的前提を共有するようになります。1764年にカントが、精神の病が感情に根差す考え方を揶揄し、それがあくまで身体的なものであると主張しました。精神病の領域に、フランスで新たに起こってきた生物学を適用し、そのモデルによって人間の本質を解明しようとしました（Kant 1: 887-906）。

▶2 ここでは詳述しませんが、フロイトの理論は男の子の心理的発達を基準としており、女の子の成長を説明するには不十分という批判があることは留意する必要があるでしょう。

Bibliography

Bettelhaim, Bruno. *The Uses of Enchantment: The Meaning and Importance of Fairy Tales.* New York: Vintage Books, 1975.

Bottigheimer, Ruth B. *Grimms' Bad Girls and Bold Girls: The Model and Social Vision of the Tales.* New Haven and London: Yale UP, 1987.

Brooks, Peter. "What is a Monster? (According to *Frankenstein*)." *New Casebooks: Frankenstein.* Ed. Fred Botting. London: Macmillan Press, 1995.

Carter, Angela. "Truly, It Felt Like Year One." *Very Heaven: Looking Back at the 1960s.* Ed. Sara Maitland. London: Virago Press, 1988.

Gamble, Sarah. "Penetrating to the Heart of the Bloody Chamber: Angela Carter and the Fairy Tale." *Contemporary Fiction and The Fairy Tale.* Ed. Stephen Benson. Michigan: Wayne State UP, 2008.

Grimm Jacob and Wilhelm. "Little Redcape." *Brothers Grimm: Selected Tales.* Harmondsworth: Penguin Books, 1982.

Kant, Immanuel. *Werke.* Ed. Wilhelm Weischedel. 6 vols. Wiesbade: Insel, 1956-64.

Polidori, John William. "Medical Dissertation on Oneirodynia (Somnambulism)." David E. Petrain's "John William Polidori's "Medical Dissertation on Oneirodynia (Somnambulism)." *European Romantic Review*, 21: 6, 775-788.

Richardson, Alan. *British Romanticism and the Science of the Mind.* New York: Cambridge UP, 2001.

Sexton, Anne. *Transformations.* Boston & New York: A Mariner Book, 1971.

Shelley, Mary. *Frankenstein. The Novels and Selected Works of Mary Shelley*, vol.1, ed. Nora Crook, London: William Pickering, 1996.
Zola, Emile. 《Ebauche》 *de La Bête humaine*, manuscrit conserve a la Bibliotheque nationale de France, N.a.f. 10274, f° 400.
イーグルトン，テリー『文学とは何か——現代批評理論への招待』大橋洋一訳，岩波書店，1997.
ヴァレリー，ポール『ヴァレリー・セレクション』（下），東宏治，松田浩則編訳，平凡社，2008.
河合隼雄『無意識の構造』中公新書，2013.
ゲイ，ピーター『フロイトを読む』坂口明徳，大島由紀夫訳，法政大学出版局，1995.
現代女性作家研究会『アンジェラ・カーター——ファンタジーの森』勁草書房，1992.
ショーウォルター，エレイン『心を病む女たち——狂気と英国文化』山田晴子，薗田美和子訳，朝日出版社，1900.
ストー，アンソニー『フロイト』（講談社選書メチエ），鈴木明訳，講談社，2000.
ベッテルハイム，ブルーノ『フロイトのウィーン』森泉弘次訳，みすず書房，1992.

「狼の血族≪デジタルニューマスター版≫」（DVD 発売中，税込 2,500 円＋税，発売・販売元：㈱東北新社）©MCMLXXXIV ITC Entertainment Limited. Licensed by Carlton International Media Limited. ※DVD 発売情報は 2014 年 5 月現在のものです。

コラム　文学と価値の転換

　Ｅ・Ｍ・フォースターの『ハワーズ・エンド』（1910）を読むと、価値の転換を体験することができます。といっても、何のことだか皆目見当がつかないでしょう。文学作品は読んで価値転換を体験することが醍醐味ともいえるので、こうして第三者の言葉で説明すること自体その論理に反するともいえます。しかし、みなさんをそういった体験に誘うためにも、文学の価値転換がどういったものなのか身近な例をあげて、具体的に踏み込んでみたいと思います。
　今日、人びとの生き方は多様化しているといえます。1986 年に施行された男女雇用機会均等法により、多くの女性が社会参画を遂げました。バリバリ働く女性を家庭で支える「専業主夫」（house husband）も年々増加しているようです。しかしその一方で、同年 1986 年に、国民年金大改正によって主に専業主婦のために保険料を納めなくてもよい制度――そういう人たちを第三号被保険者と呼ぶ――が作られていました。家事・子育てに専念する主婦の老後の生活も保障することを目的として改正されましたが、社会に出て働きたいと願う第三号被保険者――女性に限らず男性も――にとっては、足枷となっているという見方もあります。つまり、日本社会は「家庭」と「社会」との分離を促す原因を作ってきたということもできるのです。
　これに関連して生じた価値観もあります。競争原理についていける人間だけが公的領域で活躍し、それに不向きな女性――主夫の場合は男性――は家庭を守る、という男性原理と女性原理を分離する価値観です。思いやりやケアの倫理は家庭――主に女

性——に求められます。育児や介護の担い手は長いこと女性でしたし、その傾向はまだ大きく変わってはいません。

『ハワーズ・エンド』は「家庭」と「社会」が相互に疎外しあうしくみを20世紀初頭に早くも問題視していました。元来女性的と考えられていた親密性や人間関係、そして思いやりやケアの倫理が社会から隔離されていることを疑問に付しているのです。合理性や社会的成功といった価値観が優位に、そして助けを必要としている人に手を差し伸べることといった本能に基づく価値観が劣位に置かれてきたのは、社会全体が男性原理を規範としていたからだということに気づかされます。それは、主人公のシュレーゲル姉妹の視点を通して、親密性や他者に対する思いやりについて再考を促されるからでもあり、姉マーガレットがウィルコックス夫人から継承するハワーズ・エンドという家とその空間が作り出してきた家庭の記憶、温もりを感じ取ることができるからでしょう。その対抗軸として体現されるウィルコックス氏の価値観は資本主義の競争原理に基づいていますが、どれほど名誉や富を手に入れたとしても、その代償として他者への気遣いや人間的な感性を失うのであれば、その成功に本当の「価値」はあるのか、と問うているのです。

『ハワーズ・エンド』が刊行されてから70年以上も経ってようやくナンシー・ギリガンという研究者が理論的に同様の問題を提示しました。『もう一つの声——男女の道徳観のちがいと女性のアイデンティティ』で、ギリガンは「家庭」やそれに付随する性質が二次的なものとして認識されてきたことを指摘し、心理学の視点から親密性やケアの倫理を再考することによって、よりポジティブな解釈を行っています。もちろんギリガンの理論も説得力はありますが、フォースターの小説を読んでみてください。登場人物たちの葛藤や迷いに一喜一憂し、心動かされます。価値転換とはそういうときに起こるものです。

(小川公代)

TWO

女同士の絆

ヘンリー・ジェイムズの『ねじの回転』と精神分析・クィア批評

生駒久美

　カルト的人気を誇るデヴィッド・リンチ監督の『マルホランド・ドライブ』(2001) を観たことはあるでしょうか？　カンヌ映画祭で監督賞を受賞した名作ですが、ハリウッドの映画女優になることを目指してカナダから出てきた女性主人公の夢と現実とが描かれています。女優としての才能が認められ、恋人の女性との甘美な関係を築くことを期待しながら、実際は女優として売れない上に、恋人にも裏切られます。そして恋人を殺害し、良心の呵責から狂気に陥って自殺してしまうのです。夢と悪夢を入れ子構造にしながら、高度に商業化されたハリウッド社会という場で、ホモエロティックな欲望を貫くことの困難が浮き彫りになるのです。

　しかし近年アメリカでは、性的マイノリティの権利をめぐって、劇的な変化が起きています。2012 年、バラク・オバマ大統領が歴代大統領のなかではじめて、同性の結婚の支持を表明し、再選されると、翌年 6 月 26 日に、アメリカの連邦最高裁は、連邦法である「結婚保護法」を違憲とする判決を下しました。結婚は男女のあいだでするものという考え方が、憲法で認められた権利の平等に反するとしたのです。現在、同性婚を合法化した州もこれまでに 16 州に上ります。このことは、セクシュアリティ（性的指向）をめぐるプライベートな感情やライフスタイルが、パブリックな次元でも承認を得てきたことを物語っています。現代の公民権運動だと言われる所以です。

　本論では、セクシュアリティの問題をめぐって、ヘンリー・ジェイムズの『ねじの回転』を取り上げます。これまでフロイト派精神分析、ラカン派精神分析など、さまざまな解釈や論争を誘発してきました。まずこれらの批評を概観した後、作中における女性同士のホモエロティックな関係性に焦点を当てます。これまで主として異性愛の枠組みのなかで解釈されてきたこの作品に、クィア理論の視点から光を当てることによって、批評の新たな地平を切り開くことを目指します。

> **Keywords**
> フロイト　エディプス・コンプレックス　ラカン　鏡像段階　転移　ファルス　ソシュール　シニフィアン　シニフィエ　異性愛主義　クィア理論　イヴ・コゾフスキー・セジウィック　ヘンリー・ジェイムズ　『ねじの回転』

1 ≫ 精神分析とクィア批評

　本書第1章で詳細に論じられているように、フロイトの精神分析は、文学理論の領域で大きな影響力をもってきました。精神分析は、人間のセクシュアリティについて探求した最初の学問的理論ですが、文学をはじめとする人間の文化的形成物についても、性の視点からの解釈を導入したのです。後で説明するように、1950年代から60年代にジャック・ラカン（Jacques Lacan, 1901-1981）が登場し、精神分析の言語論的転回を行います。つまりラカンは、精神分析を言語の視点から読み替えたのです。人間の精神構造と言語への洞察によって、精神分析は文学理論にさらに大きな影響を与えました。しだいに、フロイト理論が、根深い男性中心主義の傾向があること、そして同性愛を倒錯とし、男女間の異性愛のみを正常とする見方にとらわれていることが問題になってきます。

　精神分析を批判的に継承する形で登場したのがクィア理論でした。もともとクィアという語は、男性同性愛者に向けられた蔑称でした。しかしそれは多様なセクシュアリティ――さまざまな性的なアイデンティティ（自分はどの性か）やオリエンテーション（どの性を愛するか）――を、異性愛規範（heteronormativity）とは異なった仕方で理解することを可能にしました。1990年代以降、イヴ・コゾフスキー・セジウィックやジュディス・バトラーをはじめとする研究者たちが、すでに存在していたゲイ・スタディーズ、レズビアン・スタディーズを包括した新しい性的マイノリティ研究、すなわちクィア研究を生み出したのです。

　精神分析批評とクィア批評はこれまでさまざまな作家や作品を取り上げてきましたが、とりわけアメリカの作家ヘンリー・ジェイムズ（Henry James, 1842-1910）は、両者から好んで取り上げられてきた点で、興味深い作家です。

本論では、彼の代表作『ねじの回転』(*The Turn of the Screw* 1898) を素材にして、これらの理論がどのように作品を読み解いてきたかを示したいと思います。まず最初にヘンリー・ジェイムズという作家と『ねじの回転』という作品を紹介し、精神分析によるこれまでの代表的な作品解釈を概観します。フロイト派精神分析に基づいたエドマンド・ウィルソンの解釈と、それを批判したラカン派のショシャナ・フェルマンによる読解です。その際、ラカンの「鏡像段階」などの重要な概念を説明します。その上で、これらの精神分析的解釈が異性愛を前提としてしまっていることを指摘し、それに代わるオルタナティブとして、クィア批評を紹介し、その観点から作品を分析してみることにします。クィア批評を知ることによって、私たちの認識を広げることを目指します。

2 》》 ヘンリー・ジェイムズと『ねじの回転』

　ヘンリー・ジェイムズは、ヨーロッパとニューヨークを往来した経験から国際的テーマを取り上げ、文体の実験を通じてアメリカ文学においてリアリズムを確立した小説家です。[1]

　父に宗教哲学者、兄にプラグマティズムを唱えた有名な心理学者・哲学者のウィリアム・ジェイムズ (William James, 1842-1910) をもち、ニューヨーク有数の知識階級に属する裕福な家庭に生まれました。[2] 父親の教育方針に従って子ども時代の多くをヨーロッパで過ごし、ヨーロッパの豊かな文化風土への見聞を深めました。1862 年、ハーヴァード大学法学部に進学しますが、法曹の世界に馴染めず、文学活動を始めます。初期の代表作『ある婦人の肖像』(*The Portrait of a Lady* 1881) は、自由を愛する無垢なアメリカ娘が、ヨーロッパ貴族との結婚を通じて、文化的には成熟しているが道徳的には堕落したヨーロッパ文化の悪習を知りますが、最終的にそれを甘受することで成熟していくという内容の小説です。代表作からもわかる通りジェイムズは、アメリカとヨーロッパの風俗を「無垢」対「経験」という形で対比しながら、結婚や道徳といったことがらを中心テーマとしたリアリズム小説を残しました。そうしたなかで特筆すべきは、「現実」を認識する上で重要になる「視点」に関する問題意識を

深めたことです。1890年代に入るとジェイムズは、全知の語り手（omniscient narrator）が三人称で語る客観的視点ではなく、特定の作中人物の視点から登場人物の行動や心理、出来事の意味を解釈するという心理的リアリズムを追求しました。不完全な視点を用いることで、「現実」「真実」の認識の困難や不完全性を表現していくようになったのです。認識の困難を取り扱った作品のなかでももっとも有名な作品のひとつが、家庭教師の手記という形をとった一人称小説の『ねじの回転』です。

　『ねじの回転』は、イギリスの古い、荘厳な田舎屋敷に住む2人の子どもたちの教育と養育を任された、若い家庭教師の目から見た事件の手記、という形をとっています。子どもたちの両親はすでに他界していて、伯父にあたる独身男性が子どもの後見人となっています。子どもたちの世話に煩わされたくない彼は、子どもたちに関わるあらゆる問題をひとりで処理することを条件に、若い女性を家庭教師として雇います。彼女はマイルズとフローラという2人の美しく、躾の行き届いた子どもたちを一目で好きになりますが、そうした好意は疑惑へとすぐに変わります。まずマイルズが放校されたという手紙が、その理由が記載されない形で彼女のもとに届き、純真無垢だと思っていたマイルズに疑いを投げかけるようになります。

　次に彼女は、この屋敷や周辺に幽霊が出没することに気づきます。彼女は、女中のミセス・グロウスから聞いた話から、その幽霊がピーター・クイントとミス・ジェスルという、かつて存在した使用人と彼女の前任者であった家庭教師であると同定します。家庭教師は、ミセス・グロウスの話を手がかりに、親密な関係であった2人の幽霊が、その関係をおそらく知っていた子どもたちを堕落させようとしているのだという確信を固めていきます。ゆえに彼女は子どもたちを救うために悪魔払いをすることにします。つまり、彼女は純粋さを装っている子どもたちが、実は幽霊たちと結託していることを白状させようとするのです。そこでまずフローラがミス・ジェスルの幽霊と一緒にいた（と家庭教師が考えた）現場を取り押さえ詰問すると、フローラは彼女に激しく抵抗し、重い病にかかってしまい、ミセス・グロウスに町へ運ばれます。屋敷に残された家庭教師は、マイルズをクイントの幽霊から守ろうと決心し、マイルズに

「クイント」の名前を自白させようとして、彼も「クイント」と一言つぶやきます。勝利を確信した彼女は、マイルズを強く抱きしめますが、少年は彼女の腕のなかで息絶えてしまっていたのです。

　はたして家庭教師の見た幽霊は実在するのでしょうか。それとも彼女の妄想にすぎないのでしょうか。それはテクストのなかだけでは決定することが困難です。家庭教師の視点が主観的である以上、語られる事実の「客観性」は絶対的なものではありません。このように、この小説における女主人公は典型的な「信頼できない語り手」（unreliable narrator）であり、家庭教師の「視点」および「語り」をどのように評価するかということが問われてきました。

　「幽霊」の客観的事実を否定するか肯定するかによって、批評は2つの陣営に分かれるようになりました。前者が精神分析的解釈であり、後者は形而上学的、宗教的、あるいは倫理的な解釈です。後者についてはここでは立ち入りませんが、同じ精神分析にもさまざまなアプローチがあることを知る必要があります。

3 ≫ 精神分析批評と『ねじの回転』

　ジークムント・フロイトによって創始された精神分析は、人間の心理や文化の根底に性的欲動（リビドー）があるとし、性的な無意識が意識を規定していると主張しました。フロイトは、当時彼が住んでいた世紀転換期のウィーンで頻繁に見られたヒステリーなどの神経症の症状の原因は、性的欲望の抑圧であるとしました。フロイトを継承、発展させたフランスのジャック・ラカンは、フェルディナン・ド・ソシュール（Ferdinand de Saussure, 1857-1913）の言語学を取り入れ、人間の無意識は、言語記号のように構造化されているとして、構造主義的な精神分析を展開しました。

　文学研究者、批評家たちはこうして展開した精神分析を文学作品の解釈に取り入れます。なかでもヘンリー・ジェイムズの『ねじの回転』は、語り手である家庭教師の「正気」に疑問を投げかけるように読者を誘う点で、精神分析批評と親和性が高い作品です。1934年、アメリカの文芸批評家エドマンド・

第2章　女同士の絆　43

ウィルソンは、フロイト的観点から『ねじの回転』の主人公の性的抑圧を取り上げました。さらに1977年にはショシャナ・フェルマンが、ウィルソンを批判し、ラカン派精神分析の観点から作品に解釈を施しました。各議論を詳しく見ていきましょう。

　ウィルソンは「ヘンリー・ジェイムズの曖昧性」(1934)で、主人公である家庭教師の性的欲求不満を指摘し、家庭教師が見た幽霊は、性的欲求不満に起因するヒステリーによるものだと論じています[6]。ウィルソンはまず、家庭教師を除いて幽霊を見た者がいないことに言及します。なるほど、家庭教師の教え子たちの謎を呼ぶ行動は、あたかも子どもたちも幽霊を見たことの証左のように彼女によって描かれています。しかし、実際は家庭教師の一方的な語りでしかなく、子どもたちが本当に幽霊を見たかどうかは定かではありません。彼女に信頼を置く無学で純粋なミセス・グロウスでさえ、幽霊を目撃したことはないのです。

　家庭教師の性的抑圧は、彼女の生い立ちと深い関係があるといいます。「ねじの回転」の物語冒頭で語られているように、彼女は「貧しい田舎牧師の末娘」として育てられています。つまり、主人公の家庭教師は、ヴィクトリア朝中産階級の厳格な道徳規範を内面化し、性的欲望を抑圧するように育てられたのです。ウィルソンは家庭教師の性的抑圧を次のようにまとめています。

> 　彼女が見る、陰鬱な罪を背負った亡霊たちと、その亡霊に対する彼女の態度を、表面に現れた彼女の会話をもとに検討してみよう。するとすぐに、英国の中流意識をもち、自然な性衝動を自分に認めることができず、しかも目下の者に対しては、全く欺瞞的な、そして彼らの最上の利益とは決してならない目的を押し付けて平然としていられる、仮借ない英国の「権威」を身につけた貧しい田舎牧師の娘の、正確で悲しい描写のように思われてくる。(p.95)

　このような厳格な性規範のゆえに、彼女は、子どもたちの伯父で彼女の雇い主である独身男性に性的な欲望を抱いても、抑圧せざるをえなかったというわけです。そのため彼女は、主人の服を着たクイントの亡霊を「塔」の上で見る一方、おそらくクイントと性的関係にあった前任の家庭教師ミス・ジェスルの霊

を、「湖」で見るようになったのだ、とウィルソンは解釈します。ウィルソンによれば、塔は「男性器の象徴」であり、湖は「女性器の象徴」だからです。
　ウィルソン以降、彼の性的な解釈に賛成するか、反対するかによって、フロイト派と反フロイト派に分れて論争が起こりました。しかしその後精神分析（批評）そのものにも新たな展開が生じます。ラカン派の精神分析に依拠する批評家ショシャナ・フェルマンは、ウィルソンのフロイト解釈を批判し、まったく異なる読みを展開しました。その批判は、フロイトを否定するものではなく、むしろ「フロイト派」を標榜する学者が精神分析を単純化し、すべてを「性」に還元してしまっていることに向けられています。それに対し、フェルマンが依拠するラカンは、フロイトは無意識が単に「性的」なものを表していると言おうとしたのではなく、むしろ、夢の解釈を通じて、無意識の語る言語のあり方を明らかにしようとしたのだと言います。フロイトによれば、私たちが睡眠中に見る夢では、たえず言葉やイメージの「圧縮」と「置換」が行われていますが、この夢の作業は、「隠喩」と「換喩」という言語の2つのしくみに対応しているのです。性的な欲望もこのような作業を通して表現されるのです。それゆえ、ラカンは、人間の無意識は、圧縮や置換を通じた記号表現の連鎖として、言語のように構造化されているといいます。夢であれヒステリー患者の語りであれ、それが何を語っているかというだけでなく、いかに語っているかに目を向けることが重要なのです。精神分析にとって、それをいかに読むか、が問題になります。フェルマンは次のように言います。

　　実際、ラカンにとっての無意識は読み取るべきものにとどまらず、何よりもまず、読むものなのである。フロイトが無意識を発見できたのは、ヒステリー症患者の言説に彼［＝フロイト］自身の無意識を読み取ったからに他ならない。つまり、彼自身の内で読んでいるものをそこに読み取り、読み取るべきものの内で読んでいるものをそこに読み取ったからに他ならないのだ。(p.416)

　ここではもう1つの重要な指摘がなされています。患者の語りを聞くことは、その言葉を読む行為であり、それによって他者の語りに参加しているのです。精神分析医は、被分析者の無意識を解明しようとするとき、すでに、つね

第2章　女同士の絆　　45

にその無意識に巻き込まれてしまっているということです。つまり、分析者と被分析者を切り離し、全知の立場から他者を対象として一方的に分析を施すことなど可能なのだろうかと問いかけているのです。言い換えれば、フェルマンは、精神分析とは、ウィルソンの考えていたのとは違って、被分析者（もしくは患者）の無意識の「真相」（すなわち、抑圧され隠された性的欲望）を究明することではない、と主張しているのです。このような形で、フェルマンは、自らが精神分析に与していることに意識的でありながら、むしろ意識的だからこそ、ウィルソンを中心とするフロイト精神分析を標榜する批評家たちにとりわけ批判を投げかけているのです。

精神分析治療の現場において、分析者が被分析者を分析するうちに、被分析者が分析者に感情的に「転移」(transference)するように、分析者も被分析者に逆転移することがままあるといいます。パメラ・サーシュウェルによると、転移とは、ある対象から別の対象への感情の「置き換え」(substitution)を指しています (p.39)。精神分析において転移とは、被分析者が別の人に向けていた愛憎などの強い感情が、分析の過程で分析者である医者に向けられていくことを指すのです。それとは反対に、逆転移とは分析者がまったく支配できない無意識の感情を患者たちに向けてしまうことを意味しています。

フェルマンは、こうした転移関係が、精神分析批評家と文学テクストのあいだでも起こりうると主張します。彼女は、幽霊退治しようとする家庭教師と、家庭教師から狂気を解釈しようとするウィルソンの相同性を指摘しています。

> 逆説的なことに、「ねじの回転」に仕掛けられた罠はあまりに強力なので、家庭教師の狂気を暴き、分析するウィルソンは、それと気づかぬままに、そうした狂気を模倣し、そこに参与してしまうのだ。診断の仕草、他者の狂気を指し示す仕草が、まさに己自身をその狂気から除外することを目指すのだとしても、ここでは、除外＝排除が包摂と化している。つまり、家庭教師を狂女として締め出すことは、同時に、彼女が為す排除という仕草を繰り返すこと、即ち、彼女の狂気に包摂されることなのである。(p.516)

フェルマンは、ウィルソン（解釈者）と家庭教師（被解釈者）の関係に転移が

働くことを主張しています。ウィルソンは、転移を問題にせず、さも客観中立的な解釈者のようにふるまっていますが、そのこと自体、家庭教師の身振りを反復しているにすぎないのだというのです。

　それでは、フェルマンは、『ねじの回転』を具体的にどのように読むのでしょうか。鍵になってくるのは言葉の問題です。以下の引用は、ウィルソン、フェルマン双方が引用している場面、家庭教師が教え子フローラの船作りの遊びを目撃する場面です。

　　あの子［フローラ］は何か小さな平らな板切れを手にしていて、それに小さな穴があいていたので、そこにもう一つの木片を差し込めば、マストのあるボートが出来ると考えたようです。わたしが見ていると、もう一つの木片を一生懸命に穴にはめ込もうとしていました。(pp.203-4)

　ウィルソンは、この箇所を引用して、「穴」を「女性器」、穴に差し込もうとする「マスト」を「男性器」の象徴であると解釈しています。ウィルソンは、そうした記号表現に象徴的解釈を与えることで答えとしているのです。それに対して、フェルマンは、無意識もしくはテクストに一義的で透明な「意味」を与えることが精神分析（的批評）の目標ではない、とします。彼女は、「穴」や「マスト」の性的コノテーションを認めながら、それでは「マスト」や「穴」はいったい何を指すのか、と思考を続けています。彼女は、ウィルソンがあげた引用後に続く、次の家庭教師とミセス・グロウスの対話に注目しています。

　　この後できるだけ早くミセス・グロウスを捕まえました。それまでのあいだ、わたしがどのようにして堪えていたか、とてもうまくお話しすることはできません。彼女の腕に身を投げるようにしてしがみついたときに大声で言った言葉は、今でも耳に残っています。「あの子たちは知っているのよ！　ひどすぎるわ！　知っているのよ、本当に知っているんだから！」「いったい全体、何を知っているとおっしゃるのです？」わたしを抱きしめてくれている彼女の、信じられないという感情が伝わってきます。「だから、わたしたちが知っていることのすべてよ！　ほかにも、きっといろいろ知っているのだと思うわ！」(pp.204-5)

家庭教師にとって、文字通りの意味での性行為だけではなく、「知る」ということが問題になっているのです。子どもたちの「知」は家庭教師を脅かします。逆に言えばここでは家庭教師の支配への欲望が現れているのです。子どもたちを幽霊から救出しようとする家庭教師は、自らを難破船の船長に喩えています。そこでフェルマンは、船の「マスト」(mast)と「主人」(master)の語の類似性に着眼し、家庭教師の「主人」への欲望を指摘しています。いいかえれば、家庭教師が用いる「マスト」という言葉は、彼女の心を取り乱す男性器の象徴というよりも、「マスター」(主人)という別の言葉を暗示しているのです。「子どもたちは知っているのよ！」と騒ぎ立てる家庭教師にとって、「マスト」は、意味を知るための鍵や支配者である「マスター」を指し示す「シニフィアン」となっているのです。

　言語学者のソシュールによれば、言語記号は、「シニフィアン」と「シニフィエ」から成り立っています。シニフィアン（フランス語で「意味するもの」）とは、言語記号そのものをあらわし、シニフィエ（「意味されるもの」）は、その意味内容です。そしてラカンは、ソシュール言語学を取り入れながら、シニフィエに対するシニフィアンの優位を唱えました。フェルマンも同様に、「マスト」という記号をその意味（フロイト的な象徴的解釈も含めて）に還元するのではなく、その言葉の表面に注意を向けることを促しているのです。つまり、「マスト」というシニフィアンは、まったく意味の異なる「マスター」という別のシニフィアンを指し示しているのです。言い換えれば、「マスト」という言葉を「男性器」という単純な意味に還元するウィルソンの解釈は、シニフィアンの連鎖というテクストのはたらきを見逃してしまっているのです。フェルマンは、ウィルソンの暴力的な解釈は、意味を与え権力を掌握しようとする家庭教師の素振りをくり返しているにすぎないと述べているのです。

　さらに彼女は、「マスト」「マスター」という一連の語彙は、この小説の表題である「ねじ」にも連関している、と論じています。ここでフェルマンは、ラカンの「ファルス」という概念に言及します。ファルス、すなわち「男根」とは、こうした性的・象徴的な欲望が目指しているものを表す名前、シニフィアンだとされます。フェルマンによれば、「マスト」「マスター」「ねじ」(screw)

というように、記号が他の記号を指していくシニフィアンの連鎖を動かす欲望、そしてそのたえず滑っていく運動そのものを名づけるものが、ファルスなのです。そして『ねじの回転』とは、まさにそのようなシニフィアンの終わりなき運動を暗示するタイトルであり小説だというのです（pp.486-87）。

　興味深いことに、通俗フロイト的解釈のウィルソンを批判したフェルマンは、ここでふたたび性的な解釈に戻っているようにみえるのです。もちろんラカンも、ファルスは決して男性の身体の一部分などという実体的な意味ではなく、あくまで象徴的な心的構造に関わるものであり、男性と女性をともに規定していると強調しています。しかし、ファルスは、単に言語的な機能を果たすというわけではなく、言語に媒介された欲望、とりわけセクシュアリティのあり方を指していることは間違いありません。問題はしかし、性的な解釈をしていること自体ではなく、どのような性的解釈をしているか、なのです。竹村和子が述べているように、ラカンの「ファルス」という名称へのこだわりは、精神分析のなかに根深い男性中心主義、そして異性愛規範が根を下ろしているということを示しているでしょう（pp.99-106）。フェルマンは（少なくとも『ねじの回転』についての論文では）、ウィルソンを批判しつつも、精神分析の根本的な傾向については問題提起を行ってはいません。このようなセクシュアリティの見方に対してオルタナティブを出したのがクィア批評でした。

　ここでは、クィア批評の立場から異性愛主義を問い直す作業に入る前に、精神分析批評をより詳しく見ておきましょう。フロイトが見い出した「転移」の概念や、ラカンの鏡像段階論が、『ねじの回転』の登場人物の関係性を理解する上で役に立つことがわかるはずです。

4 ≫ 「主人」になる家庭教師：転移と鏡像段階

　フェルマンがすでに指摘している通り、『ねじの回転』は、「転移」（transference）の物語と言っても過言ではありません。転移は小説内でくり返し起こっています。この家庭教師の物語で起こる最初の転移は、家庭教師の主人、より厳密に言えば主人の幻想への転移です。家庭教師の、雇い主への第一印象

は次の通りです。

> 面接をした、いずれ雇い主になるかもしれぬ人物は、男盛りの独身の紳士で、ハンプシャーの牧師館からやって来たばかりの、小心で内気な若い娘の目には、夢かロマンス以外ではおよそ見たことのない男性であった。[…] ハンサムで大胆で愛想がよく、気さくで明朗で親切だった。当然ながら娘は、女性にやさしい、素敵な人だと思った。だが、何より娘の心を奪い、後で示すことになる勇気を沸かせたのは、彼がすべてを任せたい、もし引き受けてくれるなら、どれほど感謝し恩に着ることか、と言ったことであった。(p.139)

「すべてを任せたい」と屋敷の全権を託された主人公。彼女が、20歳にもならないのに、住みなれた土地を離れて、田舎に働きに行くことを決意したのは、この主人のセリフであることは看過できません。牧師の父から厳しく躾けられて育った主人公は、父から自由になって、主人のごとく、権力を握りたかったことがほのめかされています。

おそらく、雇い主に全権を託されたことと、就任先のブライの屋敷に来た初日に彼女が生まれてはじめて自分の全身を見ることは無関係ではないでしょう。「さらに頭から足の先まで映せる大きな姿見があって、わたしは生まれて初めて自分の全身を映してみました」(p.146)。彼女は、自己像だけでなく、屋敷すべての意味を掌握しようとします。「部屋の中のあちこちを眺め、部屋の全体像をつかもうとして」います (p.147)。数日後には、「邸内の様々な事実の中に、眠れないまま、わたしはあらゆる意味を読み解いていました」と主張しています (p.198)。さらに前任の家庭教師の幽霊（と彼女が考えるもの）を見たときは、「表面には出ないけど、奥深く隠れていることがいろいろあるのよ。よく考えれば考えるだけ、いろいろ見えてくるわ。そして、見れば見るほど恐ろしくなるの。わたしには何でも見えているし、どんな恐ろしいものも分かっているつもりだわ」と (p.207)、すべてを見通せるという力を確信しています。

全体性を掌握する欲望は、ラカンの言う「鏡像段階」の幼児を思い出させます。鏡像段階以前では乳児は自分の身体を、まとまりのない寸断された身体として体験します。すなわち横たわっていることしかできない無力な乳児は、自

分の全体像をとらえることができず、不安定な状況にいます。しかし生後6ヵ月くらいから乳児は、鏡に映った虚像の自己を他者ではなく「自己」と誤認することで、自己のイメージを形成するというのです。ラカンは次のように言います。

> 主体が幻影のなかでその能力の成熟を先取りするのは身体の全体的形態によってなのですが、この形態はゲシュタルトとしてのみ、すなわち、外在性においてのみ主体に与えられるものであって、そこではたしかにこの形態は構成されるものというより構成するものでありながら、とりわけこの形態は主体が自分でそれを生気づけていると体験するところの騒々しい動きとは反対に、それを凝固させるような等身の浮彫りとしてまたそれを逆転する対称性のもとであらわれるのです。(pp.126-27)

ここでラカンが強調しているのは、彼が「ゲシュタルト」(ドイツ語で「形態」)と呼ぶ虚像に同一化することで獲得される主体の統一性、全体性の獲得ではなく、むしろ、外界の虚像に頼ることでしか自己同一性を獲得できない主体の不完全性です。わかりやすく言えば、自己の身体のイメージはあくまで外的なものにすぎず、同一化する自己と同一化されるイメージは原理的に別のものです。このように分裂した自己を「統一された自己」として誤認することで獲得された自分は、いつまたばらばらになるかわからない不安から逃れることはありません。つまり、人間は自己からつねにすでに「疎外」されているのであり、鏡に映るゲシュタルトは、分裂した自己を隠す仮面として機能しているのです。

『ねじの回転』に話を戻しますと、ラカンの言う乳児同様に、主人から全権を与えられたばかりの主人公は、鏡像の自己の全体像を本物の自己と誤認して全能感に浸っている、と考えることができます。鏡像は鏡像でしかない以上、それは虚像にとどまります。それにもかかわらず彼女は鏡像という虚像を通じて想像的な全体性を担保しようとしているのです。ラカンはこのような自己のあり方を「想像界」(想像的なもの) と呼んでいます。

自己の全体像を掌握したと思い込むことで、屋敷の内部だけでなくあらゆる

謎を読み、解き明かそうとする主人公。彼女はその後、ヘンリー・フィールディング（Henry Fielding, 1707-1754）の『アミーリア』といった文学作品だけでなく、幽霊の謎（「女[ミス・ジェスル]の心を読み取った」）、さらにはマイルズの真意を読み取ることで（「マイルズの困ったような背中を眺め、意味を読み取ろうとする」[p.333]）、マイルズを救済しようとします。要するに彼女は、主人のポジションを獲得することで、エディプス期以前の幼児のごとく、自分の全能感を妄信しているのです。[8]

　皮肉なことに、家庭教師は自ら「主人／権力」になることで、主人の命令に忠実に従っているのです。たとえばマイルズと2人きりになった家庭教師は、「お邸の者たちの手前、今のわたしの地位の高さを示そうと、昼の食事はマイルズとともに階下の豪華な食堂で済ますよう命じました」と（p.329）、自ら率先して彼女の幻想上の主人の役割を担っています。マイルズが退学処分を受けたとき、主人公は主人の「主人を絶対に煩わせてはならない」という命令に従順に従うことで、彼女自身が主人の立場を保持しているのです。逆説的な話ですが、主人公は、主人の命令を貫徹して徹底的に受動的になることで、彼女が幻想する主人の権力を掌握し、自ら主人になっていると認識しているのです。家庭教師は主人に同一化しているということがわかるでしょう。そのような意味で、主人と家庭教師の関係は、上下、もしくは主従関係というよりも相補的な関係だと言うことができます。

　しかし、彼女が、「主人を絶対に煩わせてはならない」という命令を結果的に最後まで守り抜いたのは（p.143）、無意識のうちに主人と「なった」、正確に言えば「誤認した」彼女が、本物の主人を屋敷に入れることへの拒否を示していたとも解釈できるのではないでしょうか。主人の命令に従いつつも、連絡をとらないことを通じて「主人」のポジションを獲得した彼女が、ミセス・グロウスとどのような関係を築いていたのかが重要になってきます。家庭教師とミセス・グロウスの関係性を解釈する上で大きな示唆を与えてくれるのがクィア批評の視点です。それでは次にクィア批評について紹介しましょう。

5 ≫ クィア批評の視点からみる女同士の絆

　ジェイムズ研究をはじめとして、最近のアメリカ文学研究では、クィア批評の視点からの文学作品の読み直しがさかんに行われています。クィア批評とは、異性愛の規範（heteronormativity）から逸脱したジェンダーやセクシュアリティを扱う研究領域を指しています。ここではまずその社会的、歴史的文脈を見ておきましょう。

　すでに 1960 年代以降、フェミニズムの理論と運動が、セクシズム（sexism）、つまり男性中心的な性差別主義を問題化し、ジェンダー（gender）の視点から、伝統的な「男らしさ」「女らしさ」が決して自然なものではないこと、それはむしろ文化的、歴史的に構築されてきたことを解明してきました。それはたしかに、家父長制度の長い歴史を考えれば画期的なものでした。しかし、この時期のフェミニズムには 2 つの傾向があったように思われます。まず、ジェンダーを文化的な構築物として、身体的、解剖学的なセックスから分離しようとするあまり、セクシュアリティの問題が後景に退いてしまうきらいがありました。またフェミニズムは、男女の差別もしくは関係性にこだわっていたために、性愛は男女のあいだでのみ交わされるべきでありそれ以外のあり方は異常だとする、伝統的な考え方や制度自体を批判することは中心的な課題とはならなかったのです。

　しかし、竹村和子（1954-2011）が論じているように、セクシズムは、同時に、「ヘテロセクシズム」として、解明され批判される必要があります。「異性愛主義と性差別は別個に存在しているのではなく、近代の性力学を推進する言説の両輪をなすものである」(p.37)。セクシズムにおける女性蔑視（misogyny）は、同性愛嫌悪（homophobia）、つまりヘテロセクシズムと密接に関わり合っているからです。というのは、結局、両者は、1 つの「正しいセクシュアリティ」という規範に基づいているからです。「『正しいセクシュアリティ』は『次世代再生産』を目標とするがゆえに、男の精子と女の卵子・子宮を必須の条件とする性器中心の生殖セクシュアリティを特権化する」と竹村は言っています (p.38)。わかりやすく言えば、「性」を「性器」と「生殖」に従属させる考え方こそ、

男性中心主義（性器——ラカンの「ファルス」も含め——に基づいている）と同時に、（生殖に関わらないので）同性愛差別も作り出してきたのだ、ということです。また、同性愛という概念も「ホモセクシュアル」ですべてを説明できるわけではないということに注意する必要があります。というのは、同性同士の性愛が必ずしも性器を目的にしているわけではないからです。性器に限定されない同性同士の性愛的関係や感情を「ホモエロティック」と呼びます。

　クィア批評は、ヘテロセクシズムの考え方や制度に対する批判として展開してきました。その背景には、アメリカを中心に台頭した同性愛者などの性的マイノリティたちの反差別運動があります。もちろん同性愛と言っても、一口にまとめられるものではなく、しばしばLGBT——レズビアン（"Lesbian"）、ゲイ（"Gay"）、バイセクシュアル（"Bisexual"）、トランスジェンダー（"Transgender"）——と呼ばれる、多様な性的なオリエンテーションが存在します。学問分野としてのクィア研究は、彼ら彼女たち当事者を担い手として出発し、またこれらの運動と密接な連帯関係をもって発展してきました。

　しかしクィアは、同性愛であることを公表するカミングアウトを戦略的な柱としてきた従来の理論や運動とは一線を画しています。クィアの特異性は、その二重性にあります。村山敏勝（1967-2006）によれば、「クィア」とは、規範的な異性愛から「奇妙である、逸脱している」という意味であり、「ゲイもレズビアンもS/M者も、それを言うならヘテロセクシュアルも、歴然たる差異を生み出すような、歴然たる同一性を持っては」いません（p.10）。つまり、クィアは、明確な「アイデンティティ」という概念を疑問視しているのです。なぜかといえば、ゲイであることのアイデンティティに執着することによって、ゲイとゲイ以外の二項対立を作り出してしまい、それ以外のあり方や曖昧なあり方が排除されてしまうからです。それでは異性愛の強制と同じようなことになりかねません。しかしそれと同時に、クィアは、一義的にはゲイやレズビアンを指している点で「（クィアという）アイデンティティ」を形成しています。それゆえ村山は、「所与のアイデンティティ」という概念を疑いながらも、（セクシュアル・）マイノリティというアイデンティティの概念を消去することにも抵抗を示している、こうした二重性を抱えているのがクィア理論であると

まとめています (p.11)。

1990年、イヴ・セジウィックが、ジェイムズの中編小説「密林の野獣」を「ホモセクシュアル・パニックの書」だとする論考を発表して以来、ジェイムズ作品は、クィア批評の視点からも活発に議論されるようになってきました。セジウィックは、ジェイムズが親密であったアメリカ人女性作家と性的関係をもつことを回避していた可能性があるという伝記的事実に着目しながら、「密林の野獣」の男性主人公がジェイムズと重なることを示唆しています。主人公の男性（もしくはジェイムズ）は同性愛者かもしれないし、そうでないかもしれないが、自分が同性愛者であるかもしれない可能性に怯えるホモセクシュアル・パニックを抱えており、彼が欲望を曖昧にさせ続けることで彼に好意を寄せる女友達が犠牲になるという分析を展開しました。従来の解釈は、女友達への愛を認識することを回避した男の悲劇という異性愛言説の範疇で行われていたので、セジウィックの議論は画期的でした。これを機に、ジェイムズ作品がクィア批評の観点からさかんに再評価されるようになりましたが、彼が執筆した有名な幽霊小説『ねじの回転』に関しては、クィア批評から読み直されることはありませんでした。

意外なことですが、先にあげた批評家たちは、主人不在の屋敷において、屋敷がミセス・グロウスと家庭教師の親密圏になっていることに関しては不思議なほど言及してきませんでした。ウィルソンの解釈を一蹴したフェルマンも、家庭教師の主人への愛に対するウィルソンの解釈には異議を唱えていません。端的に言いますと、ウィルソンもフェルマンも、主人公のふるまいを異性愛の観点から解読しているのです。より厳密に言えば、ウィルソンが小説における異性愛を当然視しているのに対して、フェルマンは、異性愛以外の愛、すなわち主人公とミセス・グロウスの関係にも着眼しているのですが、彼女のマイルズ少年への関係に焦点をずらしてしまうのです。具体的に言いますと、フェルマンは、「現に、女家庭教師は、〈他者〉の知を把捉し、そこに自分の知らないシニフィエを捉え、読み取ろうとしている。まずは、ミセス・グロウスの知を」と (p.467)、いったんは主人公とミセス・グロウスとの親密な関係を示唆しています。しかしすぐ後に、「しかし、女家庭教師が読もうとしているのは、

殊に子供たちの知である」と述べ、ミセス・グロウスを十分に論じないまま、子どもたちに話題を移してしまっています。さらに「幽霊たちを結び付ける性的な関係の目撃者、もしくは共犯者である子供たちは、家庭教師の目には、意味の知であると同時に、性的な知でもある知の所有者と映ることになる」と論じて（p.469）、フェルマンは、家庭教師の欲望が子どもたちに向けられていることを指摘しています。

　しかし家庭教師の欲望が、フローラも含む「子供たち」から、いつのまにか兄マイルズ１人に限定されている点は看過できません。フェルマンは、「転移とは愛であり、知に呼びかけるのは愛である」というラカンの知見を引用しながら、「実際、女家庭教師は、おそらくそうとは気づかずに、彼女が知を想定している子供と恋に陥っているのである」と指摘し（p.469）、マイルズに対する家庭教師の思慕を表す引用をあげています。フェルマンは、家庭教師の愛の対象を「子供たち（マイルズとフローラ）」から「子供（マイルズ）」へとずらしているのです。ミセス・グロウスの知を読み取ろうとする家庭教師の身振りに関しても、フェルマンは十分説明をしていません。フェルマンは、とりわけ転移に着眼することで、ウィルソンに対して効果的な批判をしました。しかし、異性愛主義の規範から逸脱しない解釈であるという点で、ウィルソンもフェルマンも同一線上にいるのです。

　興味深いことに、この屋敷には６人の使用人がいるにもかかわらず、その使用人たちは、名前はおろか、存在の影さえ家庭教師の手記には記されていないのです。このことは、複数いる使用人たちのあいだでも、ミセス・グロウスがいかに家庭教師の心をとらえたかを物語っています。主人公とミセス・グロウスの出会いは次のように描写されています。

　　最初の頃のことをこうして思い返してみて、多少とも不安になるようなことがあったとすれば、ミセス・グロウスがわたしを迎えて妙に嬉しがっている様子がはっきりうかがえたことです。彼女はがっしりした体格で、素朴で、平凡な顔立ちで、ごく健全な婦人ですのに、喜んでいる様子をあらわにしすぎてはいけないと、ばかに気を配っている様子だったのです。わたしは三十分もしないうちにそれに気づき、いったいどうして喜びを隠そうとするのかと少し訝し

く思ったのでした。(p.147)

　ミセス・グロウスがミス・ジェスルとクイントという同僚を短期間に亡くしたことが後になってわかります。立て続けに死が続いたなかで、後任の家庭教師の到来を喜び、安堵していると解釈するのが当然でしょう。しかし同時に、新任者が来た喜びを抑圧しようとするミセス・グロウスのふるまいには、主人公が気づいたように、不自然なものが感じられます。ミセス・グロウスは、健全な体からこみ上げてくる喜びを必死で抑えています。そこには身体的、性的な含意も含まれているといえないでしょうか。

　こうしたミセス・グロウスの抑えきれない欲望は、主人公の前任者ミス・ジェスルの喪失感となんらかの関係があるのかもしれません。実際ミセス・グロウスは、クイントとミス・ジェスルに対してまったく異なる反応を示しています。彼女が、クイントとミス・ジェスルを「2人とも穢らわしかった」と言うとき (p.211)、2人のあいだに身分の違いを越えた性的関係を示唆しています。しかし、クイントについては「なにしろ、とにかくずる賢いし、腹黒いのですから」と辛らつに批評するのに対し (p.196)、ミス・ジェスルには「お気の毒に」と同情を示し (p.213)、「ジェスル先生のほうは淑女でしたから」と「淋しそうに」答えているのです (p.212)。たしかに、クイントとミス・ジェスルのあいだには身分差があります。とはいえ、ミス・ジェスルはすでに同僚でもなく、死んでしまっているのに、ミセス・グロウスは、彼女に対する同情や喪失感の表現を惜しみません。こうしたことは、ミセス・グロウスのミス・ジェスルへの強い愛着を示唆していると考えることができるでしょう。新任の家庭教師である主人公は、ミス・ジェスルと同じくらい美しく、しかも彼女を誘惑するクイントはこの世にいません。それゆえ、ミセス・グロウスの抑えきれない喜びは、何者にも邪魔されない親密な空間を共有することへのホモエロティックな欲望を隠しきれないのだとも解釈できるでしょう。

　一方、主人公は、明らかに自分と出会ったことの喜びを必死で抑えているミセス・グロウスの身振りを見て、「その様子は、よく考え、疑ってみれば、わたしに不安な気分を掻き立てるようなものでした」と率直に告白しています

(p.147)。たしかに主人公は、これから起こる不吉な出来事を予想して不安に陥っているとも考えられます。しかしミセス・グロウスが喜んでいる理由を考慮すると、主人公は、ミセス・グロウスの過剰な喜びを見て、名づけえぬ、言語化できぬ不安を感じているとも解釈できるのです。

　しかし、家庭教師とミセス・グロウスは、2人だけの秘密をもつことで濃密な関係を徐々に築いていきます。すなわち、彼女たちは、マイルズの退学処分をどう処理するべきか、さらに猥らな幽霊たちから子どもたちをどう守るかを話し合うことで親密圏を築いていきます。2人の関係が一気に接近することになったのは、マイルズの退学通知を受け取ったことに由来します。家庭教師は、退学通知を学校側の「でたらめ」と見なし、主人にもマイルズにも告げないことを決意します。以下は、ミセス・グロウスに告げたときのやり取りです。

　　　家政婦は大きなエプロンで口を拭いました。「そういうことでしたら、わたくしは先生を支持させていただきます。ご一緒にとことんまでやりましょう」
　　「そうね、一緒にとことんまでやりましょう」わたしは熱を込めて相手の言葉をそのまま繰り返しました。そして誓うように片手を握らせました。
　　彼女はしばらくわたしの手を握っていて、それからまたエプロンで口を拭くと、「あの、よろしいでしょうか」と言います。
　　「わたしにキスをしてもいいですかって？　結構よ」わたしはこの善意の人を両腕にだきしめました。まるで姉妹のように抱き合うと、元気も出ました〔…〕。
　　　(p.164)

　ミセス・グロウスのふるまいは、少年をめぐる主人公との連帯感の表現というには、あまりにも主人公に近づきすぎている、といえるでしょう。彼女は主人公の手を握り続け、抑制されているとはいえ、彼女にキスを求めたのです。単に心理的な愛着というよりは、身体的な、ホモエロティックな親密さを求めていることがわかります。それに対して家庭教師は、構わないわと述べて、まるで何事でもないかのごとく、彼女の希望を受け止めます。しかし主人公は、それを姉妹のあいだの、つまり性的でない親密さとして解釈してしまうので

す。ほんの一瞬だけ露になった女同士の欲望を、それとして認知しているわけではないのです。

　すでに説明したように、家庭教師は、想像的な全能感に酔っており、自我というものに疑いがありません。そのためミセス・グロウスとの関係性や彼女の秘められた感情に思い至ることはないのです。さらに、この女同士のあいだにある、歴然とした差異も看過できません。身分の違いだけでなく、主人公は家庭教師として知性や教養があるのに対し、ミセス・グロウスは、主人公が「わたしの相談相手は字が読めなかったのだ」と叫んでいるように、文盲なのです。重要なのは、純朴で疑うことを知らないミセス・グロウスに自分の解釈、もしくは思い込みを書き込んでいくことで、主人公とミセス・グロウスは分身、もしくは鏡像のような関係になってしまっていることです。

　　彼女はわたしの伝えたままの真実を、わたしの正直を直接疑うようなことはせずに、そのまま受け入れてくれました。そして最後には、その立場から、畏敬の念のこもったやさしさをわたしに伝えてくれたのです。疑問視しようと思えばそうできる、わたしの特別な体験に敬意を払ってくれたのは、人の示してくれる好意の中でも、もっとも甘美なものとして、今もわたしの胸に残っています。(p.191)

　ここで主人公は、自分の言ったことすべてを受け入れてくれるミセス・グロウスを己の分身と見なし、そこに「甘美」なものを感じています。これまで家庭教師は文盲のミセス・グロウスを他者化していたのですが、ここでは彼女と同一化しているのです。ここに鏡像段階のダイナミックな両義性を見て取ることができます。鏡像は自己から疎外された虚像なのですが、それと同時に自己の分身でもあります。ミセス・グロウスは女家庭教師の外部にいる他者にほかなりません。しかし彼女を「自己」と誤認、同一化することで主人公は全能感を獲得しているのです。

　その結果、家庭教師は、ミセス・グロウスのホモエロティックな欲望をそれとして認知し、それに対して自らを開くことができなくなるのです。それは、自分自身も潜在的にはらんでいる異性愛とは異なる欲望を見ようとしないこと

にもつながるでしょう。そうだとすれば、『ねじの回転』は、異性愛のコードでは解読できない女同士の絆への欲望とその抑圧が描かれているといえるのではないでしょうか。

　そうした女家庭教師に対して異議を唱えるのは他ならぬフローラです。この小説で、主人公が「心を読まれた」と思うのはフローラただ一人なのです。ミス・ジェスルの幽霊を見たといって騒いでいる家庭教師に対するフローラの態度は以下の通りです。

　　でも、フローラがここまで落ち着き払っているとは、全く予想外でしたので、わたしはひどく動転してしまいました。少女は可愛いばら色の頬をゆがめることもなく、わたしが指す幽霊のほうに視線を向けるでもなく、このわたしを厳しい表情で見ていたのです。わたしの心を読み、非難し、裁くような、これまで見たことのない表情なので、少女がわたしを怯えさせる異界の存在に変身してしまったように感じました。(p.307)

　この場面は非常に重要です。読み手（分析者）の家庭教師がはじめて、読む対象（被分析者）に読まれる場面だからです。解釈者から被解釈者の地位に一気に落ちた家庭教師。このとき、もし主人公が、「解釈者」として想定している自己認識を疑っていたら、さらにもしフローラを「異界の存在」として他者化し排除するのではなく、己もまた被解釈者になりうることを認めて対話をしていたら、この小説の結末は異なっていたかもしれません。しかし、そもそも子どもたちの「救済」を目指していた家庭教師は、彼女への恐怖が原因でフローラが高熱を出したことを聞いても微塵も心配を示しません。それどころか「あの小娘が！　昨日のあの子の態度は、これまで見たこともないほどふてぶてしかったわ」と罵り (pp.314-15)、その後、「あの子、もう二度とわたしと口をきかないでしょうね」と (p.315)、自分のことしか心配していないのです。こうした家庭教師の態度は、フローラを見る対象として哀願していたとき「なんと可愛らしいのでしょう」と賛辞を惜しまなかったのと対照的です。マイルズはあくまで家庭教師の救済もしくは解釈の対象でしたが、フローラは家庭教師を解釈しようとした点で、救済の対象から憎悪の対象になったのです。

第Ⅰ部　テクストをひらく

＊　＊　＊

　主人公が全体性への固執を断念し、不安定な欲望とともに生きることを選択していれば、彼女はフローラから憎悪の眼差しを受けることもマイルズを死なせることもなく、「主人」の屋敷からミセス・グロウスとともに抜け出すことができたのかもしれません。しかし彼女は、マイルズの死という事件後も、そして自分の正当性を主張しようと何度も事件をくり返し物語ることで、結局己の虚像／鏡像から抜け出られなくなってしまっているのです。言い換えれば、彼女は解釈者としてのアイデンティティに固執することを選んだのです。クィア批評の視点から見ると、主人公の子どもを救済するつもりで殺してしまうという皮肉は、自己を救済するようでいて最終的に自己のなかに幽閉されてしまう皮肉としても読むことが可能です。この結末は小説が書かれた100年以上たった今でも、私たちの胸に訴えかけてくるのです。[9]

Further Reading

イヴ・コゾフスキー・セジウィック『クローゼットの認識論——セクシュアリティの20世紀』外岡尚美訳, 青土社, 1999：本書でセジウィックは、ホモ／ヘテロセクシュアル、私的／公的といった認識の分断線を引くことの不可能性を指摘し、セクシュアリティに混乱を引き起こすように読者を誘っています。

ショシャナ・フェルマン『狂気と文学的事象』土田知則訳, 水声社, 1993：ラカンやジェイムズだけでなく、フーコーやデリダ、ネルヴァル、ランボー、バルザック、フロベール等に言及しながら、語る狂気とは狂気を否認するふるまいであることを、精神分析や脱構築理論に依拠しながら詳らかにしています。

竹村和子『愛について——アイデンティティと欲望の政治学』岩波書店, 2002：近代資本主義の要請のなかでヘテロセクシズム（性差別主義と異性愛主義）がいかに女性の同性愛を抑圧していったのか、そして愛や自己理解にどのようにヘテロセクシズムが介入するのかを論じています。

Endnotes

▶1　リアリズムを直訳すると写実主義になります。ロマン主義に対抗して、自然や人生をありのままに描こうとしました。普通の人間のどこにでも起こりうる出来事を平易な言葉で正確に描くことを特徴としています。

▶2　プラグマティズムを直訳すると実用主義です。19世紀末にアメリカで生まれ、今日のアメリカ

社会とその文化を築き上げてきた哲学です。語源は、「行為」や「実行」を意味するギリシャ語の「プラグマ」にあります。近代哲学が、「反省」や「思考」を重視したのに対して、それらが行為と結びつかなくてはいけないことを強調しました。

▶3　信頼できない語り手とは、知識に欠けている、精神が病んでいる、あるいは読者をだまそうとしている、といった理由で読者が語り手を信頼できない場合を指します。

▶4　リビドー（libido）とは本来ラテン語で「強い欲望」を意味する語でした。フロイトのリビドー概念は彼の生涯のあいだで変わりましたが、基本的には性的欲動もしくは性的エネルギーを意味しています。フロイトは幼児にもリビドーが存在し、さまざまな発達段階を辿ることを主張しました。

▶5　構造主義とは、言語学者フェルディナン・ド・ソシュールや文化人類学者レヴィ＝ストロースを創始者とする、1950年代60年代に展開された現代思想を指します。社会や文化から、それを営む当人たちに自覚されていない構造を抽出し、分析することが構造主義です。

▶6　ヒステリーは19世紀まで女性特有の子宮の病気だと考えられていて、その症状は、忘却や麻痺、痙攣、原因のわからない痛み、言葉を失うこと、手足の感覚の喪失、夢遊病、妄想等があげられます。フロイトはブロイアーとともにヒステリーを女性特有の病でなく、性的欲望の無意識の抑圧だと考察しました。

▶7　『ねじの回転』からの引用は以後すべて、行方昭夫訳を用いますが、文脈の必要に応じて一部、表現や表記を変更します。

▶8　フロイトのエディプス・コンプレックスに関しては、本書1章を参照。

▶9　クィアな欲望を生きることの困難は、決して過去のことではありません。ブラッドリー・マニング（Bradley Manning）は、米軍によるイラク民間人爆撃ビデオや米国国務省の外交公電など大量の国家機密情報をウィキリークスに漏らし、2013年8月に35年の禁固刑を言い渡された上等兵ですが、マニングが全米にセンセーションを巻き起こしたのは、アメリカの軍事機密を漏洩したからだけではありませんでした。判決が下った翌朝、弁護士を通じてテレビ番組で「今日から女性として生きます。チェルシー・マニングと呼んでください」という声明を発表したからです（彼女は、2009年の時点で性転換手術の相談をしていたと言います）。マニングの事件は、漏洩にまつわる倫理の問題だけでなく、伝統的なジェンダーやセクシュアリティとは異なるあり方を生きる人びと、つまりトランス・ジェンダーを含むクィアの問題を世界中に知らしめました。

Bibliography

Thurschwell, Pamela. *Sigmund Freud*. London: Routledge, 2000.
Wilson, Edmund. "The Ambiguity of Henry James." 1934. *Triple Thinkers*. New York: Penguin, 1962.
ジェイムズ、ヘンリー『ねじの回転・デイジー・ミラー』行方昭夫訳、岩波書店、2003.
セジウィック、イヴ・コゾフスキー『クローゼットの認識論』外岡尚美訳、青土社、1999.
竹村和子『愛について』岩波書店、2002.
フェルマン、ショシャナ『狂気と文学的事象』土田知則訳、水声社、1993.
村山敏勝『〈見えない〉欲望に向けて――クィア批評との対話』人文書院、2005.
ラカン、ジャック「〈わたし〉の機能を形成するものとしての鏡像段階」『エクリI』宮本他訳、弘文堂、1972.

コラム　女性と言葉

　文学には「女語り」というジャンルがあります。古くは紀貫之が、女性作家のふりをして、仮名で『土佐日記』を書きました。太宰治は、和子という女主人公の語り口で代表作『斜陽』を残しています。このように語り手を女性にすることで、男性作家は、女性の視線や考え方、感じ方をとらえようとしたのです。もっともチェーホフの「桜の園」も女性を語り手にしているように、「女語り」は日本文化に固有のものではありません。男性作家はときに女性に偽装して女性の視点から世界をとらえようとしたのです。

　それでは女性作家はどうなのでしょうか。乱暴ですが一般化しますと、歴史的には男性はロゴス（言語、論理、理性）と、女性は感性や情緒と結びつけられる傾向がありました。19世紀のイギリスは、文壇は男性が支配していたので、たとえばジョージ・エリオットのような女性作家は男性筆名で表現せざるをえませんでした。

　もっとも、男性のロゴスに対して抵抗してきた女性たちもたくさんいます。たとえばオノ・ヨーコは、サウンド・ポエトリーを披露し、絶叫したりノイズを発したりします。彼女の一連の詩のパフォーマンスは、男性的ロゴスでは言い表せない女性の実験的な表現形態、と解釈することができるでしょう。

　オノ・ヨーコは、声や身体表現によって、ロゴスの外からロゴスに挑戦しているのですが、批評理論の領域においてはなかなか真似できそうにありません。というのも批評言語は男性的であり、女性が批評の領域に足を踏み入れる場合、男性的言語や理屈を用いないといけないように思われるからです。女性批評家のショシャナ・フェルマンも、『女が読むとき・女が書くとき――自伝的新フェミニズム批評』において、女性は男性的領域であるロゴスを学習しなくてはならず、その結果彼女たちは、テクストを男性として読み、テクストを書くときも男性として書くようになることを指摘しています。

　こうした困難に対してフェルマンやバーバラ・ジョンソンたちのとった戦略は、ロゴスの外からロゴスを批判するのではなく、ロゴスの内部に留まりながら、ロゴスに挑戦することでした。それが脱構築と呼ばれる戦略です。彼女たちは、ロゴスが、それが排除してきた文字やレトリックなしには存在しえないことを指摘することによって、理性と感性、哲学と文学などの二項対立を否定したのです。そのことによって、理性は男性的、感性は女性的といった固定観念を切り崩していったのです。

（生駒久美）

■■■ THREE ■■■

"ポスト"フェミニズム理論
「バックラッシュ」とヒロインたちの批判精神
小川公代

　かつての女性たちが参政権もなく十分な教育も受けられなかったのと比べると、今日の女性が男並みに社会参画しようと思えば環境は整ってきているといえるでしょう。ヘレン・フィールディングの小説『ブリジット・ジョーンズの日記』には、女性は自立し、経済力をもつべきだと主張するフェミニスト、シャロンが登場します。シャロンのいうように男性に頼らず生きることは昔ほど困難でないかもしれません。ただし、彼女は「男なんて破滅的なまでに進化してない」という女性偏重主義的フェミニストです (p.77[102])。このような極端な「フェミニズム」に共感する人はどれほどいるでしょうか。社会から排除されないよう苦慮し、未婚を通して（あるいは子どもをつくらないで）がんばって働き続ける女性、あるいはそういう生き方が最善であると考える人のことを主人公ブリジットは次のように思っています——「けたたましいフェミニズムほど、男にとって魅力のないものはないから」(p.20[17])。シャロンよりブリジットに賛同する読者の方が多いかもしれません。今、フェミニズムが終わったと考える人が多いのは、シャロンのような考え方が70〜80年代ほどもてはやされなくなったからでしょう。野上彌生子、ジェイン・オースティン、ヘレン・フィールディングは、それぞれ異なる歴史的文脈のなかで、保守化の進む社会との折り合いをつけながらも批判精神を持ち続けるヒロインを描こうとしました。まず、"ポスト"フェミニズム理論について解説したあと、日本人にとって身近な作品『真知子』(1931) から順番にみていきましょう。

Keywords

フェミニズム　バックラッシュ　スーザン・ファルーディ　野上彌生子　ジェイン・オースティン　ヘレン・フィールディング　新しい女　『真知子』　『高慢と偏見』　『ブリジット・ジョーンズの日記』　メアリ・ウルストンクラフト　コンダクト・ブック　チック・リット小説　大衆文化　ダイアン・ニグラ　ポピュリズム

64

1 ≫ "ポスト"フェミニズムとは

　フィールディング（Helen Fielding）の『ブリジット・ジョーンズの日記』（*Bridget Jones's Diary* 1996）に登場するシャロンのように男性に依存せず生きることも女性にとって一つの選択肢です。独身人生も悪くないと思わせてくれる上野千鶴子の『おひとりさまの老後』（2007）も最近ベストセラーになりました。ただ、現実的に家族をつくらないリスク——孤独死や社会からの白眼視——も一瞬頭をよぎるかもしれません。女性にとってのジレンマというのは、結婚して仕事と家庭を両立させようと思っても、仕事のプレッシャーや子育ての責任の現実を生き抜くのは一筋縄ではいかないことです。

　歴史を遡ってみても、かつての女性運動やその反動主義（保守化）の言説に、女の幸せは「公的領域（仕事）」にあるか「私的領域（家庭）」にあるかという問いがくり返し浮上するのです。「ポストフェミニズム」に関しては、『文化と社会を読む——批評キーワード事典』（研究社）に次のような説明があります。

> 日本で言えば 1986 年の男女雇用機会均等法の施行と同時に「フェミニズムは終わった（その役割を終えた）」という認識が（女性を含めた）少なからずの人々のあいだに広まったが、これをポストフェミニズムと呼ぶ。（大貫, p.45）

　たしかに、1960 年代終わりにアメリカで始まった第二波フェミニズムはイギリスにも日本にも波及し、その後の法整備を経て、女性運動の目的は達成されたかに見えます。しかし、フェミニズムがすっかり役割を終えてしまったというわけではありません。ポストフェミニズムというのは、連帯による社会運動ではなく、個人主義的で市場原理に則った自己実現をめざします。このような「連帯」から「個」への移行を意味するポストフェミニズムを批判する声も上がっていますが、「ポスト」の意味の再解釈によって、肯定しようとする"ポスト"フェミニズムの動きもあります。

　『"ポスト"フェミニズム』の編者、竹村和子は「ポスト」という語には、単に「その後」だけでなく、「自己参照的に過去とつながる」という意味があると言っています。[1] つまり、一連のフェミニズム運動・理論が終焉を迎えたので

はなく、"ポスト"フェミニストたちのあいだで女性に関する「対話」は継続しているのです。近年では、女性をめぐるさまざまな問題が——人種、階級、宗教、セクシュアリティ、生殖医学などとの関連で——議論されるようになりました。「ポスト」とは、そのような議論の継続を意味しています。「文学」理論としての"ポスト"フェミニズムが本当の意味で有益であるのは、文学が理念を裏書きする思考や視野を、行為実践を通じて現実化していくプロセスを示しているからです。歴史のなかの文脈に生きる人間は、まったく中立的な個人であることはないので、その際、竹村和子が述べているようになんらかの「フィクション」、あるいは「男」や「女」の物語が必要となります（p.106, pp.163-64）。

　ブリジットがシャロンのフェミニズムを受け入れられないのは——われわれ読者もしばしばそうであるように——世間の目を気にしている、あるいは「空気を読んでいる」ことから無意識に生じるのかもしれません。しかし、「フェミニスト」を遠巻きにしてみても、ブリジット自身、彼女の母親のように専業主婦になることも潔く受け入れられず、その結果、揺れ動くのです（最新巻の『ブリジット・ジョーンズ』は結婚して子どももいる設定ですが、この章では第一巻のみを対象とします）。

　この定まらなさは「バックラッシュ（backlash）」という言葉で説明することができるでしょう。シャロンのフェミニズムは偏った「フェミニズム」です。しかし、このような一元的なとらえ方が世間に流布すると、フェミニズム食わず嫌い、あるいはフェミニズムに対する反発を引き起こします。したがって「フェミニズム」のステレオタイプ化が社会の反発・反動の根源にもなるのです。女性の生き方が多様化する現代社会においては、フェミニズムはより広義にとらえられて然るべきです。フェミニストのマイナスのイメージによって社会的圧力が生じるなら、女性が社会参画しようとする勢いも削がれてしまい、それは皮肉な結果といえるでしょう。

　しかし、その社会的圧力に屈することがなければ、「複数の選択肢がある」というポジティブな一面もあります。「バックラッシュ」の風潮で、女性は女性の連帯から一度距離を置き、「個」の立場から自らの生き方を模索すること

となります。アンジェラ・マックロビー（Angela McRobbie）は、アンソニー・ギデンズ（Anthony Giddens）やウルリッヒ・ベック（Ulrich Beck）が用いる「個人化」という概念を用いながら、「女性の個人化（female individualization）」が進行していると述べています。近代社会は福祉国家や教育機関をつくり、個人が自立して生計を立てることを可能にしました。つまり、この文脈においては、ブリジットは、複数の視点から自己参照的に自分の生き方を選び出そうと苦闘する「個」である、ということもできるのです（McRobbie, pp.34-35）。

　この章で取り上げる作家たちは、フェミニズムに対する社会的反発が起こるなか、そうした「対話」を続けていました。『バックラッシュ』（*Backlash* 1993）の作者スーザン・ファルーディ（Susan C. Faludi）は、歴史を遡ってみると、女性が男性と対等の地位を獲得しそうになると、フェミニストたちに対する「バックラッシュ」が必ず起きているといい、その現象に付随する言説をポストフェミニズムと呼んでいます。女性が権利を主張すれば、保守派がその言説を弱めようとする。これが何度もくり返されてきたというのです（p.68）。19世紀初頭の——ブルーストッキング（bluestocking）たちの女性運動後の——保守的な社会情勢のなかで書かれたジェイン・オースティンの『高慢と偏見』（*Pride and Prejudice* 1813）には、どうすれば批判的主体としての「女」を社会に受け入れてもらえるか工夫がなされています（Jones, p.66）[2]。

　「バックラッシュ」を第二波フェミニズムの後に起こった一過性の流行ではなく、時代や国境を越えて、過去に生じた、あるいは未来にも生じうる現象だと考えることもできます。バックラッシュの言説が優勢的な社会でフェミニズムの意義を追求する知識人（ファルーディを含む）が重要視するのは、「フェミニズム」というラベル（烙印）に過度に敏感にならないこと、女性の問題に無関心にならないことです。たとえ「フェミニズム」という連帯から切り離されても、それぞれの「個」が女性として直面する問題について「対話」を続けていくことが大切なのです。

　この章では、私たちにも身近な日本人作家野上彌生子の『真知子』、そして『真知子』のインスピレーションとなったオースティンの『高慢と偏見』、最後にフィールディングの『ブリジット・ジョーンズの日記』を分析することで、

女性の選択についての「対話」を続けようとした女性作家たちに共通する姿勢を見出したいと思います。国や時代背景は異なっていても、野上とフィールディングは『高慢と偏見』のヒロイン、エリザベス・ベネットの批判精神を継承しているといえます。

2 ≫ 野上彌生子の批判精神

　明治生まれの野上彌生子が書いた小説『真知子』は、現代女性にとっても目を見張る新しさがあります。大学で社会学を聴講するヒロイン真知子は、当時の未婚の女性には珍しく、結婚適齢期になっても即座に結婚しようとはしません。彼女には、そう簡単に「真の幸福」が手に入るとはどうしても思えないのです。

　　幸福な結婚と云ふものが、母の云ふやうにさう容易に誰にでも手に入るものだとは彼女には信じられなかつた。反対に、春燕が飛ぶのを見て急いでネルを着はじめるような、また十二時の時計に促されて、胃の腑が空かなくても空いても昼の食卓に坐らされるやうな、謂はば慣例に過ぎない一つの儀式を境界として、突然特定した或る存在が自分の存在に結びつき、話すことも、笑ふことも、考へることも、食べることも、眠ることも、一人の相手を意識することなしには許されないと云ふ奇妙な生活の中で、真の幸福や、自然な暢びやかな楽しさがあり得ようとは思はれなかつた。(p.9)

　真知子は結婚生活が生の「自然な暢びやかな楽しさ」を奪ってしまうと考え、縁談も断ってしまいます (p.12)。求婚者のうちの一人、河合は誰もが羨むほどの資産家で、真知子の親族にいわせると理想的な結婚相手なのですが、彼女の知性は、家父長的権力の声ではなく、自らの生の声を聞いているのです。真知子は、大正期に「新しい女」と呼ばれたフェミニストたちの大胆さで、自分よりも階級の低い社会主義思想をもつ関と恋に落ち、性的関係を結びます。

　『評伝　野上彌生子』からわかる野上の一生は、「読書」と「学問」だけで語ることができるほど、向上心に燃えていました。夏目漱石（1867-1916）の門下

生であった野上豊一郎と結婚したのも、東京で勉強を続けるためでした。実家大分で親の決めた相手と結婚しても勉強する環境は望めないと考えたのでしょう（岩橋, p.44）。女性の社会的地位の向上や結婚に縛られない新しい男女関係を求めて女性たちが旺盛に活動し始めた大正期には、19世紀イギリスの「ブルーストッキング」に倣って女性雑誌『青鞜』（青鞜運動）の女性たちが、因習にとらわれない新しい生き方を模索しました。

　『青鞜』の女性たちの多くは、親の言いなりに結婚することをよしとせず、自分の才能を伸ばすことで人生を切り拓こうとしたのです。女性の恋の喜びを詠った歌集『みだれ髪』(1901) の作者、与謝野晶子（1878-1942）の文学的出発は、関西の実家から与謝野鉄幹（1873-1935）の住む東京への出奔という家出行為にありました。女性の地位の向上を求める解放運動が、「家」との軋轢を意味し、自我を通すことがほとんど女の不幸につながっていた時代でした。「私は新しい女である」という宣言で多くの女性たちを鼓舞した平塚らいてう（1888-1971）も、らいてうの後『青鞜』を引き継いだ伊藤野枝（1895-1923）も、文筆活動を続ける傍ら、反社会的ともいえるロマンティック・ラブに果敢に突き進んでいきました。一方で、「新しい女」に対する社会のバックラッシュにより、主体性をもつ女性たちは文学作品においても白眼視されることとなります。

　夏目漱石作品に描かれる「新しい女」の代表格は『虞美人草』の藤尾でしょう。彼女は、父の手から夫の手へと譲渡されるものとしての女を否定し、明治以降に目覚めた女性の自我を体現しています。小野という相手を自分で選び、恋愛を成就させることに成功しかかるのですが、それゆえ彼女の死は、漱石による「新しい女」批判と読みとることもできます（関, pp.111-25）。清らかで愛情に満ちた安らぎの場として理想化された家庭も、男性が性的に能動的で、女性は性的に受動的か希薄であるべきという考え方も、家父長制によって文化的に構築されたファンタジーであるとフェミニストは論じてきましたが、そういう観点からみると、藤尾というキャラクターは家父長制の性規範を脅かす存在でもあり、当然、葬り去られる運命にあったともいえます。

　野上も『青鞜』に度々翻訳などを寄稿しましたが、こうした「新しい女」たちと区別されるべきでしょう。というのも、彼女は、与謝野晶子、平塚らいて

う、伊藤野枝らに見られるロマンティックな生き方は（少なくとも晩年までは）しなかったからです。もちろん、彼女が漱石に師事していたことも影響していると考えられますが、何より、小説家、妻、そして三児の母として日々の現実と向き合おうとする彼女の態度が、恋愛至上主義に走らせなかったのでしょう。

野上の友人で、『伸子』（1924）の作者でもある宮本百合子（1899-1951）は、「短い翼」というエッセイで、女性がロマンティシズムの自己陶酔に浸ることを牽制しつつ、女性にとって現実感が重要であることを暗に示しています。ロマンティシズムの金字塔である『みだれ髪』にさえ、「当時の現実の中に生き、現実の良人と妻とのいきさつに生きる女として、五色の雲に舞いのぼったきりではいられない様々の感想、自己陶酔に終れない女の切実な気持ちなどの底流をなすものがどっさりある」と述べ、与謝野晶子が現実のなかで、芸術家、妻、母として生活の波と闘っている痕跡を認めています（宮本、p.142）。[4] 11人もの子どもを生み育てながら、短歌や散文を数多く書いた彼女の境遇を考えると、百合子のいう「現実」も容易に想像できるでしょう。

興味深いのは、野上の小説が「新しい女」についての物語でありながら、自己陶酔を免れたヒロインの自己参照的な思考を前景化していることです。友人の米子が関の子を身ごもっていることを知らされた真知子は、苦悩の末、彼との関係を断ち切ることを選びます。その後、一度プロポーズを断った河合との結婚の可能性を探るところで物語は幕を閉じるのです。私はここで真知子の選択を「新しい女」に対する反動主義とは解釈しません。野上が、このヒロインを社会通念に屈する人物としてではなく、複雑な判断や省察的な思考プロセスを経て、自らの生き方を選び出そうとする女性として描こうとしているからです。1952年の岩波文庫版の「まえがき」に、野上は次のように書いています。

> 私の女主人公が彼［関］に出逢つたのは不運であつたかも知れないが、それによつてえた一つの素朴な批判精神は、彼女をふみ越え、同情よりは嘲笑をもつて前進してゐる今日の若い目覚めた婦人たちにも無駄ではないであらう。（p.384）

彼女の「女主人公」が今日でも新しく感じる理由、それは1990年代以降の

現代の"ポスト"フェミニズム世代にとって重要な自己参照的な批判精神をもっているからでしょう。真知子はフェミニスト的な「新しい女」の物語を生きつつ、自己批判的に生き方を修正し、おそらく結婚後もそうあり続けるだろうことを期待させます。

3 ≫ ジェイン・オースティンの媚びないヒロイン

　野上は、オースティンの『高慢と偏見』の原書を愛読書にしていました。彼女は、この小説に登場するヒロイン、エリザベス・ベネットについて、「まことに彼女の知性と、それを裏付けてゐる明朗にしてゆたかな才智と、少しの虚飾もない率直と正義感に結びつけられた涵渕とした情熱に引きつけられないものはないと思ふ」、と書いています（野上, 1987, p.303）。オースティンの小説から多大な影響を受けた野上が描くヒロインは、たしかに、知識欲があり鼻っ柱の強いエリザベスを思わせます。大正期に出版された『世界名作大観』（1926）の紹介文で『高慢と偏見』のエリザベスは「新しき女の間に伍しても毫も遜色なき理知的な進取的」な女性と形容されていますが（田村, pp.113-14）、それはオースティンのヒロインが結婚に固執せず、暢びやかに生き、快活な会話を楽しみながら、かつ現実的に物事を見定める力を備えているからでしょう。

　では、19世紀初頭のイギリスの女性にとって、結婚とはどういうものだったのでしょうか。もちろん、女性に経済的安定を与えるものであったのは事実でしょう。ただ、当時は女性が夫を得てはじめて一人前になるという保守的な考え方が根強くあり、これを批判する女性知識人もいました。たとえば、メアリ・ウルストンクラフト（Mary Wollstonecraft, 1759-1797）は、「夫のみに責任能力があるという考えが安易に勧められて、妻は無に等しいところまで転落させられる」と警告しています（p.215[275]）。彼女は、女性が「無」とならぬよう、教育を身につけ、理性を磨き、経済的、精神的自立を促しつつ、結婚しても夫とは別の人格を備えられるよう努力すべきであると説きました。

　ウルストンクラフトをはじめとする女権論者たちは「ラディカル」（急進主義的）であるとされ辛辣な批判を浴びました。彼女らに対するバックラッシュは、

リチャード・ポルウェル（Richard Polwhele, 1760-1838）の「男のような女たち」（*Unsex'd Females* 1798）という詩に象徴されています。彼は、ウルストンクラフトを解放を叫ぶ恥知らずな女狐集団の指導者であると揶揄しました。また、彼女が結婚せずにイムレイという男性と同棲し、未婚の母となった過去が世に知れ渡ると、男と浮名を流す浮気女であるといった悪評が広がります。その後、イギリスでは急激な保守化が進み、女性の貞節やモラルを女性教育の中心に据えようとする風潮のなかで、結婚するにふさわしい女性の道徳・礼儀作法書「コンダクト・ブック」が多く出版されるようになりました。

このような歴史的文脈においては、おおっぴらに女性の権利や経済的自立を誇示することは憚られました。しかし、オースティンが公然とウルストンクラフトに賛同しなかったからといって、フェミニズムに反旗を翻していたことにはなりません。むしろ、彼女は「ドラマティック・アイロニー」（登場人物の言動の意味が読者には明快に伝わっているのに、当人にはその重要性がわかっていないという設定をつくる）という手法を用いながら、モラルに縛られる堅物人間を蔑視しつつ、女性であっても批判的精神を貫くことを奨励しています。『高慢と偏見』において、このアイロニーが効果的に発揮されるのは、コンダクト・ブックをベネット家の娘たちに勧めるコリンズ牧師が描かれるときです。

ベネット氏によると、コリンズ牧師は滑稽で、かつ信頼のおけない「非常識な男」です。というのも、彼は自分がどれほどお世辞がうまいかを誇らしげに語るのですが、「うれしがらせの御いんぎんは、その場の衝動から発するのですか、それとも前もって研究をつまれる結果なのですか？」というベネット氏の質問に、彼は「ちょっとしたお世辞を思い浮かべたりまとめたりして楽しむこともありますが、でもそれを言うときは、なるべくわざとらしくなく言うようにしたいと、いつも思っているのです」と大真面目に答えるのです。コリンズ牧師自身はベネット氏の当て擦りに気づかず、最後まで媚を売る技術を誇らしげに語ります（p.76［上111］）。オースティンは、アイロニーを用いながら、信頼できないコリンズ牧師の勧めるコンダクト・ブックは読むに値しないことを暗に示しているのです。

エリザベスはコリンズ牧師のこのようなふるまいをみて、結婚相手として相

応しくないと判断します。父ベネット氏の財産は、全部まとめても年収二千ポンドの地所だけで、しかも男子相続人がないために、遠縁のコリンズ牧師に限定相続させることになっていました (p.68[上 101])。母ベネット夫人が彼とエリザベスとの結婚を強く勧める理由はここにあります。生活の安定のために結婚することをよしとしないエリザベスと対照的なのは、シャーロット・ルーカスです。オースティンが彼女の視点から結婚について語るとき、当時の女性の現実感が響いてきます。

> なるほど、コリンズ氏は利口な人でも感じのいい人でもなかった。いっしょにいれば退屈だし、自分に対する愛情も、想像上のものにちがいなかった。それでも彼は、自分の良人になる人であった。男とか夫婦生活とかいうことには重きをおかないで、ただ結婚ということが、常に彼女の目的であった。高い教育をうけた財産のない若い婦人にとっては、結婚が唯一の恥ずかしくない食べて行く道であった。幸福を与えてくれるかどうかはいかに不確かでも、欠乏から一番愉快にまもってくれるものは結婚であった。(p.138[上 198])

結婚を「唯一の恥ずかしくない食べて行く道」と考えるシャーロットとは異なり、エリザベスは経済力とは関係なく、尊敬できる結婚相手を求めています。ウィッカムは最終的には信用のおけない人物であることが判明しますが、当初は地主階級にも属さない海軍将校であるにもかかわらず、社交的で魅力ある人間として彼女の目に映るのです。一方、ダーシーは、ダービシャー、ペンバリーの当主で、年収が一万ポンドという立派な紳士であるにもかかわらず、彼の高慢な態度と、姉ジェーンとビングリーの仲を故意に引き裂いたことで、エリザベスは、「どんなに口説かれてもこの人とだけは結婚したくないと感ずるように」なるのです (p.215[上 305])。その結果、ダーシーの求婚も断ってしまいます。ヒロインのこうした媚びない性質は、オースティンの保守的性質というより、ウルストンクラフトのフェミニズムと共鳴していると考えられます。

オースティンは、結婚に関する社会通念に靡かないヒロインを描いてはいますが、当時のフェミニズムを全肯定しているわけではありません。たとえば、

リディア（エリザベスの妹）の出奔は批判的に描かれています。彼女がウィッカムへの恋愛熱に浮かされ、結婚もせずに同棲する話は、世間を騒がせたウルストンクラフトの反社会的行為を揶揄しているといえます。というのも、リディアの出奔によってベネット家が社会的制裁を受ける危機に直面するからです。ダーシーが、リディアがウィッカムと結婚できるよう助力し、彼らの後ろ盾となったおかげで、ベネット一家は辛うじて救われるのです。

オースティンを「保守派」「ラディカル」のどちらかに一括りにはできません。しかし、ウルストンクラフトの思想を継承する証左として次の2点があげられます。まず、ウルストンクラフトを彷彿させるリディアより、保守派コリンズ牧師の方が手厳しく描かれています。結婚する前に同棲したリディアを迎え入れたベネット家の人びとをも非難する保守派コリンズ牧師は、モラルに対して厳しすぎるという印象を残します (p.402[下234])。リディアの不道徳なふるまいは矯正されるべきこととして描かれてはいますが、主体性を欠き、当時の社会的風潮や権力に媚びるコリンズ牧師ほど批判されていません。

第二点として、エリザベスは、ウルストンクラフトのいう「無」でない女性——教育を身につけ、主体的に考え行動できる女性——を体現しています。「たいした読書家」で、知性豊かであるのは (p.40[上62])、彼女自身がそうなりたいからであって、男性に気に入られようとしているからではありません。ダーシーに取り入ろうと、好きでもない読書（あるいは読書をするふり）をしたり、彼の妹ジョージアーナのご機嫌をうかがったりするキャロライン・ビングリーとは対照的です。

媚びる女、キャロラインがダーシーのもっとも軽蔑するタイプの女性であったことが小説の最後に明かされます。ダーシーがエリザベスを伴侶として選んだのは、物事を批判的に考える思考力があるからです。エリザベスはこう指摘します。

> あなたにほめてもらいたい一心で、おしゃべりをし、様子をつくり、考える女たちに、愛想をおつかしになったんだわ。ところが、わたしはそういう人たちとまるで似ていないものだから、あなたは心を動かし興味をおもちになった

んだわ。(p.421[下 262])

　この一節は、オースティンの思想の核心をついているといえるでしょう。ダーシーが尊敬に値する人物であると認められるようになってはじめて、エリザベスは彼との結婚を考え直します。最終的に、エリザベスは資産家のダーシーと結婚することとなりますが、これが自分の信条を曲げた結果ではないということを指摘しておく必要があります。ベネット一家が社会的に失墜するところを救い出すダーシーの手柄によって、オースティンは、矛盾する諸要素（女性の批判精神、バックラッシュ、反社会的な女性に対する揶揄など）との折り合いをつけることができたのです。

　『高慢と偏見』のヒロインは、社会的圧力に負けて結婚するのではなく、リディアのような反社会的なふるまいも回避し、現実的な幸せを勝ち取ろうとします。この作品は、オースティンが自分の判断基準に従ってさまざまな価値を取捨選択してでき上がった作品であるといえます。

4 ≫ チック・リット小説は女性の批判精神を生むか

　オースティンは批判的思考をもつ女性の物語を「小説（novel）」という形式で出版しました。19世紀初頭はまだ小説は途上段階にあり、高尚と見なされていませんでしたが、商業的には成功しうるジャンルでした。彼女はその小説に女性読者獲得の可能性を見出したのです。オースティンは、『ノーサンガー・アビー』で次のように述べています。

> 　つまり小説とは、偉大な知性が示された作品であり、人間性に関する完璧な知識と、さまざまな人間性に関する適切な描写と、はつらつとした機知とユーモアが、選び抜かれた言葉によって世に伝えられた作品なのである。(p.31[46-47])

　オースティンは「偉大な知性」が世の人々によって「過小評価」されていることを嘆いていましたが、今日「過小評価」されているジャンルがあるとすればそれは「チック・リット小説」かもしれません。チック・リット（"chick lit"）——「若い娘の読み物」——というこのジャンルは、娯楽の要素が強く、「文学」というより市場に出回る「売りもの」としての性質が目立ちます。

野上やオースティンの時代に生きた女性と同じように、フェミニズムに対するバックラッシュに敏感な現代女性にとって、さらなる試練があるとすれば、それはメディアによって強化される女性のステレオタイプの影響です。こうした議論は、市場とメディアという社会の巨大な装置を前提としている場合が多いでしょう。

今やほとんど絶対的ともいえる支配者としてマスメディアが君臨していますが、その影響下において、女性の批判精神の形成は可能でしょうか。水林章は『公衆の誕生、文学の出現』（2003）において、「文学」を、マスメディアのなかに浮遊する「他者の言葉の残響」でないおのれ独自の言葉をもつ存在であると述べています（p.228）。市場の圧倒的な支配により、「知的安楽」に屈する消費者は、批判的視点を伝達する手段として、「文学」を用いる主体ではありません。「凡庸なるもの、すなわち既知の、そしてあまねく共有されているステレオタイプ」を求めるようになった視聴者たちは、ブラウン管の向こう側から送られてくるイメージを貪欲に消費するようになります（水林、p.4）。水林は現代の消費者の対照軸として、18世紀フランス人啓蒙思想家ヴォルテール（Voltaire, 1694-1778）が創出した「批判的判断主体」をあげています[5]。ヴォルテールが想定する巨大な権力とは（プロテスタント教徒に対する）カトリシズムの宗教的不寛容でしたが、彼は「公衆」がそれに抗って真理を追求することは可能であると考えていました。

ヴォルテールの時代から200年以上経過した現代に目を転じてみましょう。男女関係における役割や「女性らしさ」といったイメージは、テレビ、雑誌、インターネット、漫画、アニメーションから日々溢れ出しています。そんななか、チック・リット小説の嚆矢ともいえる『ブリジット・ジョーンズの日記』の作者ヘレン・フィールディングはどういう「女」の物語を紡いでいるのでしょうか。

フィールディングの作品を含むチック・リット小説には、ヒロインは（男性並みに仕事をこなし自立しようと「理想」を掲げるものの）やはり男性に幸せにしても

らうものだと悟るエンディングが用意されています。ただし、フィールディングの小説は、ヒロインが日々の出来事を日記に書き綴りながら、社会のバックラッシュが女性にもたらす葛藤を暴露するという批判的性質もあります。ヒロインのブリジットは、前述した通り、女性の権利を主張するようなフェミニストでもなければ、教養あるインテリタイプでもありませんが、適齢期を過ぎても独身でいる、経済的には自立した女性です。

　この小説のヒロインが批判精神をもたないように見えるのは、『真知子』や『高慢と偏見』とは異なり、大衆文化の申し子であるからです。ブリジットはエリザベスのように知性や教養は持ち合わせていません。どちらかといえば、文学作品を「読んで」味わうというよりテレビドラマ化されたものを「観て」楽しむタイプです。日記では、幾度もオースティンの『高慢と偏見』に言及するものの、知的な所見はほとんどなく、BBCでドラマ化されたものを熱狂的に観賞するといった大衆文化受容に近いといえます（現実においても、BBCのドラマは一世を風靡しました）。

　たとえば、ブリジットは『高慢と偏見』のドラマに夢中にならない人たちの気持ちが理解できない——このドラマが放映される時間帯に「あんなに車が道路を走っているなんて、信じがたい」——というほどのテレビっ子です。さらには、ダーシーとエリザベスを「色恋というか、求愛という分野における、わたしにとっての選ばれた代表選手」と表現し、自分をサッカー・ファンにたとえることで、熱狂の対象に祀り上げています (p.246[323])。

　つまり、ブリジットは大衆文化——あるいは消費文化——の享受者なのです。少しあとに出版されたイギリスのチック・リット小説で映画化もされたソフィー・キンセラ（Sophie Kinsella）の『レベッカのお買いもの日記』（*Confessions of a Shopaholic* 2000）のヒロインもまた、高度消費文化のなかで一度は自己を見失ってしまいます。女性雑誌に登場する美しく着飾った女性のイメージに囚われてしまうレベッカは、いけないと思いながらも資本主義社会が生産し続ける服や装飾品の虜になり、しまいには、クレジット・カードの支払いが滞ってしまうほど浪費してしまいます。

　ブリジットもレベッカ同様、高度消費社会に相応しく、女性ファッション雑

第3章　"ポスト"フェミニズム理論　｜　77

誌やダイエット本などを読み漁り、ファッションや体型維持に気をかけています。また、彼女はテレビで流行りの『ブラインド・デート』という大衆バラエティ番組がお気に入りです。この番組は異性の相手が見えない（ブラインドの）状態で会話をするので、相手の内面が重視されているかに見えますが、実際には最後に対面する男女はお互いの容姿を見て喜んだりがっかりしたりするので、視聴者はそれを見てかえって外見の重要性を強く意識させられるのです。

　ブリジットの弱点は、こうしたマスメディアが作り出す女性や恋愛のイメージの虜になってしまうことです。たとえば、旅行パンフレットの「英国の誇り──イギリス諸島の一流カントリーハウス・ホテルの数々」を「1ページ1ページ丹念に眺め」ながら、恋人とのロマンチックな夜の空想に耽る誘惑に陥ることもあります（p.143[186]）。

　ここまで見てくると、チック・リット小説は大衆向けの娯楽である──ヒロインはステレオタイプ化されている──と言いきってしまいそうになるのですが、そこにも落とし穴が隠されています。ここで気をつけなければならないのは、ブリジットは、消費文化に靡いてはいるものの、図式化されたステレオタイプをきちんと認識しているということです。

　ブリジットは、意外にも、自己参照的に慎重に生き方を選択しようとします。なぜ彼女が「けたたましいフェミニズム」を敬遠するかといえば、「それほど男にとって魅力のないものはない」からです（p.20[27]）。「フェミニスト」のペルソナを被ることのマイナスの効果も、シャロンが女性偏重主義的フェミニストであり、男性偏重主義的ショーヴィニスト（chauvinist）とそう変わりがないことも理解しているのです。

　この作品は、マスメディアが形成するステレオタイプのイメージに対して、等身大の主人公がどのように対抗するかを諷刺を交えて表現しています。つまり、オースティン同様、批判精神を全面に押し出してはいないまでも、完全に否定しているわけではありません。むしろ、ブリジットは、彼女らが享受する経済的自立はフェミニズム運動で闘った女性たちに負っていることを認識しています。

　1960年代終わりに始まったフェミニズム運動は、イギリスにおいては1968

年にフォード社に対して男性労働者と同額の賃金を要求する女性労働者たちがストライキを起こすという形で表面化します。1970 年には、オックスフォードにあるラスキン・カレッジではじめて女性解放についての学会が行われ、イギリスにおけるフェミニズム運動に勢いをつけました。

　また、アメリカ人フェミニスト、ケイト・ミレット（Kate Millet）は『性の政治』（Sexual Politics 1970）において、公的領域における権利獲得といった問題とは別に、家庭のなかに性をめぐる男女間の権力関係がまだ存在すると論じましたが、彼女の提言の中心概念でもある「家父長制」は、ミシェル・バレット（Michele Barrett）などのイギリスのフェミニストたちによって継承されることとなります。近年、ヨーロッパ中心主義の白人フェミニズム理論を批判する黒人女性グループや、同性愛者たちの活動も活発になり、女性たちの生き方や人種が多様化しましたが、それによって女性の「現実」が必ずしも一枚岩的な抑圧因子ではなくなってきています。

　今日、家族の法規制の変化や、人の移動、大衆文化の普及、メディアによる情報の拡散などによって、女性を取り巻く状況が複雑になるとともに、女性が何から解放されるべきなのかを明確に示すことができなくなっています。女性のセクシュアリティにせよ、社会参画にせよ、すべての女性が共有できるようなスローガンは、「現実」に対応できないし、そうかといって、フェミニスト理論があまりに注意深くなると「即効性がなくなる」というジレンマがあります（竹村, p.6）。

　ダイアン・ニグラ（Diane Negra）によると、このような複層的なポストフェミニズムのパラダイムには、「フェミニズムが現代女性の主体を当惑させてきた」というフェミニズムに対する懐疑があります（Negra, p.4）。ポストフェミニズム世代のフィールディングもまた、ステレオタイプ化された「フェミニズム」への世間の風当たりを身をもって感じていたでしょう。

　『ブリジット・ジョーンズの日記』には、バックラッシュと対峙せざるをえない独身女性の悩みが浮き彫りになっています。ブリジットはキャリアをもっと積んで成功しようと勢い込んでみたりするのですが、一生独身でいる孤独感にも不安を覚えたり、シャロンの考え方とそれに反発する考え方のあいだで

行ったり来たりするのです（Wilson, p.89）。

　これが顕著に表れるのはブリジットと彼女の上司ダニエル・クリーヴァーとのロマンスにおいてです。はじめはうまくいくかに見えた２人の関係も、ブリジットが仕事をそっちのけで彼の一挙手一投足を見守り、彼に気に入られようと努力すればするほど、自己のコントロールがきかなくなります。

　ダニエルからの連絡が途絶えたり、冷たい態度を向けられると「内面の安定」（inner poise）（p.99[130]）が失われ、精神不安に陥ります。しかし、ブリジットは自然体ではいられない理由を知っています。

　　　賢人なら、ダニエルはありのままのきみが好きなはずだ、というだろうけど、わたしはあいにく『コスモポリタン』文化の子ども。スーパーモデルと多すぎるクイズ番組に劣等感をいいように刺激され、自然にまかせといたんじゃ、自分の人格も肉体もあるべき水準に達しないと思い込んでいるくちだ。ああ、プレッシャーに耐えきれない。（p.59[81]）

　ブリジットは一見マスメディアの権威に屈する〈イエスマン〉に見えますが、実は、自分のコンプレックスや精神不安の正体が、大衆文化の「プレッシャー」によって形作られた強迫観念であることを知っています。取り乱したりしても、そのほどよい距離が、「自己参照的に」物事を考えることを可能にしているのです。

　ただ、多少の距離がとれていても、市場やメディアの網の目をすり抜けることはできません。市場という巨大な装置は「アート」の性質や人の趣味を否応なく変えてしまうこともあります。ブリジットの娯楽番組への傾倒はその象徴といえるでしょう。知性に欠けるブリジットは、衒学的なフェミニストの対極に置かれています。同僚のパーペチュアは、「今日、この時代、一世代まるごとの人間が、文学作品を――オースティン、エリオット、ディケンズ、シェイクスピア等々――テレビを通してしか知ることができ」なくなる、といって、文学といったハイ・アートの存続の危機を予見しています（p.99[130]）。ダーシーの元恋人のナターシャは、男性と同等に渡り合おうとする家族法専門法廷弁護士で、高学歴で教養もあります。つまり、フィールディングは、大衆文化

を消費するブリジットと、特権的な教育を受け、教養を身につけたフェミニストたちを対決させているのです。ここには階級意識の差も見え隠れします。

　軍配はブリジットに上がります。ナターシャは大衆文化に毒された女性を「新しい世界をつくり出す力を持っているなんてことを妄想する［…］傲慢な個人主義」者であると批判しますが (p.102［135］)、それに対して、その場にいたダーシーは、彼女たち（ブリジットたち）こそ「新しい世界をつくり出す」新しい世代の女性であるといって評価するのです。

　イギリス文化の大衆化、つまり大衆芸術（ロー・アート）への大きなシフトは、1980年代から1990年代にかけて行われたイギリスの文化政策の影響が少なからずあったといえます。「文化」（ハイ・アート）を公的に支援し、保護する対象としてきた戦後のアトリー政権とは異なり、サッチャー政権は、ポピュリズム（人気取り）の発想からそれまで政府が援助してきた「アート協会」への助成金を削減しました[7]。その結果、「協会はコスト効果を物差しにして文化事業を選別し、民間のスポンサーに依存するようになる」のです（山田, p.221）。「小さい政府」を主眼としたサッチャー主義ポピュリズムは、それまで一部「官」が守ってきた文化の生成を「民」に託すことになったわけです。

　フィールディングは必ずしもこうした高度消費社会の風潮を肯定しているわけではありません。文学はすでにマスメディアにも部分的に移行しているという事実を認めた上で、そこに批判精神を吹き込もうとするのです。その証拠に、彼女が言及する文学作品（たとえばジャネット・ウィンターソン［Jeanette Winterson］など）はテレビドラマ化されているものが多くあります (p.248［325］)。つまり、フィールディングがチック・リット小説という市場価値の高いジャンルを選んだのは半ば確信犯的で、「文学作品の本質を理解しないテレビドラマの『消費者』には批判能力もない」という決めつけこそが危険だという考えを示しているのです。

　この問題は、サッチャーの文化政策によって大きくポピュリズムに傾いたなか行われてきた「消費者」のステレオタイプ化と無関係ではありません。フィールディングはヒロインに「知性の欠落した女」の役割を命じ、さらに彼女に（ある程度の）批判能力をもたせることで、「消費者」をステレオタイプ化しよう

とする衒学的なフェミニストたち（パーペチュアやナターシャ）の姿勢を糾弾するのです。ブリジットは、スーパーウーマンのような「フェミニスト」にならなくてもよい模範として≪通俗性≫が特徴づけられたヒロインです (Jones, p.67)。

ブリジットは消費文化とは決別できませんが、それは読者であるわれわれも同じこと。しかし、最終的に彼女は、不誠実なダニエルとの恋愛を振り捨て、会社を退職し、新天地で自分らしく生きる前向きな姿勢を手に入れます。野上のヒロインが関との決別を意志したように、ここには女性が苦悩のトンネルを通過した先に得られる、ある種の解放感――カタルシス――があります。

ブリジットは、シャロンの女性偏重主義やナターシャの衒学主義から距離をとりながらも、35年ものあいだ子育てに従事してきた母親と比較するとき、自分のことを「フェミニスト」と認識するのです (p.54[73])。ブリジットの母親は、子育てに邁進してきた女性たちが一度は味わったことがあるかもしれない悲哀や不毛感を代弁しています。

> 夏じゅう歌ばかりうたってすごしたキリギリスみたいな気がするの。［…］いまはもう冬なのに、わたしは自分のものといえるものを何ひとつ蓄えてない。(p.71[94])

ブリジットは、「キャリアがほしい」という母親の言葉を聞いて、自分には仕事があることに優越感を感じます。自分は「草だか蠅だか（キリギリスが冬に備えてためこむもの）をたんまりと蓄えたキリギリス」であってよかった、と安堵するのです (p.71[94])。

核家族を中心とした人間関係が標準化される家父長制の息苦しさも感じています。たとえば、家族ぐるみのパーティで、ブリジットがダニエルとうまくいっていない様子を悟った知人が「この調子じゃ、どうすればあなたを結婚させられるというのよ？」としきりに結婚することを煽ります (p.169[221])。家父長的な枠組みの外にいる独身のブリジットや友人で同性愛者のトムは、自分たちが世間に「変わり者」（freaks）として見られていることを意識します (p.77[102])。

家父長的な異性愛者(ヘトロセクシュアル)を主流とする社会では、そのカテゴリーに属さない

同性愛者(ホモセクシュアル)や独身女性（男性）は「変わり者」と見なされる傾向があります。この「変わり者」たちが集う会で、ブリジットの友人ジュードが、「調査によると、今世紀が終わるころには、イギリスの世帯の 3 分の 1 はシングル世帯になる、したがってついにわたしたちは悲劇的な変わり者じゃなくなる」らしいというラジオの情報を共有します (p.77［102］)。

　ブリジットはこの知らせを聞いて、家族世帯が「正常」で、シングル世帯が「異常」であるという考え方から脱却できる可能性を見出し、「ものすごく力を得たような (empowering) 気がする［…］すばらしい。スーザン・ファルーディの『バックラッシュ』でもちょっぴり読んでみようかな」と日記に書き込んでいます (p.77［103］)。独身でキャリアのある女性を「貪欲な怪物」であると揶揄する「バックラッシュ」こそ、フィールディングの対抗言説といえるでしょう (Faludi, p.3)。

　ブリジットは自立を望みながらも、最後は家父長的に理想的な男性との恋愛を成就させます。相手は自分の家族の窮地を救ってくれた敏腕弁護士マーク・ダーシーです。また、『ブリジット・ジョーンズの日記』のジャンルについて考えてみても、高度消費社会の映し鏡であるこの小説は、厳密な意味で「文学」でないかもしれません。しかし、大衆化された趣味(テイスト)をもつ読者が、「オースティンのエリザベスのようになりたい」と願うブリジットの物語に共感するのなら、文学をより身近に感じる効用もあるわけです。オースティンの世界にふれることができれば、「偉大な知性」のかけらを手にすることができるかもしれません。すべてのチック・リット小説が「あまねく共有されているステレオタイプ」を助長しているわけではなく、教養で武装するフェミニストたちを「悪」として描いていても (McRobbie, p.30)、その批判対象は衒学的な態度(ペダンティズム)であって教養や批判精神でないことをわれわれ読者も肝に銘じなければならないのです。

＊　＊　＊

　野上彌生子は「新しい女」に対する反発が起こるなか、女性が自己参照的に現実とどのように対峙するかを『真知子』に描き出しています。現代の"ポスト"フェミニズムの時代においても、いわゆる「フェミニズム」に対する風当

たりは厳しいといえます。ファルーディは、アンチ・フェミニズムの風潮による弊害をあげる一方で、女性に関する問題にまったく無関心な「大衆文化の皮肉屋」たちを批判しています（Faludi, p.95）。

フィールディングのヒロインは、大衆文化にどっぷり浸かってはいますが、「知的安楽」を信条とはしません。エリザベスばりの自己参照的な視点も備えています。揺れ動く価値基準に振り回されても、仕事や恋愛の悩みをなんとか乗り越えようとするブリジットの前向きな「快活さ」は、現代女性に力を与えているともいえます（Tasker & Negra, p.9）。彼女は、蔓延するステレオタイプのイメージを「プレッシャー」として感じ、それに魅惑されながらも、抗い続けるのです。ちょうどオースティンのヒロインが、「食べていく」ために結婚するという社会通念に抗ったように。

時代とともに、伝達媒体（メディア）も変化していきますが、オースティンの戦略と批判精神は、くり返し生じるバックラッシュのなかで、生き延び、日本の女性たちにも、チック・リット小説にも——形を変えて——受け継がれているといえるでしょう。

"ポスト"フェミニズムを含める広義のフェミニズムとは、前の時代と重なり合いながら、前の時代を自己批判的に、自己増殖的に、そして自己参照的に女性の多様化された生き方について考える視点なのです。つまり、現代女性が、独身でいるか結婚するか、仕事を続けるか辞めるか、子どもをつくるかつくらないか、子どもが手を離れてから仕事に復帰するかしないか、夫の不義に対して離婚を求めるか我慢するか、といったさまざまな現実的かつ切実な課題に直面するときにこそ、"ポスト"フェミニズム理論の意義が試されることでしょう。

Further Reading

スーザン・ファルーディ『バックラッシュ——逆襲される女たち』伊藤由紀子・加藤真樹子訳，新潮社，1994：アメリカで1980年代から1990年代にかけて起こったフェミニズム運動への反動が、社会的な性差を再び強化しようと働きかけましたが、それをファルーディは「バックラッシュ」と呼び、広くは「ポスト・フェミニズム」という言葉で表しま

した。
竹村和子編『思想読本［10］"ポスト"フェミニズム』作品社，2007：1980年代初めに最初に「ポストフェミニズム」という言葉が登場してから、さまざまな議論がなされてきましたが、この本はその「ポスト」の解釈が複数あること、近年の目覚ましいフェミニズム理論や、政治、科学など他分野との思想との往還について詳しく論じています。
大島一彦『ジェイン・オースティン――「世界一平凡な大作家」の肖像』中央公論新社，1997：これはオースティンが生きた時代、彼女の生涯、そして代表作品（『ノーサンガー・アビー』『分別と多感』『自負（高慢）と偏見』『マンスフィールド・パーク』『エマ』『説得』）に関する入門書です。

Endnotes

▶ 1　ここで、「"ポスト"フェミニズム」と表記しているのは、フェミニズムの終焉と誤読されがちな「ポストフェミニズム」と区別するためです。

▶ 2　ファルディは反復するバックラッシュについては19世紀中葉までの事例しか言及していませんが、ヴィヴィアン・ジョーンズは19世紀初頭も"ポスト"フェミニズム時代であると主張しています。

▶ 3　この家父長的枠組みにおいて、女性が性的に男性に従属する客体としてのみ描かれたり、日常においてもそのような存在として扱われたりする状況は「性的対象物化（sexual objectification）」という概念で表されます。

▶ 4　与謝野晶子は『みだれ髪』（1901）で鉄幹との恋愛情熱と性的身体を詠うことによって、家に束縛されて一生を送る運命であった明治の女性たちの憂苦を逆に照らし出しました（中山，p.345）。また、彼女は『青鞜』の創刊号に、目覚めゆく女を詠った巻頭詩一編を寄稿したりもしましたが、彼女の鉄幹との出奔は、社会規範を破るものとして罪悪視されました。

▶ 5　一般読者であっても、当時は「読書し判断する公衆」は存在し、たとえば、宗教的不寛容の犠牲者となり、迫害され死刑になったジャン・カラス（Jean Calas）の名誉回復のため、印刷物と手紙による独自の戦略を媒介にして、真理を顕現させた公衆は存在したといっています。（水林，p.5）

▶ 6　ヒロインが最後に結ばれる相手の名前に「ダーシー」をあてているのですが、2001年に映画化に際しても、BBC版『高慢と偏見』で起用されたコリン・ファース（Colin Firth）がこの「ダーシー」役としてキャスティングされています。

▶ 7　1989年の第一次内閣組閣時から、与党は予算から文化事業への助成金を500ポンド削減することを明言していました。

Bibliography

Austen, Jane. *Pride and Prejudice*. Ed. Pat Rogers. Cambridge: Cambridge UP, 2006［『高慢と偏見』（上・下）富田彬訳、岩波文庫、2005］．
――. *Northanger Abbey*. Eds. Barbara M. Benedict and Deirdre Le Faye. Cambridge: Cambridge UP, 2006［『ノーサンガー・アビー』中野康司訳、ちくま文庫、2011］．
Faludi, Susan. *Backlash: The Undeclared War Against Women*. London: Vintage, 1993.
Fielding, Helen. *Bridget Jones's Diary*. London: Picador, 1996［『ブリジット・ジョーンズの日記』

亀井よし子訳, ヴィレッジブックス, 2005].
Jones, Vivian. "Post-feminist Austen." *Critical Quarterly*, vol. 52, no.4. (2010), p.66.
McRobbie, Angela. "Postfeminism and Popular Culture." *Interrogating Postfeminism: Gender and the Politics of Popular Culture*, eds. Yvonne Tasker and Diane Negra. Durham: Duke UP, 2007.
Negra, Diane. *What a Girl Wants?: Fantasizing the Reclamation of Self in Postfeminism.* London: Routledge, 2009.
Tasker, Yvonne and Diane Negra, *Interrogating Postfeminism: Gender and the Politics of Popular Culture*. Eds. Yvonne Tasker and Diane Negra. Durham: Duke UP 2007.
Wilson, Cheryl A. "Chick Lit in the Undergraduate Classroom." *A Journal of Women Studies*, vol. 33, no. 1, 2012.
Wollstonecraft, Mary. *A Vindication of the Rights of Women*. Eds. Janet Todd & Marilyn Butler. *The Works of Mary Wollstonecraft*. London; William Pickering, 1989. vol.5 (『女性の権利の擁護』白井堯子訳, 未來社, 1980)
岩橋邦枝『評伝野上彌生子――迷路を抜けて森へ』新潮社, 2011.
大貫隆他編『文化と社会を読む――批評キーワード辞典』研究社, 2013.
関肇「メロドラマとしての『虞美人草』」『漱石研究』第16号, 翰林書房, 2003.
竹村和子「なぜ"ポスト"フェミニズムなのか?」『"ポスト"フェミニズム』竹村和子編, 作品社, 2007.
田村道美「世界名作大観予約募集見本及規程」(1926)『野上弥生子と「世界名作大観」』香川大学教育学部, 1999.
中山和子『漱石、女性、ジェンダー』翰林書房, 2003.
野上彌生子『虹の花』の「はしがき」野上彌生子全集, 第二期, 第21巻, 岩波書店, 1987.
水林章『公衆の誕生、文学の出現――ルソー的経験と現代』みすず書房, 2003.
宮本百合子「短い翼」『群像日本の作家6 与謝野晶子』小学館, 1992.
山田雄三『ニューレフトと呼ばれたモダニストたち――英語圏モダニズムの政治と文学』松伯社, 2013.

FOUR

白と黒

『ハックルベリー・フィンの冒険』における人種の境界線

生駒久美

　アメリカにとって人種の問題は、奴隷制、南北戦争、そして公民権運動など、国を揺るがす問題であり続けてきました。2008年の黒人大統領オバマの登場で、ポスト・レイシャルの時代になったという議論もありますが、人種主義の負の遺産はそう簡単には消えそうにもありません。これまでアメリカの人種研究と言えば、黒人をはじめ、ネイティブ・アメリカン、アジア系、ヒスパニックなど、マイノリティである人種やエスニシティの研究が多くなされてきました。それに対してマジョリティである白人の研究は比較的手薄でした。そこに1990年代以降、ホワイトネス・スタディーズが登場し、「白人性」、つまり、白人であることを構成している社会的・文化的特徴に焦点を当てるようになりました。

　言うまでもなく白人とは「白い」人種のことですが、肌の色では「白人」と区別できない「黒人」が実はたくさんいます。はたして人種が肌の色や生物学的特徴に基づいているとする見方は正しいのでしょうか。また一般に「黒人」は「白人」に比べ経済的に低い地位に置かれていますが、黒人同様にあるいはそれよりも困難な生活を強いられている「プア・ホワイト」と呼ばれる白人貧困層も存在します。このように、白人と黒人の区別にはいくつもの曖昧さが存在しています。そうだとすると「白人」と「黒人」のあいだの境界線はどのように引かれるのでしょうか。

　本章で扱うマーク・トウェインの『ハックルベリー・フィンの冒険』は、奴隷制時代を扱った19世紀の小説ですが、人種の境界線をめぐって今日にも通じる問題を扱っています。当時の歴史的背景も視野に入れながら、「人種の境界線を乗り越えた友愛」の可能性と困難について考えていきたいと思います。

> **Keywords**
>
> 人種主義　人種幻想　境界線理論　ポスト・レイシャル　ホワイトネス・スタディーズ　プア・ホワイト　階級　多文化主義　アイデンティティ　奴隷制　南北戦争　バラク・オバマ　『ハックルベリー・フィンの冒険』

1 ≫ 『ハックルベリー・フィンの冒険』と人種問題

　バラク・オバマがアメリカ合衆国初の黒人大統領になった 2008 年から遡ること 123 年前、マーク・トウェイン（Mark Twain, 1835-1910）の『ハックルベリー・フィンの冒険』（*Adventures of Huckleberry Finn*、以下『ハック・フィン』）は 1885 年にアメリカで出版されました。

　作品の舞台は 1840 年代、ミシシッピ川とその流域にある奴隷州のミズーリです。主人公のハック少年は、実父パップ・フィンの暴力から逃れて、無人島で自由気ままに暮らしています。そこでハックは、奴隷の身分からの解放を求めて逃げていた黒人のジムに遭遇します。奴隷制度のもとでは、奴隷の逃亡はもちろん、逃亡奴隷を助けることも厳しく禁じられていました。それにもかかわらずハックは、自由州を目指すジムの逃亡につきあうことにします。こうして 2 人が目的地を目指してミシシッピ川を一緒に下ることで、物語は進んでいきます。

　トウェインの数々の作品のなかでもとりわけ『ハック・フィン』は、アメリカ文学の正典の地位を享受してきたといってよいでしょう。ヘミングウェイは、『アフリカの緑の丘』のなかで、「アメリカの近代文学はことごとくマーク・トウェインが『ハックルベリー・フィン』と呼んだ一冊の本から発している。[…] それ以前には何もなく、それ以後にもこれに匹敵するものはない」と賛辞を送りました（p.22）。T・S・エリオット（T. S. Eliot, 1888-1965）も、ミシシッピ川とハックの関係を「神なる川」と「神の下僕」と喩えることで、この作品における川の恣意的な流れと、ハックの気ままな性格とが相補的関係になっていることを指摘し、小説の構造上の一貫性の点からこの作品を高く評価しています（p.110）。また、批評家レオ・マークス（Leo Marx）は、追っ手が

迫ってきていることを知ったハックが、ジムに「追っ手がくるぞ("They are after us")」と発したことに着目し、ハックがジムに共感、同一化していることをあげて、（少なくとも31章までの）ハックは民主主義を体現する理想的ヒーローであると解釈しています（pp.290-305）。
　こうした文豪や批評家による高い評価にもかかわらず、この作品はアメリカ社会のなかに激しい論争を巻き起こしてきました。公民権運動期の1957年、ニューヨーク市教育委員会は、小中学校の教科書リストから『ハック・フィン』を除外することを決定しました。『ニューヨーク・タイムズ』によってその反響が伝えられると、ペンシルヴェニア州、ワシントン州、フロリダ州、テキサス州、アイオワ州、ヴァージニア州、イリノイ州などでも、認定教科書リストからこの作品が除外されることになりました。それというのも、作品のなかで黒人をあらわす差別的表現（「黒んぼ」"nigger"）が頻繁に使われているからです。[1]黒人の父母は、この差別的表現を読んだ子どもたちが、自尊感情を保てなくなるのではないかと危惧したのです（p.88）。そのため2011年に、差別表現を言い換えたバージョンも出されたほどです。[2]
　このように『ハック・フィン』は、アメリカ文学の傑作と評されながら、教育現場からは「受け入れ難い本」として排除されてきました。このような相反する評価を受けてきた『ハック・フィン』は、人種問題をめぐってどのような問題を投げかけているのでしょうか。そもそも「人種」というものをどう理解したらよいのでしょうか。
　まずは、アメリカの奴隷制度をめぐる基本的な歴史的事実を見ておきましょう。作品のなかのハックとジムの関係を理解するためには、奴隷制という歴史的コンテクストを参照することが必要だからです。また、アメリカと人種差別という問題は日本の読者には縁遠いと思われがちなので、この点でも基本的な事実を理解しておくことは重要です。とはいえ、白人による黒人支配の問題は、少なくとも奴隷制という形では、すでに過去のものになったようにみえます。とりわけ、バラク・オバマが大統領に就任、再選され、すでに二期目を務める現在、アメリカは「ポスト・レイシャル（脱人種）」の時代に入ったという見方も出ています。そうだとすると、『ハック・フィン』は、そこに出てくる

第4章　白と黒　　89

用語や問題とともに古びてしまった、過去の作品だというべきなのでしょうか。それとも、現代の目から見て新たに浮かび上がってくる問題が含まれているのでしょうか。

このような問いを念頭に置いて、人種問題を歴史的また理論的に考えるためのひとつのテクストとして、『ハック・フィン』を読み直していきたいと思います。

2 ≫ アメリカ黒人の歴史

現代の私たちの感覚で言えば、「黒人」は「白人」と同じく「人間」であり、「奴隷制」は基本的人権に反する非人道的な制度であることはいうまでもありません。しかしハックが生まれ育った19世紀アメリカ南部の価値観では、黒人奴隷はあくまで白人所有者の「動産」("chattel")であり、逃亡しようとする黒人を助けることは、所有者の財産を盗むことに等しいものでした。ハックは南部白人としての「良心の呵責」を感じる一方——後に述べるように、ここで呵責を感じているのは、奴隷制の存在に対してではなく、逃亡奴隷を助けていることに対してなのですが——、ジムとの共同生活のなかで友情を深めるにつれて、ジムが動産などではなく、愛情深く、家族思いの人間であることに気がついていきます。しかし、そうした認識は奴隷制と相容れないため、ハックは南部人としての「良心」と友情とのあいだで苦しむようになったのです。

南部の奴隷制は、作者のマーク・トウェイン自身にとって大きな問題でした。奴隷を所有していた南部旧家出身の父母のあいだに生まれたトウェインにとって、奴隷のいる生活は奇異なものではなく身近なものであり、しかも南北戦争が勃発したとき、彼は南部義勇軍の一員として戦争に参加したのでした。しかし南北戦争後、戦前から熱烈な奴隷制廃止論者だった妻オリヴィアの家族、ラングストン家と関係を深めるにつれ、トウェインは奴隷制を「自然」なことと見なした誤った過去から決別しようとします。彼が南北戦争後にあえて南北戦争以前の故郷南部を舞台にした作品を書くことにした複雑な心理も、そうした背景のなかで理解できます。

ここでアメリカ黒人の歴史を概観しておきましょう。1619年、イギリス植民地だったヴァージニアに、黒人がはじめてアフリカから奴隷として「輸入」されました。黒人は「動産」として、プランテーションでの綿花やタバコの栽培などの農業労働や白人の身の回りの世話に強制的に従事させられました。しかしアメリカ独立後の19世紀になると、奴隷制廃止運動の高まりとともに、奴隷制を擁護する南部諸州と、奴隷制のない自由州と呼ばれる北部諸州とが対立します。そして1861年、奴隷制をめぐる対立がついに南北戦争へと発展しました。戦時中、リンカーン大統領（Abraham Lincoln, 1809-1865）は奴隷解放宣言を出し（1863）、2年後に北部の勝利で終わると、憲法修正13条によって奴隷制は正式に廃止されたのでした。

　しかし奴隷解放以降も南部諸州の差別は根強く続きます。「ジム・クロウ」と呼ばれる黒人に対する差別的な法が成立し、黒人は白人と公共の場で隔離され、二級市民の地位に押しとどめられました。差別や不平等な制度に加え、黒人に対する非合法的制裁の最たるものであるリンチも行われました。しかし第二次大戦後になると、マーティン・ルーサー・キング Jr. たちを指導者とする公民権運動が展開し、1964年にはついに公民権法が制定されます。奴隷解放令から百年を経て、ようやく法の上での差別が幕を閉じたのです。

　そして周知のように、2008年、公民権法制定から40年以上が過ぎ、アメリカの白人女性とケニア出身の黒人男性とのあいだに生まれたバラク・オバマがアメリカ大統領選に当選します。これまで人種問題で葛藤してきたアメリカ史において、それは画期的な出来事でした。かつては白人が、圧倒的な政治的、経済的、文化的なヘゲモニーを握っていました。しかしオバマの登場は、白人が富や教養、権力をすべて独占し、黒人は貧しく教育を受けておらず、権力の周縁にいる、という一方的な人種のヒエラルキーがもはや成り立たなくなったことを世界に示したのです。

　さらに重要なのは、人種というカテゴリーをめぐる考え方の変化です。長い選挙期間を通じて、オバマは黒人と白人双方に、人種の枠を越えた理解と連帯を呼びかけていました。このようなオバマの姿勢、そして彼の当選という事実は、人種差別を乗り越えた「ポスト・レイシャル（脱人種）」の時代の幕開けを

示している、という期待を呼び起こしました。オバマ本人も、「黒人」としてのアイデンティティだけを強調するよりも、自分は黒人もしくは白人と割り切れない「アイデンティティの流動性」を体現している、と考えています（p.i）。このことは、「黒人」とは誰か、「白人」とは誰か、という問題がもはや自明なものではないということを示唆しているでしょう。

　もっとも、オバマが大統領になったことによって人種問題が解消したわけでは決してありません。今日も根強く残る黒人への差別や偏見は、ハーバード大学の著名な黒人教授ヘンリー・ルイス・ゲイツ Jr. の誤認逮捕事件からも窺えます。2009年7月、ゲイツは、帰宅したとき自宅のドアが壊れて開かなかったので家の窓から室内に入ったところを通報され、警察に逮捕されてしまいました。通報者や警官の側に黒人を潜在的な犯罪者と見なす人種偏見があったことは否定できないでしょう。大統領のオバマは、ゲイツと彼を誤って逮捕した警官をホワイトハウスに招き、和解を演出するためビールで乾杯し、この話は一件落着したかに見えます（Gary Younge, p.10）[3]。しかし驚くべきことに、2013年の現在も白人至上主義（"white supremacy"）を掲げる人種差別主義集団 KKK（クー・クラックス・クラン）がいまだに存在しているのです。

　むしろ、オバマ当選後だからこそ、このような動きが強まってきたという面もあるでしょう。そこには人種のアイデンティティや人種のあいだのヒエラルキーが脅かされることに対する、白人層の一部の危機感が現れている、と見ることができます。彼らは黒人に対するヘイト・スピーチをくり返すことで、白人と黒人のあいだの境界線をあらためて強化し、自分たちの「白人」としてのアイデンティティを再確認しようとしているのです。

　そうだとすると、オバマ時代のアメリカは、「白人」や「黒人」などの人種の境界線が曖昧になり、白人の伝統的な特権性が自明のものでなくなると同時に、この境界線をあらためて引き直そうとする人種主義的な反動も跋扈する時代だといえます。人種をめぐるこのような状況を念頭に置いた上で、トウェインの作品を読み直してみましょう。そのような人種関係の曖昧さや関係性を考える上でも『ハック・フィン』は読む価値があることがわかるでしょう。

3 ≫ モリソン vs. フィッシュキン論争

　以上の簡単な概観から、人種主義の問題は、単に差別される黒人だけの問題ではなく、差別する白人自身のアイデンティティにも跳ね返ってくる問題だということがわかります。ここではまさにこの問題をめぐって行われたトニ・モリソン（Toni Morrison）とシェリー・フィッシャー・フィッシュキン（Shelly Fisher Fishkin）のあいだの論争を取り上げたいと思います。

　1993年にノーベル文学賞を受賞した初のアメリカ黒人女性、トニ・モリソンは、『白さと想像力』のなかでアメリカ文学における黒人表象を問題にし、人種問題の観点からもっとも物議を醸した小説の1冊と言える『ハック・フィン』を論じました。そこでとくに彼女は、ジムがハックおよび彼を取り巻く白人たちとの関係のなかで「沈黙」せざるをえなかったことを指摘し、人種主義を黒人にとってだけの問題としてではなく、白人も巻き込んだ「関係性」として考察するように読者を促します。「黒人」もしくは「白人」というアイデンティティは、他と切り離されてそれ自体では存在しえないのであり、そうである以上人種を関係性から考察していくことが肝要なのです。

　黒人女性であるモリソンは、アメリカ文学のなかで黒人の果たしてきた役割、端的に言えば、白人の引き立て役としての黒人に注目します。そして彼女は、『ハック・フィン』に焦点を当て、（ハックに代表される）白人の自由の探求が、いかに黒人という他者に依存しているかを批判的に論じています。

　　この小説では、二つのことがわたしたちを驚かせる。つまり黒人が、白人の友人や主人にたいして、見たところ無限の愛と共感を抱いているように思えることと、白人は自ら言う通り、すぐれていて、立派な大人なのだと黒人が信じ込んでいること、である。このように、ジムをはっきり目に見える他者として描いているのは、許しと愛にたいする白人の憧れとして読むことができる。しかしこの憧れはジムが自分の劣等性を認めて（奴隷としてではなく、黒人として）、それを軽蔑する場合にしか可能でない。ジムは迫害者が自分を苦しめ、屈辱を与えるのを許し、その苦痛と屈辱に無限の愛で応える。(pp.92-93)

この著書全体を通じてモリソンは、アメリカ文学に見られる人種差別が、差別される黒人側だけでなく、差別する白人側にも与える影響を考察しています。彼女は、白人の主体性が、白人に「無限の愛と共感」を抱くとされる黒人への依存を通じて形成されていると指摘しています。最終的にはトウェインの作品が「白人の自由がもつ寄生的性格」を表していると厳しい評価を与えています（p.93）。言い換えるとモリソンは、白人性が、白人がイメージのなかで描き出す黒人という他者に依存することでしか構築されえないことを鋭く見抜いているのです。

　それに対して、著名なトウェイン研究者シェリー・フィッシャー・フィッシュキンは、『ハック・フィン』における白人と黒人の関係性をめぐってトニ・モリソンとは意見を異にしています。フィッシュキンは、その挑発的な題名をもつ『ハックは黒人か？』のなかで、『ハック・フィン』をはじめとするトウェイン作品が、いかに黒人文化の影響を受けているかを指摘することで、白人であることの自明性を切り崩しています。彼女によると、ハックは、ジェリーやジミーという実在の黒人少年たちをモデルにしていて、ハックの声や語りが、言語学的および文体論的な観点から南西部の方言というよりも黒人の声であると主張しました。その上、ハックのトリックスター的なパフォーマンスが黒人少年ジェリーのそれと類似的だと指摘し、研究者たちの注目を浴びました。

> 　マーク・トウェインの文章はつまり、私たちにとってアメリカ文学の「口語体」の定義そのものになっているのだ。アフリカン・アメリカンの話し方が南部全般の話し方に影響し、さらに黒人の子供がハック・フィン特有の声を生み出すもとになったのである。そのことを考えると、私たちが典型的にアメリカ的だと見なすようになった文体が、実は黒人のルーツをもっている可能性があることを検討するのはもっともなことである。（p.49）

　フィッシュキンは、トウェインが、黒人の話し言葉のもつエネルギーやパワーを損なうことなく、それらを文字へと翻訳した点でアメリカ文学に大きな貢献をしたと高く評価しています。アメリカ文学の正典と見なされている本作

品が、実は黒人の声によって形成されていたと主張することで、彼女は、白人文化の同一性を切り崩そうとしているのです。言い換えれば、トウェインが、ハックの語りに黒人の声を混成させることで、誰が黒人で、誰が白人かという人種のカテゴリーを切り崩そうとしていたと主張し、作品に肯定的解釈を与えているのです。

　このように、モリソンが黒人と白人の差異を強調するアイデンティティ・ポリティックスに傾いているのに対し、フィッシュキンはどちらかというと人種的アイデンティティの流動性を示そうとしています。しかしどちらも、現代アメリカの多文化主義——異なる人種や民族の文化を等しく尊重し、多民族の共存を積極的に図っていこうとする政策——を支持するという点では、共通の立場だということもできるでしょう[4]。

　たしかに『ハック・フィン』に対するトニ・モリソンとフィッシュキンの評価は異なっています。しかしフィッシュキンが『ハックは黒人か？』を書いたのは、アメリカ文学が黒人の影響力を軽視していることに対するモリソンの批判を真摯に受け止めたからだと言えるでしょう。しかも、どちらの批評にも共通して言えることは、「白人」と「黒人」をその関係性からとらえ直し、そこから「白人」のアイデンティティや「白人性」を問題にしていることです。作品に厳しい評価を下すモリソンも、肯定的な評価を下すフィッシュキンも、ハックの人種的アイデンティティの自明性に疑問を投げかけている点では、同じ地平に立っていると言えるでしょう。

4 ≫ 白と黒：パップ・フィンの場合

　それでは、『ハック・フィン』では、「白人」のあり方がどのように描かれているか、より具体的に見ていきましょう。『ハック・フィン』は、『トム・ソーヤーの冒険』（*The Adventures of Tom Sawyer* 1876）の続編という体裁をとっていますが、後者においてハックは最初、トムの親友である浮浪児という形で登場します。トムをふくむ村の少年は、親たちにガミガミ言われず、好きなことができるハックにひそかに憧れているのですが、実はハックにはパップ・フィン

第4章　白と黒　　95

という父親がいます。息子のハックは、自分の父親を次のように描写しています。

> とうちゃんの年は、かれこれ 50 だが、じっさいにそのくらいに見えた。くしゃくしゃのきたねえ髪を長く垂らしているんで、その中から目が光っているところは、まるでブドウのつるのあいだからのぞいているみてえだった。真っ黒で、白髪なんか一本もねえ。長いもじゃもじゃのひげもやっぱり真っ黒だった。髪のあいだからのぞいている顔には、まるで血の気がなくて、真白だった。ほかの人の白さとちがって、気分が悪くなるみてえな白さ、思わず背すじがぞくぞくするみてえな白さ、アマガエルの腹の白さ、魚の腹みてえな白さだった。
> （上 p.47, 傍点筆者）[5]

このあと、ハックは父親の服装を「ただボロッ切れをひっかぶっているだけ」と描写していますが、描写自体はそれほど長いものではありません。それほど長くない描写だからこそ、父親の「白さ」、より厳密に言えば「白人性」が際立つのです。しかもハックは、「気分が悪くなる」とか「背すじがぞくぞくする」と喩えているように、父親の「白さ」の美しさというよりも不快さや不気味さを強調していることがわかります。

パップ・フィンの外見の描写からわかるように、彼は、中産階級ではなく下層階級の白人、すなわち「プア・ホワイト（poor white）」に属しています。19世紀には、白人社会の周縁にいる貧しい白人に対する差別語として、「ホワイト・トラッシュ（「白人のくず」"white trash"）」という言葉が用いられるようにもなりました。社会学者マット・レイによると、彼らは、ネイティブ・アメリカンや黒人が描写されるのと同じように、すなわち「不道徳で、怠惰で、不潔」な存在として見なされてきました（p.23）。しかしながら、プア・ホワイトは、「あらゆる白人がいかなる有色人種よりも優れていると想定される白人優越の論理では、プア・ホワイトの社会的地位の低さや貧困、不道徳で怠惰なふるまいは、その反対を示す忌々しい証拠だった」（p.55）。このように、外見上、白人であるはずのプア・ホワイトは、そのふるまいが、自分たちより劣っているとされる黒人やネイティブ・アメリカンとそれほど違わないために、物議を

醸す存在なのです。

　そのパップ・フィンが、政府を批判しています。興味深いことに、それは、黒人の大学教授が投票権を与えられたことに起因しています。

　　いや、まったく、てえした政府だよ、てえした。いかか、よく聞けよ。オハイオ州から来た自由な黒んぼがひとりいてだな、白人との混血だが、まるで白人みてえに白いやつだ。見たこともねえほど白いワイシャツを着こんで、ピカピカの帽子をかぶっていやがる。町じゅうさがしてもこんなしゃれた服を着てるやつは見つからねえというういでたちで、しかも、金ぐさりつきの金時計に、銀のにぎりのついたステッキときた。オハイオ州きっての白髪のお大尽さまだ。それに、驚いちゃいけねえ、大学の教授で、あらゆる国の言葉がしゃべれて、何でも知らねえことはねえんだとよ。まだそれだけじゃねえ。こいつは、故郷へ帰れば、投票できるんだとよ。これにゃあきれてものが言えねえ。いってえこの国はどうなっているんだい？　（上 p.39，傍点筆者）

　興味深いのは、小説のなかで、誰よりも白さが強調されているパップ・フィンが、オハイオ出身の黒人教授の肌の白さを強調していることです。プア・ホワイトが、黒人やネイティブ・アメリカンと変わらない生活であるのにもかかわらず彼らと差異化することが可能なのは、パップ・フィンの肌が白いからです。ところが、肌の白い黒人が現れると、パップ・フィンは自分の優位性を示すものがなくなり、苛立っています。

　ここから、なによりもまず、「人種」が必ずしも、肌の色によって決定されるわけではないことがわかります。白人が白人であるのは、彼／彼女が黒や赤（ネイティブ・アメリカン）、黄色の有色人種ではないからです。つまり、白さ自体というものがあるのではなく、他の色との区別によってでしか、白さというものは存在しないのです。しかもこの差異はあくまで相対的・量的な違いにすぎません。黒人教授の例が示しているのは、ほとんど「白人」であるような「黒人」がいるということです[6]。一方、マット・レイが強調するように、プア・ホワイトは、白人の周縁にいるものとして、ほとんど「白人」ではないような異形な存在です。「白人」のアイデンティティなるものは、まさにそのようなあいまいな領域に人為的な境界線（"boundary"）を引くことによって作られる

第4章　白と黒　　97

のです (pp.7-15)。

　このことが示唆しているのは、「プア・ホワイト」の問題は、「人種」の問題だけでなく「階級」や「階層」の問題にも密接に関わっていることです。パップ・フィンは黒人を露骨に差別しますが、施しを受けなければいけないその生活条件は、一般の黒人に比べて決してましなわけではありません。しかも黒人のなかには、この大学教授のように、パップ・フィンよりも多く富（経済資本）や教養（文化資本）をもっている人すら存在します。それに対しパップ・フィンは、「ホワイト・トラッシュ」として、白人共同体の最底辺にいます。彼らは「白人」としての資格を満たすか否かがきわめて怪しい存在です。中流階級以上の白人たちから見れば、パップ・フィンは「不道徳で、怠惰で、不潔」な存在として軽蔑の対象に他ならないでしょう。それはつまり、白人共同体の内部に序列や対立、分裂があるということを意味しています。このためパップ・フィンは共同体に属しているという意識をもてません。それが「政府」への反感になって現れています。彼は、黒人という他者に特権を許しているという理由で政府を非難しますが、そこには実は、自分たちの白人共同体内部に敵対関係があるということが暗示されているのです。

　パップ・フィンは、この黒人が肌が白いだけでなく、自分よりも高い知識や教養、社会的地位をもっていることがわかると、白人としての優位性がますます保てなくなり、不安感を露にします。しかもその教授が選挙権という政治的権利までもっていることを知ると、次のように叫びます。「あの黒んぼのつんとすましたところを見ろ。あれじゃ、途中でぶつかったって、こっちで突きとばさなきゃ、道をゆずりもしめえぜ」（上 p.63）。この台詞が示すのは、パップ・フィンは、道を譲らない黒人教授を「突き飛ばす」という形でしか（それも想像上のことですが）、自分の優位性を示すことができなくなる、ということです。黒人がパップ・フィンよりも優位なポジションに立ったことに対する苛立ちと不安を暴力という形で表しているのですが、彼の怒りは、黒人だけでなく（黒人にそうした権利を与えた）政府に対しても向けられるのです。

5 ≫「享楽の盗み」という幻想

　パップ・フィンは、この長々しい人種差別的な語り（ヘイト・スピーチ）の最後で、黒人教授を「白シャツの自由な黒んぼのコソ泥のちきしょう」(上巻p.63)と呼んでいます。しかしこの教授は物を盗んでなどいません。それはむしろ、パップ・フィンの根拠のない偏見、というより妄想にすぎません。しかしこれこそ、人種差別に特有の論理なのです。ここで働いているメカニズムが、スラヴォイ・ジジェク（Slavoj Žižek）のいう人種幻想です。トニ・マイヤーズ（Tony Myers）は、ジジェクの言う幻想を「われわれが現実を見るときの枠組み」であり、「主観的な見かたを提供する」と定義した上で (p.170)、ジジェクの人種幻想を次のように簡潔にまとめています。

　　人種差別の幻想とはなにか？　ジジェクにとって、人種差別の基本的な幻想は二つの型がある。一つ目の型は、民族的「他者」はわれわれの享楽を欲望するのではないかという懸念を軸とする。「彼ら」は、「われわれ」からわれわれの享楽を掠め取って、われわれの幻想の独自性を奪いたがっている、というのだ。二つ目の型の幻想は、民族的「他者」が、何らかの未知の享楽と接点を得ているのではないかという不安から生ずる。「彼ら」は「われわれ」と違っている。彼らの享楽のありかたは、われわれには異質でなじみのないものなのだ。つまり、二つの幻想は両方とも「他者」は「われわれ」とは違った形で享楽を味わっている、ということに基づいている。(p.181)

　ジジェクの言う「享楽」とはラカン派精神分析の用語（フランス語で"jouissance"、英語で"enjoyment"）であり、単なる快感とか快楽を超え、時として苦痛を伴うような強烈な体験のことを指します。ジジェクはかなり自由にこの概念を用いていますが、ラカンは享楽をフロイトのいう「死の欲動」に関係づけ、たとえ快感原則に反したとしても、超自我による禁止を破ろうとする衝動だとしました。逆に言えば法の侵犯には享楽が伴います。わかりやすくいえば、享楽とは禁じられた遊びです。人種幻想においては、抑圧すべきこの享楽が、（人種的・民族的）他者に盗まれている、と想像されるのです。

ジジェクの「人種幻想」の理論は、パップ・フィンの人種主義を見事に説明しているように思われます。まず、1つ目の型は、彼にとって「他者」は、彼ら白人の「享楽」を欲望し、掠め取って、「白人」の独自性を奪いたがっている、というものです。すなわち、ハックの父親からすると、良い身なりや、大学教授という社会的ステータス、さらに選挙権などの白人の「特権」を奪い、白人の幻想を崩そうとしているように映るのです。それだけでなく、幻想の第二の型に従って、黒人教授がパップ・フィンにとって「未知の享楽」へのアクセスをもっている、とされます。すなわち、この教授は、パップ・フィンが知らないであろう「あらゆる国の言葉」が話せて、しかも何も知らないことはないとされ、あたかもこの教授が全知全能であるかのような想像が語られています。このような幻想が、パップ・フィンを脅かしているのです。

　それでは白人の幻想が崩れるとどうなるのでしょうか。パップ・フィンは「白人」を一枚岩的に考えていますが、実は白人も階級によって分断されていて、最下層にいる自分は、それまで対極化していた黒人とたいして変わらないことに直面せざるをえなくなります。ジジェクは興味深い指摘をしています。「享楽に対する盗みを〈他者〉のせいにすることで隠蔽されるのは、自分が盗まれたと申し立てている当のものを、実は一度も所有したことがないという事実である」(p.388)。つまり、パップ・フィンは、自分がそもそも特権などもっていないということを否認したいのです。端的に言ってしまえば、このような「白人」幻想が、差別する側のプア・ホワイトの主体構造に関わっているのであり、「盗まれた」という幻想を通じて、パップ・フィンはかろうじて自分のみじめな現実を生きることができるのです。彼が選挙権をもつ黒人教授に会ったとき、この教授だけでなく政府まで批判した挙句に選挙権を放棄しようとするのも、パップ・フィンにとって自分の存在を否定されるように思えるほどトラウマ的な出来事だったからだと解釈することができます。

6 ≫ パップ・フィンの息子と黒人逃亡奴隷

　それでは、パップ・フィンの息子であるハックは、プア・ホワイトであり人

種主義者である父親から、どのような影響を受けているのでしょうか。『ハック・フィン』は、ハックが黒人奴隷ジムの逃避行に同行、協力する物語であり、その点でハックは白人と黒人の共同を体現する民主主義のヒーローとして解釈されてきましたが、ハックの人種ではなく、その階級に注目し分析する批評家はそれほど多くありませんでした。しかしハックがジムと共同生活を送ることができたのも、逆説的なことに、パップ・フィンの息子であることが大きく関わっているのです。

『ハック・フィン』の前作『トム・ソーヤーの冒険』のなかで、ハックはすでに黒人奴隷と親しい関係であることをトムに打ち明けています。

> 俺、アンクル・ジェイクに頼まれたらいつでも水を汲んできてやってるし、向こうも余ってたらいつも食い物分けてくれるんだ。すごくいい奴だぜ、あの黒。俺のこと、威張ったりしないからって気に入ってくれているんだ。ときどき俺、あいつと一緒に座って飯くうんだよ。でもまあそんなことは黙っていてくれよな。人間、すごく腹がへってると、ふだんはやらねえことをやったりするものさ。(p.304)

浮浪者であるハックと黒人奴隷の生活条件は、ほとんど区別がしがたいものです。ハックは、黒人奴隷ジェイクの水汲みを助け、ジェイクと食べ物を分け合って食べるのですが、それは彼らが貧しさゆえの空腹を共有しているからです。それゆえ彼らはごく自然に、お互いを助け合うようになるのです。そのようなハックに、白人だからといって黒人に威張る理由などないでしょう。このようなハックの黒人への親近感が、彼がプア・ホワイトの息子であることと密接につながっていることは明らかでしょう。

しかしながら、ハックがこのことを打ち明けるとき、黙っていてくれとトムに頼みます。なぜならハックにも、黒人と並んで食事をすることが決して当時の白人の流儀ではないことがわかっているからです。それだけではありません。ハックは父親の人種差別的な考えを踏襲してもいます。『ハック・フィン』ではハックは、たとえばジムの寝床にガラガラ蛇の死骸を投げ込んでみたり、ジムの反対を押し切って難破船を探検したりします。また筏が流されて霧のな

第4章 白と黒

かに入り込んでハックとジムが離ればなれになったときも、ハックは、再会できて喜ぶジムを騙し、からかおうとします。ハックにとってジムは成人男性というよりも奴隷であり、ハックはジムをからかうことを通じて、白人としての優位性を示そうとするのです。

　それゆえ、目的地に到着したと勘違いしたジムが、自分の家族をいかに救出するかについてハックに語ったとき、少年は嫌悪感を露にします。

　　そんな話を聞いて、おらはゾッとした。ジムがこんな口をきくことは、生まれてこのかた一度もなかっただろうに。もうすぐ自由になると思ったとたんに、こんなにも人間が変わっちまうもんだろうか。昔からの言い伝えに「黒んぼをあまやかせば、すぐにつけ上がる」ってのはこのことだ。［…］この黒んぼときたら、おらが逃亡を助けてやったようなものなのに、もうつけ上がって、子供を盗み出すなんて言ってやがる——その子供は、おらの見たこともねえ人の持ち物で、その人はおらになんも悪いことなんかしたことのねえ人だ。(上 p.166)

　ハックが不快感を隠しきれないのは、彼はジムだけなら助けてもいいと思っていたのに、ジムは自分の妻子まで救出しようと考えていたからです。ハックの視点からすれば、ジムは図々しく、常識的に考えられない高望みをしているのであり、だからこそハックは苛立ちを隠さないのです。ハックの温情主義的態度は、ジムの願望や要求がハックの許す範囲を超えようとすると、とたんに冷たくなってしまいます。このことは、優位にいる白人が劣位にある黒人に対して示す同情心や救いの手というものが、フォレスト・G・ロビンソンがいうように、依然として「自己欺瞞」を免れないことを示しています。[7]

　ジムの願望は、ハックの救済幻想と折り合うことがなく、互いが互いを脅威に思うようになります。それゆえに、ハックは、黒人逃亡奴隷を捜している白人を見かけると、ジムのことを密告しようか迷うのであり、ハックの心変わりを察知したジムは、その男たちがハックに近寄ってくると、すかさず川へ飛びこんでいるのです。

7 》》 ハックの「決断」

　しかしながら、この小説には束の間ですが、ハックがジムを救出しようと考える有名な場面（31章）があります。ジムが捕まったと知ったとき、ジムをとられたままにしておくべきか、あるいはそこから「盗む」のかをめぐって、ハックが「決断」をする場面です。「盗む」すなわちジムを救うことは、南部社会の人種秩序を正当化していた当時のキリスト教会の教えに背くことを意味します。つまりジムを「盗め」ば地獄の火に焼かれることになるので、ハックはジムを「盗む」ような悪い子をやめて良い子になろうとするのですが、祈りの言葉が出てこないのです。それどころか、ジムとの共同生活がいかに楽しく、彼が愛情深かったが思い出されるのです。南部的「良心」の呪縛に苦しんだハックはついに「よし、それなら、おらは地獄に行こう」と決断します。
　ハックは続けて、次のように言います。

　　恐ろしいことを考えて、恐ろしいことを言ったもんだけど、もう口から出ちまったことだ。おらはそれをそのままにして取り消さなかった。悔い改めようなんて、もう考えなかった。そんなことはいっさい頭の外へ押し出しちまった。おらは悪者に育てられたので（"brung up"）、悪者のほうが性に合っていて、その反対のほうはだめなんだから、また悪者に戻ろう、とおらは言った。そしてまず手はじめに、ジムを奴隷の身分からまた救い出す仕事にとりかかろうと思った。（下 p.112）

　重要なのは、ハックが決意をするとき、自分の「育ち」を引き合いに出していることです。南部教会が教える道徳からすれば、彼がしようとしていることは神が禁じる「悪い」ことですが、ハックは、神の裁きにおののきながらも、自分はそもそもそんな道徳とは無縁に暮らしてきたことに思いを致します。つまり、ここで彼は、自分のプア・ホワイトとしての出自を引き受け、開き直っているのです。
　ここで注目したいのは、ハックの使っている「盗む」という言葉です。それはハックを父親のパップ・フィンと結びつける、独特の文脈をもっているから

第4章　白と黒　　103

です。ハックは、ミシシッピ川を下っている最中、食べるために盗みを働きますが、「盗み」は「借りる」ことだと見なす父親の教育に従って旅を進めていました。ハックはトム・ソーヤーと議論して次のように言っています。「とうちゃんは、こういうときいつも借りるって言っていたんで、おらも借りるって言ったらば、トムはそれは借りるじゃなくて盗むことだ」とたしなめたのですが（下 p.162）、トムと違い貧しい身分のハックには、「盗む」ことは「借りる」ことにすぎない、という父親譲りの感覚が抜きがたくあるのです。それゆえ、ハックとジムの逃亡の旅は、「盗みはいけない」という白人中産階級的な規範から逸脱したパップ・フィンの教えによって可能になったのです。しかも「盗む」ことを「借りる」ことだとする言い換えには、動産奴隷制がそれに基づいている、私有財産という観念そのものを相対化してしまう要素が含まれているといえないでしょうか。

　たしかに、父親のパップ・フィン自身は、自分の盗みについては、「借りる」ことだといって正当化しつつ、すでに見たように黒人に対しては、白人である自分の特権を「盗んでいる」といって非難していたのでした。しかしハックは、パップ・フィンがとらわれている「享楽の盗み」という人種主義の幻想からも、自由になっているように見えます。むしろハックは、「もう一度ジムを盗み出す」という形で、法を侵犯する享楽を反復しているとすらいえるかもしれません。

　このように、ハックとジムを結びつけているのは、白人下層階級のパップ・フィンの息子であるという彼の出自なのです。ハックは、プア・ホワイトであるがゆえにジムと共同生活することに抵抗がなく、しかしまたそれゆえに人種の境界線にとくにこだわり、白人の優位性を示そうとしました。しかし、ジムがとらわれてしまうと、所有者からふたたび「盗む」ことを決断しますが、それを可能にしたのもまた、ハックのプア・ホワイト的出自なのです。ここで多くの読者は、プア・ホワイトの少年と黒人逃亡奴隷とのあいだにある、つかの間の連帯を幻視し、この小説に喝采を送るのです。

8 ≫ 『ハック・フィン』の結末

　残念ながらしかし、ハックの決断は、その後の展開によって曖昧なものにされます。決断直後、ハックはトム・ソーヤーに出くわし、ジムをとらえている白人の家からジムを救出する計画を話すと、その計画に加わると言います。ところが、この時点ですでに、ジムの本来の奴隷主であるミス・ワトソンは、彼を解放することに決めていたのです。トムはそれを知っていましたが、それにもかかわらずこのことを秘密にしたまま、「脱出劇」をジムにやらせ、いろいろな苦労を強いるのです。最終的にトムがジムはすでに解放されていることを告げて、ジムは解放されてこの小説の幕が閉じます。

　この茶番劇ともいうべき結末をめぐって批評家たちは、ハックの地獄行きの決断で小説を終わらせるべきだったという批判派と、ハックはもともと快感原則に従って気ままに生きているのであり、そうである以上この結末で妥当だという肯定派とに分かれました。後者は、この一見奇妙な結末を、ハックの決断に共感した白人中産階級の読者に気まずい思いをさせるためではないかと解釈します。こうした批評を辿っても、ハックとジムの連帯がどこまで可能なのか、それとも人種間の連帯ははたして不可能なのか、という問いが残されていることがわかります。そして作品全体を通じて、ジムの「沈黙」が、もう1つの大きな問いとして残されています。

　このような限界は、奴隷制と人種隔離が存在した19世紀アメリカ南部という歴史的コンテクストに基づくものですが、しかし『ハック・フィン』が示している人種の境界線や人種幻想をめぐる論理、そしてそれを乗り越える連帯の可能性は、現代に生きる私たちにとっても依然として多くのことを教えてくれているといえるでしょう。

Further Reading

上杉忍『アメリカ黒人の歴史——奴隷貿易からオバマ大統領まで』中公新書，2013：アメリカ黒人の歴史、文化史の入門書です。アメリカの独立以前から、南北戦争、公民権運動を経て現代まで、不断の努力を重ねてきたアメリカ黒人たちの歩みを辿り、今日まで続く貧

困問題等にも光を当てています。

後藤和彦『迷走の果てのトム・ソーヤー――小説家マーク・トウェインの軌跡』松柏社、2000：本書ではなぜサム・クレメンズ（マーク・トウェインの本名）が、南北戦争後15年近く経って南北戦争以前の南部を舞台に小説を書かなくてはならなかったのかについて、トウェインの伝記的事実を丹念に辿りながら考察を展開しています。

宇沢美子『ハシムラ東郷――イエローフェイスのアメリカ異人伝』東京大学出版 2008：アメリカ白人作家アーウィンは「ハシムラ東郷」という日本人学撲に偽装してアメリカ社会風刺を展開し、本物か偽物かという二者択一に混乱をもたらすことを好んだトウェインから大絶賛されました。「ハシムラ東郷」の異種混淆性は、ポスト・レイシャルの時代を考察する上で参考になります。

Endnotes

▶1　「黒人」を表す名称には、"nigger" "Negro" "colored" "black" "Afro-American" "African-American" などさまざまなものがあります。これらの言葉はそれぞれ特定の歴史的政治的文脈のなかで用いられてきました。とくに「ニガー」や「ニグロ」「カラード」といった用語は、奴隷制や人種隔離の状況下で、「白人」の側から使われた差別的な語彙でした。それに対して、「アフリカ系アメリカ人」という言葉が、1980年代以降、ポリティカル・コレクトネスの意識の高まりとともに用いられるようになりました。この言葉は「ドイツ系アメリカ人」や「アイルランド系アメリカ人」などと同じように、地理的な起源を表示する人種的・民族的マイノリティの分類です。しかしすべての「黒人」を「アフリカ系」として括ること、あるいはその逆にも、無理があります。たとえば、カリブ海出身の黒人は直接にはアフリカ系ではありません。また、奴隷を祖先にもつアメリカ黒人と移民としてアフリカからアメリカに来た人々のあいだにも違いがあります。そのため、ミシェル・オバマは「黒人」であるが、バラクは「黒人」ではない（ここでは、奴隷を祖先にもたないという意味で）、という言い方がなされることすらあります。ここにはさらに、個人が主体的にどのように自己同定するか（どの名称を選ぶか）、という問題も絡んできます。人種を表す名称はどれも中立的なものではありません。このことを意識しながら、この論考では、奴隷制以来のアメリカの人種主義が、主に「白人」と「黒人」という肌の色の区別をもとに展開してきた歴史を考慮して、暫定的に「黒人」という言葉を用います。

▶2　アラン・グリベンの版は、差別表現である "nigger" を "slave" に取り替えています。また『トム・ソーヤーの冒険』についてもネイティブ・アメリカンへの差別語である "Injun" を "Indian" に変更しています。この試みに対しては、歴史的著作に対する「検閲」であるという批判と、教育現場で使いやすくなるという好意的評価が拮抗しているようです。グリベンの解説を参照。〈http://www.newsouthbooks.com/twain/introduction-alan-gribben-mark-twain-tom-sawyer-huckleberry-finn-newsouth-books.html〉

▶3　ヤングの指摘する通り、高い教養や財産・権威のあるゲイツなら、無罪であることが証明され、すぐに釈放され、元の生活に戻ることができますが、多くの黒人には、たとえば冤罪で死刑になったとされるトロイ・デーヴィスのように、弁明も聞いてもらえないまま、刑務所に送り込まれてしまう可能性があるのです。黒人と白人の経済格差も依然として大きいものがあります。事実、現在の不況下で、黒人の失業率（13%）は、白人（6.4%）に比べて倍の高さを示しています（2013年8月）。アメリカ労働統計局のデータによる。〈http://www.bls.gov/news.release/empsit.t02.htm〉

▶4 この点で、ジョナサン・アラックは、フィッシュキンを批判しています。彼女の議論は、言語学・文体論の観点からみても不正確な上、アメリカのナショナリズムに加担していると批判しています。彼によれば、フィッシュキンの議論は、黒人を一つのアメリカ国民（nation）に包摂してしまう政府の人種統合政策に対応しているというのです。
▶5 マーク・トウェイン『ハックルベリー・フィンの冒険』（上・下）西田実訳（岩波書店，1977）引用は以後すべて、西田実訳により、文脈の必要に応じて一部、表現や表記を変更する。
▶6 アメリカ文学には、白人として通っている黒人の物語である「パッシング」小説という特有のジャンルがあります。マーク・トウェインの『間抜けのウィルソン』（1894）、チャールズ・チェスナットの『杉に隠れた家』（1900）、ネラ・ラーセンの『白い黒人』（1929）等です。どの作品でも、主人公もしくは登場人物たちは、白い肌にもかかわらず、「黒人の血が混じっているものはすべて黒人と見なす」という人種差別的な「一滴規定」（one drop rule）によって黒人と見なされますが、彼らは白人としてふるまい、ほとんどの人が、彼、彼女たちが白人なのか黒人なのかわからないのです。
▶7 フォレスト・G・ロビンソンは、この小説に貫徹しているのは、奴隷制社会で奴隷制の暴力や偏見に盲目であろうとする自己と他者への欺瞞であり、この欺瞞は作品の登場人物だけでなく、作者や読者、さらに批評家たちにも共通しているといいます。

Bibliography

Arac, Jonathan. *Huckleberry Finn as Idol and Target: The Functions of Criticism in Our Time.* Wisconsin: U of Wisconsin P, 1997. 184–93.
Cox, James. M. "A Hard Book to Take." Ed. Harold Bloom, *Adventures of Huckleberry Finn.* New York: Chelsea House Publishers, 1986.
Eliot, T. S. "Introduction." *Adventures of Huckleberry Finn.* London: The Cresset Press, 1950.
Fishkin, Sally Fisher. *Was Huck Black? Mark Twain and African American Voices.* New York: Oxford UP, 1994.
Hemingway, Ernest. *Green Hills of Africa.* 1935. New York: Macmillan, 1963.
Marx, Leo. "Mr. Eliot, Mr Trilling, and Huckleberry Finn." *The American Scholar* 22 (1953): 423–40; reprinted in *Adventures of Huckleberry Finn.* New York: Bedford Books of St. Martin's Press, 1995.
Robinson, Forest G. *In Bad Faith: The Dynamics of Deception in Mark Twain's America.* Cambridge, MA.: Harvard UP. 1986.
Twain, Mark. *Mark Twain's Adventures of Tom Sawyer and Huckleberry Finn: The New South Edition*, ed. Alan Gribben Montgomery: The New South Books, 2011.
Wray, Matt. *Not Quite White: White Trash and the Boundaries of Whiteness.* Durham: Duke UP, 2006.
Younge, Gary. "Beer and Sympathy." *Nation*, August 17/24, 2009.
オバマ，バラク『マイ・ドリーム：バラク・オバマ自伝』白石三紀子，木内裕也訳，ダイヤモンド社，2007.
ジジェク，スラヴォイ『否定的なもののもとへの滞留』酒井隆史，田崎英明訳，筑摩書房，2006.
トウェイン，マーク『トム・ソーヤーの冒険』紫田元幸訳，新潮社，2012.
―――.『ハックルベリー・フィンの冒険』（上・下）西田実訳，岩波書店，1977.
マイヤーズ，トニ『スラヴォイ・ジジェク』村山敏勝他訳，青土社，2005.
モリソン，トニ『白さと想像力』大社淑子訳，朝日選書，1994.

コラム　アメリカ小説におけるホモエロティックな感情

　1981年、ジュディス・フェタリーという研究者が、アメリカ小説では「女からの逃亡」が主題になっており、ミソジニー（女嫌い）の傾向があると指摘し、話題になりました。たしかにアメリカ小説の古典を紐解くと、白人男性主人公たちは女性、もしくは女性が体現しているとされる文明から逃亡する傾向があることがわかります。

　たとえば、ジェイムズ・フェニモア・クーパーの革脚絆物語という一連の作品の主人公は、独身を貫いてネイティブ・アメリカンと行動をともにします。ハーマン・メルヴィルの『白鯨』も、エイハブ船長を中心に、白鯨と戦う男たちの物語です。マーク・トウェインの『ハックルベリー・フィンの冒険』の主人公ハックも、女性による教育から逃れて黒人逃亡奴隷のジムと旅をする話です。男たちの旅を描いたジャック・ケルアックの『オン・ザ・ロード』もこうした古典の系譜の沿線上にあると言えるでしょう。もちろんアメリカの古典とされる作品のなかには女から逃げ出さない男性主人公もいますが、性的不能者だったり（アーネスト・ヘミングウェイの『日はまた昇る』）、撃ち殺されたりしてしまいます（スコット・フィッツジェラルドの『グレート・ギャッツビー』）。伝統的なロマンスが恋愛の成就を描いたのに対し、近代小説は恋愛の不可能性を描いたと言われますが、アメリカ小説も、異性愛の成就よりも異性愛の困難もしくは不可能性をくり返し主題にしてきたと言うことができます。

　しかし愛というのは必ずしも異性愛に限定されるものではありません。同性に対するエロティックな感情という視点から一連の作品群を見ると、愛の困難、不可能性は愛の深さ、豊かさに転じるように思います。荒野、甲板、筏のどこであれ、男たちが生活をともにし、意見を交わしながら相互への理解を深める描写には、潜在的に友情がエロティックな感情へとゆるやかに移行、もしくは転化する様子が描かれていると読むことができるでしょう。フェタリーが指摘したようなアメリカ文学の女嫌いの傾向には、実はホモエロティシズムが秘められているのであり、この視点からさまざまな古典を読み直すことができるのです。

（生駒久美）

第Ⅱ部

理論をひらく
文学研究とその未来

ここでは主に文学理論の現在について考えてゆきます。20世紀のあいだ蓄積されてきた文学理論を21世紀の社会を生きる私たちがいかに受け継ぎ、現代社会を考える上で参考にできるかという意識とともに、これまでの日本の英米文学研究であまりふれられることのなかったトピック（ポール・ド・マンとロマン主義および唯美主義との関係、新世紀における読者反応論と物語論、植民地主義以後(ポストコロニアリズム)と現代のグローバル化社会との関係など）について考察してゆきます。

FIVE

読むことの文学

ド・マンの精読とアイロニー

木谷　巌

　ここでは1970-80年代のアメリカの文学研究において隆盛したディコンストラクション（脱構築）的批評の中心人物ポール・ド・マンを扱います。この批評家が扱うテクストは、文学と哲学の領域を横断するため、現在の日本の学界では主に「現代思想」寄りの枠組みで研究されています。しかし、ド・マンとディコンストラクションについて考察する際に、文学、とりわけ「ロマン主義」の文学を避けることは不可能です。本章では、まず、「最後のロマン派」を自認した詩人W・B・イェイツの詩を用いながら、テクストの精読という点でド・マンに先行するニュー・クリティシズムとド・マン自身の批評的観点の違いを説明します。続いて、ド・マンのディコンストラクション的批評の特質について、ヨーロッパのロマン主義文学における「アイロニー」とその関連語「パラバシス」、そして「アレゴリー」に着目したド・マンの修辞的読解（レトリカル・リーディング）を通じて解説します。ここから、文学研究の精読をめぐる読むことの（不）可能性についての議論、すなわち精読の厳密さが臨界に達することで、首尾一貫した〈物語〉（譬喩の体系）に亀裂が生じるという意味での、読むことの不可能性という苦境から、いかなる新地平が開けるか──これはド・マン晩年の「美学イデオロギー」批判を理解するための諸前提でもあります──について紹介します。

Keywords

精読　ニュー・クリティシズム　ポール・ド・マン　デリダ　ディコンストラクション　ロマン主義　洞察と盲点　譬喩　アイロニー　シンボル　アレゴリー　パラバシス　行為遂行　物語り　機械　美学イデオロギー

1 » 文学研究と精読（クロース・リーディング）

　「文学」を「研究する」とはどういうことでしょうか。文学作品の価値を

「評価する」ということなのでしょうか。そういう意味で、わかりやすい例がノーベル文学賞です。その年世界でもっともすばらしいと評価された作家や詩人に与えられる賞で、日本人も 1968 年に川端康成（1899-1972）と 1994 年大江健三郎が受賞しています。ノーベル賞受賞当時、大江は『燃えあがる緑の木』(1993-1995) という三部作の小説を執筆中でした。この題名は、大江より半世紀以上前の 1923 年に同賞の栄誉にあずかったアイルランドの詩人、W・B・イェイツ (W. B. Yeats, 1865-1939) が書いた「揺らぐ心」("Vacillation" 1927) という詩に登場する以下の行から着想を得たものでした。

　一本の木がある　いちばん高い枝からの半分が
　煌々と燃え盛る火炎　あとの半分は緑につつまれて
　しっとりと露に濡れた葉むらが生い繁っている
　半分は半分だが　それでいて全景でもある（11-14行）[1]

「文学を評価する」とはどのようなことなのかという問いを考える上でそのヒントとなるのがこの詩行です。もちろんこれは山火事の話などではなく、暮れゆく夕陽を浴びて先端部が赤くきらめく木の隠喩（メタファー）のことです。夕陽や枝、そして濡れた雫がきらきらと光る葉といった各部分が、自然の「全景」へと統合され、美の有機的統一体として描かれています。さて、この美的な一体感と文学の「評価」や「研究」はどう関係しているのでしょうか。

「優れた」文学とは何か、「正しい」文学の批評とは何か——これについて約半世紀以上前のアメリカ（合衆国）南部に、熱心に考えた研究者が存在しました。その批評的特徴は、現在の文学史では「ニュー・クリティシズム」（新批評）と呼ばれています。このグループの大家クリアンス・ブルックス (Cleanth Brooks, 1906-1994) によれば、よい文学、なかでもとくに詩は、言葉やイメージの美によって有機的に統一された、いわば精巧な芸術作品に——たとえば壺のなどに——なぞらえられます。

事実、ブルックスのもっとも代表的な詩論には、『精巧に作られた壺』(*The Well Wrought Urn* 1947) という題名がついています。美術品としての詩を丁寧に読むこと、すなわち「精読（クロース・リーディング）」あるいは「遅読（スロー・リーディング）」——いずれにせ

第 5 章　読むことの文学

よ、この頃よく耳にする「速読」とは正反対の読み方です——を通じて、その言葉や心象(イメジャリ)の豊かさを味わうと同時に、緻密な論理に基づいた新解釈をもたらすというのがニュー・クリティシズムの流儀なのです。

先ほど紹介したイェイツの「燃えあがる緑の木」もブルックスの「精巧に作られた壺」も、美の有機的な統一をよく表したイメージです。これについてブルックスは、同じくイェイツの詩「学童たちのあいだで」("Among School Children" 1932)の一節を引きながら詩の解釈、文学研究のあり方を論じます。まずは、イェイツの詩行を見てみましょう。

> 努力が花ひらき踊るのは
> 魂を喜ばせるために肉体を傷つけるからではなく
> おのれに対する絶望から美が生まれるからではなく
> 真夜中の灯油からかすみ目の智慧が生れるからでもない
> おお　トチの木よ　大いなる根を張り　花を咲かせるものよ
> おまえは葉か　花か　それとも幹か
> おお　音楽に揺れ動く肉体よ　おお　輝く眼ざしよ
> どうして踊り手と踊りを分かつことができようか (57-64行)

この詩行は、「努力/労苦」が実を結ぶとき、それは「よろこび」「絶望」や「智慧」といった意識的な行為から生まれない、なぜならそれはまったく気づかないうちに現れるものなのだと読めます。これを「努力を努力(つらく辛抱している)とも思わなくなるほどに没頭することこそ本当の努力なのだ」と言い換えてしまうといささか身も蓋もない気がします。ですが、この詩で語られている「葉」と「花」と「幹」、そして「踊り手」と「踊り」の調和あるいは一体感は、自らがまさに無自覚のときに生まれるものです。無邪気な学童たちの姿を見てこの「真理」の存在に気づいた詩人にとって、それはもはや実行できないことなのです。

ここでブルックスは、詩の樹木やダンサーのイメージをそのまま文学研究の方法論の喩えに用います。ブルックスによれば、彼の時代の文学研究では、木の根がどうなっているかという、まさに作品の根源の研究(歴史的実証研究)、

もしくは花の匂いを嗅いでみたりするなど詩の印象にまつわる批評（印象批評）、さらに、かつて踊り手であった人（詩の作者、詩人）の自伝的な要素を探る（伝記的研究）といったものばかりだというのです（1975, p.191）。そうではなくて、ダンス（詩）そのものを理解することに文学研究の価値があるのだとブルックスは主張します。そこには、「作者の意図」を離れ、むしろ実際の作者本人すら気づいていなかったようなテクスト内のダイナミズムに光を照らす瞬間さえあることでしょう。

　ブルックスによる読解のように、読者がその対象となる詩のなかにある普遍的な美を存分に味わい、その劇的な美的効果を存分に語ろうとする美意識のようなものを見ていると、ブルックスをはじめとするニュー・クリティシズムにとって、批評の一編一編がある種の詩であるという評は、まさしく正鵠を射た表現といえるでしょう（川崎, p.81）。

　このように詩をゆっくりと読み解きながら分析するブルックスのような批評には、ときとして詩の内部において、一つのイメージのなかに正反対な意味合いが生まれる現象も見られます。それらは「アイロニー」（irony）、「パラドクス」（paradox）、「曖昧さ」（ambiguity）などと呼ばれています[2]。したがって、こうした矛盾あるいは緊張関係（テンション）もまた、詩の豊かさゆえの産物ともいえ、有機的な美の統一体としての詩は、互いに矛盾しあうような読みも許してしまう懐の深い存在なのです。

　しかし、ニュー・クリティシズムより後の世代になると、このような矛盾をめぐる詩の豊かさや詩の美しさの味読・鑑賞といった観念について、新しい考え方をする批評家が登場します。その代表格がポール・ド・マンです。ド・マンは、先ほどのイェイツの詩における有機的に統一された美をめぐる一節「どうして踊り手と踊りを分かつことができようか」（"How can we know the dancer from the dance?"）に根本的な問いを投げかけます。先に述べたブルックスのように、文学に慣れ親しんでいる読者ならば、この文を「美のなかで渾然一体となった踊り手と踊りを分かつことなどできない」というような読みをするでしょう。いわゆる「修辞疑問（レトリカル・クエスチョン）」と呼ばれるものです。同じく、燃えあがる緑の木や葉と花と幹が混然一体となったトチの木にしても、もちろん各部分を

第5章　読むことの文学　113

切り離すことなどできません。しかし、ド・マンはこれを「修辞疑問」ではなく、「字義通り(リテラル)」に疑問として考えるのです。つまり、「踊り手と踊りをどうやって分ければよいのかわからないので教えてほしい」という切実なメッセージとしてこの文を読むのです (1979, pp.11-12 [12-14])[3]。

しかし、「修辞疑問」を「字義通りの疑問」として読むことで何が変わるのでしょうか。ポイントは、"How can we know the dancer from the dance?" という一つの文から「踊り手と踊りを分かつことなどできるはずがない」と「踊り手と踊りを分かつことができないのでやり方を教えてほしい」という、まったく正反対の二種類の読み方が生まれるということです。別の例を出せば、この二つの読み方で「何が変わるのか」という言い方そのものについても同じことが言えます。英語では "What's the difference?" ですが、これも修辞疑問として読めば、「違いなんてあるのか、いやあるものか」となり、もう一方では「違いがあるのかわからない、教えてほしい」となります (de Man 1979, p.9 [10])。

このように、同じ文が二通りの正反対の意味に読めてしまう現象が示唆する、言語そのものに内在する意味の不決定性に起因する、読むことの不可能性 (unreadability) の構造にド・マンは注目します。先ほどご紹介したイェイツの「燃えあがる緑の木」を例にあげれば、この詩行を文法通りに厳密に読んだ結果、自然が一体化した神秘的な全景である一方で、同時に、天上世界的な「美しく燃える花」と地上的な「泥臭い葉」といった正反対の部分がせめぎ合う自己分裂的な存在にもなってしまうのです (1979, p.12 [13-14])。

こういった正反対の読み方が浮上するとき、どちらを選択すればよいのでしょうか。このような状況でテクストをどのように読み、評価すればよいのでしょうか。かつてのブルックスのような、牧歌的な読解はもう不可能なのでしょうか。詩のなかに起こるアイロニーや曖昧性、矛盾は、その詩の豊かさの発露ではなくなるのでしょうか。

この章では、ド・マンの語る「ディコンストラクション」(deconstruction) または「脱構築」と呼ばれる現象が文学研究にもたらした功績を辿ってゆきます。その際、優れた文学的感性と怜悧な論理的知性をもとに文学と哲学の領域

を縦横無尽に駆けめぐりながら稠密な議論を紡いでゆくド・マンの批評的著作そのものを、ある種の間テクスト的な「文学テクスト」として適宜引用しながら、その思想形成の過程を解説してゆきます。ド・マンの論考が示しているように、私たちが文学テクストを読むときに無根拠に信じている前提が崩れおちる瞬間＝契機について、そして、詩や小説の読み方や文学研究という学問にどのような変化が起こるのかについて、「アイロニー」とその分析から見えてくる「美的＝感性的なもの」が内包する政治性、すなわち「美学イデオロギー」（aesthetic ideology）を視野に入れつつ考察してゆきます。ド・マンの難解な思想について過度な単純化を避けつつ、その独創性あふれる論理のプロセスを可能なかぎり正確に辿りながら論じることを通じて、「読むこと」のもつ（不）可能性、そして難解なものを辛抱強く読み続けることの重要性を本論で実演的に論じたいと思います。

2 ≫ ド・マンのディコンストラクション思想の成り立ち

　1919年のベルギーで生まれ、第二次世界大戦の後に紆余曲折を経てアメリカに移住してキャリアを築いたド・マンの思想は、ヨーロッパの哲学およびアメリカの文学批評をその基礎としています。そして、ド・マンが博士論文を提出した当時のハーバード大学では、先ほど紹介したニュー・クリティシズム的な方法論が支配的でした。ド・マンは、このなかで現在独自の批評的立場を見出してゆくことになります。

　しかし、ド・マンの代名詞ともいえる「ディコンストラクション」的な読解は、完全なオリジナルではありません。そもそも、この言葉自体、ド・マンの親しい友人であった、フランスの思想家ジャック・デリダ（Jacques Derrida, 1930-2004）による造語（*déconstruction*）でした。デリダ自身は、この語を特定の概念として定義することは不可能であるとし、使用される文脈によって異なる、ある種の出来事であると述べています（pp.112-13）。誤解の生じない範囲で説明するとすれば、ディコンストラクションは、西洋において古代ギリシアの時代から続く、神や普遍的な真理など超越的な存在、あるいは人間の存在そ

のものを探究する学問である「形而上学」('metaphysical' とは「自然、身体(フィジカル)の背後・向こう」という意味にもなります）を問い直しました。さらにここからこれを基礎とする人文諸科学において自明のものとされている諸前提——魂＞肉体、話し言葉(声)＞文字、自然＞人工など、いずれも一方が絶対的に優位とされる二項対立的な前提もまた問い直されました。デリダは、さまざまな著作を通じて、こうした諸前提に基づく二項対立的な考え方を「現前の形而上学」あるいは「ロゴス中心主義」（logocentrisme）と見なし、この妥当性を問うことによって、従来の思考の枠組みに揺さぶりをかけました。

　それでは、このロゴス中心主義に対して、デリダは具体的にどのように異議申し立てをしたのか、身近な例で説明してみましょう。私たちは、ふだん「文字」を「音声」の代替物、いわゆる「代補」（supplement）として扱っており、音声が文字に先立つとしています。たとえば、夏目漱石について研究しているＡさんと、むかし夏目漱石に会ってその声を聴いたことがあるＢさんでは、Ｂさんの方が作家に近しいように感じられることがあります。また、一般的に感謝や謝罪の念を伝えるときには、実際に会って自分の声で伝える方がよいとも感じられます。デリダによれば、このような声の特権化は「音声中心主義」（phonocentrisme）——ロゴス中心主義や現前の形而上学の一形態です——に由来するのです。

　しかし、次のような例はどうでしょうか。たとえば、家族など近しい人と喧嘩をしてしまった場合、実際に面と向かって話すよりも、手紙やメモで気持ちを伝えた方が自分の気持ちをよりうまく表現できるといったことがあります。この場合、音声よりも文字の方に分があると感じられます。こうした日常的な例は、デリダの行ったロゴス中心主義に対する問い直しと同じ種類のものです。文字に対する音声の優位性が絶対ではないことを指摘することで、この二項対立におけるどちらかの優位性は決定不能の状態——論理的難点(アポリア)（aporia）とも呼ばれます——になり、その判断は先送りになります。こうした過程において、デリダは「差延」（différance）をはじめとする独特の鍵語を生み出してゆくことになります。

　このように、ディコンストラクションとは、ただの破壊（destruction）では

なく、"de"(「離れて」「解除」)と"con"(「ともに」)という相矛盾する接頭辞を内在させた言葉であって、対象となる構築物(construction)を分解・分析(deconstruct)し、クリティカルに精査する行為を基本としています。このような思考法は当時のアメリカにおいても、人文諸科学（人間についての学問、あるいは人間中心主義の学問）に影響を与えてゆきました。英米文学研究も例外ではなく、テクストの精緻な読解に基づくデリダの議論が、ニュー・クリティシズム的精読の気風に適合したとも言えます。ド・マンは、1960年代後半からデリダの大胆かつ精緻なテクスト分析をはじめとするヨーロッパ由来の思考法と、アメリカのニュー・クリティシズム的な精読の伝統を取り入れながら自身の批評的態度を刷新し、彼自身の代名詞ともいえる、鋭い洞察（インサイト）とそのなかにある死角＝盲点（ブラインドネス）という相克的な読みの実践を進めてゆきます。実際に、ド・マンはその後『盲点［盲目］と洞察』(*Blindness and Insight* 1971, 第2版 1983)という著作を上梓しました。

　『盲点と洞察』に収められた論考のなかでも白眉といえるのが、文学史的な意味で「ロマン主義」と呼ばれる時代における自意識の問題をレトリック（ここでは古典的学問としての「修辞学」を指します）との関係のなかで扱った「時間性の修辞学」("The Rhetoric of Temporality" 1969)という論文でした（のちに『盲点と洞察』第2版に収録）。この論文に「ディコンストラクション」という語は登場しませんが、これに類する鍵語が、先ほど述べた盲点（ブラインドネス）と洞察（インサイト）であり、また「アイロニー」という「譬喩（比喩）」、「文彩」あるいは「転義」などと訳される「トロープ」(trope)の一種です（「隠喩」や「直喩（シミリ）」もトロープです）。ここでのアイロニーは、いわゆる広義の「当て擦り」や「風刺」という意味での「皮肉（反語）」のことではありません。最初にニュー・クリティシズムの説明でもふれたように、予測とは正反対の結果をもたらす出来事としての「皮肉な結末」こそ、ド・マンとディコンストラクションを語る上で重要になります[4]。いずれにせよ、「アイロニー」という語は、「言っていること」と「その意味内容」が捻ってずらされている（turn away）という意味において、まさに「転義」——"trope"の語源は"turn"すなわち「回転する」です——としての「譬喩」の定義にかなうものなのです（1996, pp.164-65 ［387-88］）。

ド・マン自らも語るように、「時間性の修辞学」を批評的転換期として、ド・マンの批評は、修辞技法あるいは譬喩をめぐる言語論的な性格を強めてゆきます（1983, p.xii）。これに応じてド・マンにとってのアイロニーは、指示記号（言語学の一分野では「シニフィアン」と呼ばれます）とその指示内容（同じく「シニフィエ」ですが、実際の指示物(レファレンス)ではなく、「概念」としての記号内容を意味します）の一致関係、あるいは譬喩の体系そのものに亀裂を生み出す、逸脱的な存在になるのです。この思想的変遷の過程を辿ってゆくために、「時間性の修辞学」におけるロマン主義のアイロニー、いわゆる「ロマンティック・アイロニー（イロニー）」をめぐる議論の読解、そして後年に書かれた「アイロニーの概念」("The Concept of Irony" 1977) の読解を通じてこの批評家の思考の特質について考えてゆきます。

3 ≫ ロマン主義（1）：シンボルとアレゴリー

　そもそも「ロマン主義的(ロマンティック)」とは何か、ここで簡潔に整理しておく必要があります。ロマン主義を辞書的に定義すれば、18世紀から19世紀にわたりヨーロッパを中心に広がった文芸・芸術思潮であり、遥かなものや永遠なるもの、燃えあがる感情の発露や独創的天才を崇めるといった特徴があるとされます。さらに、これは前時代に支配的であった、統一性や理性を重んじる古典主義への反動であったとも言われています。ロマン主義の作家は、「ロマン派」と呼ばれることも多く、冒頭で紹介したイェイツは、「最後のロマン派詩人」とも呼ばれています。

　このようなロマン主義の特徴の例として、イギリスのロマン派を代表する詩人ウィリアム・ワーズワス（William Wordsworth, 1770-1850）が、優れた詩というものは「力強い感情の流出」であると定義しています。しかし、もともと文学は感情と切り離せない言語芸術であるので、ほとばしる「感情の流出」だけでロマン主義を定義することは難しそうです。それではド・マンの考えるロマン主義の特徴とは何か、そしてロマン主義のアイロニーの特質とは何か、「時間性の修辞学」を通じて見てゆきましょう。

「時間性の修辞学」は、ロマン主義文学におけるアレゴリーとアイロニー――譬喩をめぐる論から成立しています。どちらもロマン主義的に「神秘化」（mystified）された、いわば自己欺瞞とも呼べる主体・自己(セルフ)の目覚め、すなわち脱＝神秘化（de-mystification）とその認識ゆえの苦境というテーマが共通しています。まずはアレゴリーをめぐる議論から説明します。

　「時間性の修辞学」において、アレゴリーはシンボルと対比的に論じられています。日本語で「寓意」と訳されるアレゴリー（allegory）ですが、「他の」（allos）ものについて「話す」（agoreuein）というその語源が示す通り、まさしく譬喩であり、たとえば髑髏で死を表す、人生をマラソンで喩えるなどもそうでしょう。このほかにも中世ヨーロッパの寓意画では、愛や正義、そして貞節などが擬人化されたアレゴリーとして描かれました。これらと比較して、シンボル（象徴）の場合、指示記号と指示内容の関係がアレゴリーほど等価的でも明瞭でもありません。この日常的な例としては、十字架でキリスト教を表すなどがあります。また、アメリカの一ドル札の裏面を見ると、「片目」のシンボルが見えますが、これは「すべてを見通す神」を象徴しています。したがって、シンボルは、実体・全体をその一部の属性を通じて表象するといえます。

　ド・マンはまず、ロマン主義の時代以前の文学においてアレゴリーとシンボルが明確に区別されていなかったという歴史的な事実を指摘します。たとえば、ライオンは、「勇敢さ」のアレゴリーですが、同時に「王者」や「王家」のシンボルとしても使用されました。この両者の関係は18世紀後半以降よりシンボル優位に傾いてゆき、この傾向は、自然風景に超越的な神性を感じ、そのなかへ回帰したいと望み、いわば精神・意識（主体）と自然（客体）の弁証法的な合一を求めるロマン主義の詩において頂点に達しました。

　ロマン主義においては、特定の場所がシンボルとなって超越的な一者あるいは起源、永遠なる真理といった精神(スピリチュアル)的なものと結びつき、ただ事物を反映するだけのアレゴリーに対して上位に来ると理解されました。こうしたシンボルの優位性に基づいた自己意識（主体）と神聖な起源としての自然（客体）との交感というイメージは、ワーズワスの「ティンターン寺院」（"Tintern Abbey" 1798, 95-101行）をはじめとするロマン派の詩を読めば誰にでも容易に察知で

第5章　読むことの文学

きるでしょうし、ド・マンがハーヴァード大学で学んだ時代のロマン主義研究においてもこのような考え方こそ主流でした。その適例が、18世紀のフランスで活躍した文人思想家ジャン＝ジャック・ルソー（Jean-Jacques Rousseau, 1712-1778）の小説『ジュリあるいは新エロイーズ』（*Julie ou la nouvelle Héloïse* 1761）です。この書簡体小説には、主人公サン＝プルーがかつての恋人であり今は人妻となったジュリとともに思い出の地でもあるメイユリーを散策する場面があり、その自然風景は、従来の研究において「魂の内面と自然の外面との密接な交感」のシンボルであると解釈されてきました（de Man 1983, 200 [a108]）。

　しかし、ド・マンはこの洞察の盲点を突きます。主体（自我意識）に欠けたものを客体（自然）から取り入れることで安定させようとする弁証法（正反合の三段階）的なロマン主義的シンボルという説明は、シンボルのアレゴリーに対する無条件の優位性に基づくものであり、この二項対立をド・マンは揺るがそうとします。メイユリーの風景（客体）のなかに没入する自己（主体）の描写は、かつての恋人同士を過去へ呼び戻そうとする「喪われた起源（過ち）への誘惑」をシンボル的に描出しています。

　これに対比される例として、ド・マンは『新エロイーズ』のジュリが管理する「エリゼ（楽園）の庭」という自然を模した庭園も紹介します。この庭は、自己（主体）と自然（客体）の照応関係を表すシンボルというよりも、ジュリの「美しい魂」を反映するアレゴリーとしての風景として機能するのです（de Man 1983, p.201 [a110]）。まずは実際にその光景を引用します。

> 　この果樹園なるもののなかに入りますと、私［サン＝プルー］は心地よい清涼な感じにつつまれました。暗い木陰、いきいきとあざやかな緑、ここかしこに点在する花々、流れる水のせせらぎ、数知れぬ鳥のさえずり、そうしたものが私の想像に、すくなくとも私の感覚に訴えかけるのと同じくらいに訴えかけて清涼感をもたらしたのです。が、それと同時に、私は自然界のなかのもっとも未開の、もっとも寂しい場所を見る思いがし、自分がこの無人境に足を踏み入れた最初の人間のように感じられました。［…］「おお、ティニャン、おお、ホアン・フェルナンデス！　ジュリさん、世界の果てがあなたの家のすぐそばにある！」（p.471［100］）

この後、夫のヴォルマール氏によって、ジュリはこの庭から出て敷地の外（本物の木立のなか）へ出て気ままに逍遥することを避けていることが語られ、氏の妻ジュリがいかに（当時の意味において）貞潔な有徳の人であるかが示唆されます。この場所を訪れる前に思い出の地メイユリーを再訪していたために、彼女に対する情念をくすぶらせたままでいたサン＝プルーは、エリゼの庭という「無人の島」にひとり佇んでいたときの思いについて次のように告白します——

> ［エリゼの庭に対して］快楽のイメージを求めていたところに、徳のイメージを見る思いでした。そのイメージは私の頭のなかでヴォルマール夫人の面立ちと混ざり合いました。［…］私はどれほど憤慨して、罪のある、いまだ消えやらぬ情念の卑しい熱狂を押し殺したことでしょう！　無垢と廉潔のこれほどうっとりするような光景を一度でも己れの溜息で汚したならば、私はどれほど自分を軽蔑したことでしょう！　（p.486 [116-17]）

　ド・マンによれば、「ホアン・フェルナンデス」諸島のように感じられるほど完璧に自然を再現したように見えるジュリの庭は、ルソーの愛読したダニエル・デフォー（Daniel Defoe, 1660-1731）の『ロビンソン・クルーソー』（*Robinson Crusoe* 1719）——まさにこの島を舞台とした小説です——に登場するプロテスタント的勤労の倫理観を反映する庭に関係づけることができます。さらに遡ると、鳥たちがさえずり、花郁る庭の描写には、中世詩『薔薇物語』（*Roman de la Rose* 1230 頃）に登場する悦楽的な愛の園——旧約聖書の「エデンの園」をはじめとする伝統的な詩的定型表現としてのトポス（「場」）——というアレゴリーの影響もみられます。つまり、ジュリの管理する「エリゼの庭」は、これに先行する伝統的なトポスである「悦楽の園」のアレゴリーと一致すると同時に、手をかけて自然を模倣し、庭園のなかに人為的な自然を再創造するという意味において、辛抱強く自然（自己の本性(ネイチュア)でもあります）の管理を必要とするという意味において、きわめて禁欲的なジュリの内面的美徳（貞潔）のアレゴリー的な表象にもなるのです。『新エロイーズ』では、メイユリーの場面のようなシンボル的な言語（喪われた起源ジュリと結ばれていた時代への回帰を願う誘惑の表象）

第5章　読むことの文学

とジュリの庭のアレゴリー的な言語（美徳の表象）のあいだで倫理的葛藤が生まれており、この誘惑の断念こそアレゴリーがシンボルの優位に立つ瞬間＝契機となるのです。

　ド・マンの議論において、シンボルの機能は、自己（主体）と自己が郷愁（ノスタルジー）を抱く起源（客体）、あるいは、指示記号（シニフィアン）と指示内容（シニフィエ）の理想的一体化を前提としており、無時間的な関係を生み出します。他方、アレゴリーは、先ほどの「エリゼの庭」のように、先行する別の記号（『ロビンソン・クルーソー』や『薔薇物語』、そしてそこからさらに先行するトポスの記号）を参照しなければならないために、いわゆる修辞学における引喩（アリュージョン）を前提とした時間性をともなう関係のなかで成立します。

　したがってアレゴリーは、それ自体とその起源のあいだにまさしく時間性（テンポラリティ）を生み出すことで、自己に起源との「懸隔＝隔たり（ディスタンス）」を認識させます。アレゴリーにはこの「隔たり」において起源への欲望を「断念＝拒絶（リナンシエイション）」へと導く効果があり、このとき自己は、シンボルを通じた自己ならざるもの＝非自己（自然）との虚偽の同一化から苦痛とともに覚醒＝脱神秘化することになります。ド・マンによれば、従来ロマン主義の特徴と考えられてきたような、シンボルをアレゴリーよりも優位に置く主体と客体の弁証法的な関係は、起源への断念という否定的認識の苦しさから逃れようとする（すなわち自己の神秘化を求める）心理的葛藤が生み出したものであり、これに起因してアレゴリーとシンボルのあいだに起こる緊張関係こそロマン主義の特質であるのです。

　この興味深い指摘は、アレゴリーに対するシンボルの優位を疑うことなく前提とした素朴なロマン主義観（原初の自然への回帰を求める運動と見なす、あるいは神秘化された自我による独我論と見なすような先行研究）を揺るがすものです。また、そうした素朴な見方とは対照的に、ロマン主義において絶対性の顕れとみなされたシンボルが、実はアレゴリーの生み出す心理的「苦境」からの逃避の誘惑として働いていたというド・マンの読解は、実にアイロニカルな結末をもたらします。シンボルがアレゴリーに先立つとされた二項対立関係に、アレゴリーの優位をもたらすことで両者の言語的優位関係に決定不可能性を提示するという点で、この読解はまさにディコンストラクティヴともいえるでしょう。

4 》》 ロマン主義 (2)：アレゴリーとアイロニー

このようなド・マンの分析において、アイロニーはアレゴリーと機能的な類縁性をもちます。それはシンボルのもつ、指示記号(シニフィアン)と指示内容(シニフィエ)との類比的照応関係(アナロジカル・コレスポンデンス)に基づいて主体を神秘化する機能を解除するという点にあります。アレゴリーは、まやかしの状態にある（神秘化された）「経験的」な自己と、それをまやかしとして認識させる（脱＝神秘化する）言語を通じて存在するもうひとつの自己ならぬ自己（非自己）のあいだに隔たりを形成します。この機能において、アレゴリーは自己意識の「二重化」(*dédoublement*)あるいは多重化を生み出しており、これこそ「時間性の修辞学」の後半部で扱われる（ロマンティック・）アイロニーという譬喩(トロープ)の特質でもあるのです。

ド・マンの考えるアイロニーにおいて、「意識の二重化」とは一つの意識における二つの自我、すなわち間主観的(インターサブジェクティヴ)という平行関係のなかで起こるわけではなく、神秘化された自己がその神秘化に気づく（脱＝神秘化される）段階へと「落ちる」（fall）垂直関係において起こります。このように自己意識の拠り所が不安定になるアイロニーの構造について、ド・マンは、ポスト・ロマン主義のフランス詩人シャルル・ボードレール（Charles Baudelaire, 1821-1867）を例にあげ、「転倒」（fall）する芸術家あるいは哲学者が自らを嘲笑うというイメージを引用しながら効果的に説明します。ド・マンは、アイロニーをボードレールのいうところの「誇張法の眩暈」(*vertige de l'hyperbole*)、「和らぐことのない『眩暈』、狂気にまでいたるめまい[*vertige*]」と表現します（de Man 1983, p.215 [b103-04]）。ただし、この意識の二重化において、アイロニストとしての主体は、「本来の自己」を狂気から救済し癒そうとするような誘惑に屈してはならず、誘惑されている自分自身の苦境をアイロニーとして観察することで、経験世界（現実世界）が虚構(フィクション)の世界に埋没しないよう、両者のあいだの隔たり・距離を維持しなければならないのです。

このようなアイロニーのあり方をド・マンは、「永遠のパレクバーゼ」(*eine permanente Parekbase*)と呼びますが、この言葉はドイツ・ロマン主義の批評家フリードリヒ・シュレーゲル（Friedrich Schlegel, 1772-1829）から来ています。

「パレクバーゼ」とは英語で「パラバシス」（parabasis）に相当し、それは古代ギリシア劇におけるコーラスの介入を起源とする「自分を意識している語り手」すなわち「虚構(フィクショナル)的な幻想を破壊する作者の介入」のことを言います（de Man 1983, pp.218-19 [b106]）。パラバシスとは、読者が事実とフィクションを混同しないように、また、作者としての自己とフィクションの語り手としての自己を峻別し、フィクションの自己が現実の自己へと回帰する退路を断ち切るレトリックなのです。これは現代の小説では珍しくなくなった「メタフィクション」（「フィクションのフィクション」の意）の概念に近いものといえます。[5] そしてこのパラバシスは、晩年のド・マンのアイロニー観を考察する上で避けては通れないものになってゆきます。

　作者の介入によって意識を二重化するパラバシスの構造は、自己と自己の隔たりという側面において、シュレーゲルの「ロマンティック・アイロニー」の概念とほぼ同じものであるといえます。ド・マンの議論を敷衍すれば、この概念の特質は、「いかなる統合をめざして終結してゆくものでもない無限のプロセス」にあります（1983, p.220 [b108]）。この無限性に関連して、シュレーゲルは、雑誌『アテネーウム』（*Athenäums* 1798-1798）上で発表した断章116番においてロマン主義文学について「永遠に生成しつづけていてけっして完成することがありえないというのが、それに固有の性質なのである」と定義しています（de Man 1983, p.220 [b108]）。これはボードレールの「狂気にまでいたるめまい」と同様に、やはり無限に反復するアイロニーがもたらす起源との時間的な「隔たり」にも関連しているのです。

　このときアイロニーは、同じ時間的苦境をアレゴリーと共有することになります。アレゴリーがシンボル的な照応関係の上に成立する有機的世界を脱＝神秘化するならば、アイロニーは「虚構と現実が一致しうる模倣(ミメティック)的な様式のうえに成立する」有機的世界を脱＝神秘化します（de Man 1983, p.222 [b109]）。この覚醒作用を通じて、アレゴリーもアイロニーも「われわれを意識的な主体の苦境に連れ戻」し、それによってこの主体は、不幸にも「おのれを超えた外部に出ようと苦闘」し、シンボルとともに神秘化された言語様式への誘惑と断念とのあいだでもがくことになる——これこそがロマン主義のアレゴリーであり、

この断念の瞬間こそ「永遠のパラバシス」としてのロマンティック・アイロニーが生じるのです (de Man 1983, p.222 [b110])。

5 ≫「主体」のアイロニーから「言語」のアイロニーへ

　ド・マンがはじめて譬喩(トローブ)にテーマを絞ってロマン主義を論じた「時間性の修辞学」での議論は、さらにのちの論考において突き詰められてゆきます。まず、アレゴリーの議論は、『読むことのアレゴリー』(Allegories of Reading 1979)に引き継がれます。また、アイロニーの議論は、晩年のプロジェクト『美学、レトリック、イデオロギー』(Aesthetics, Rhetoric, Ideology)のなかで展開されてゆき、ド・マンの死後『美学イデオロギー』(Aesthetic Ideology 1996)と題名をあらためて出版されることになります。

　しかし、「時間性の修辞学」から連続したテーマを扱っている『読むことのアレゴリー』と『美学イデオロギー』には、新たな問題機制(プロブレマティク)が含まれています。それこそ、言語そのものに内在する譬喩的な側面への関心です。言葉によって意味を構築すること自体が、譬喩および比喩言語を含む修辞(レトリック)であるとすれば、それによってどのような問題が生じるのかがド・マンの関心事になるのです。

　この修辞と言語をめぐる問題については、本論のはじめに紹介したイェイツの議論でもすでに紹介した通りですが、このようなド・マンの関心事をさらに詳しく理解する上で、ここでもまた「アレゴリー」と「アイロニー」そして「パラバシス」が重要な鍵語になります。ド・マンは『読むことのアレゴリー』の結末において、ふたたびフリードリヒ・シュレーゲルとパラバシスの問題にふれたのち、次のように締めくくります。

　　アイロニーとは、もはや譬喩というよりも、あらゆる譬喩論的(トロポロジカル)な認識プロセスのアレゴリーを脱構築的(ディコンストラクティヴ)に解除(無効化)することであり、別言すれば、それは理解(アンダースタンディング)＝悟性の体系(システム)を無効化するということでもある。そのようなものとして、アイロニーは譬喩論の体系を完結させるどころか、そのシステムからく

第5章　読むことの文学　125

り返し逸脱するように強いるのである。(1979, p.301 [388])

　一見するとかなり暗号めいた文章ですが、これまでのド・マンの議論をもとに解釈してゆけば理解不能ではありません。なぜならば、『読むことのアレゴリー』と『美学イデオロギー』は、それぞれ論じる対象は違えど、「譬喩のアレゴリーの体系(システム)を中断するアイロニー」という同じ主題を扱う相互補完的なテクストなのです。事実、ド・マンの『美学イデオロギー』に所収されている講義録「アイロニーの概念」(1979)もまた、上の引用とまったく同じ主題を扱っています。ここからは、ド・マンの述べている、「完結」しえない「譬喩論的な体系」とは何かを紹介してゆきます。

　「アイロニーの概念」において、ド・マンはフリードリヒ・シュレーゲルのいたドイツ・ロマン派の時代こそ、アイロニーについてもっとも鋭い考察がなされた時代であったとしています。この議論の冒頭において、ド・マンはそもそもアイロニー自体の不可解さおよび定義の難解さについて説明をしており、アメリカの著名な批評家ウェイン・C・ブース（Wayne C. Booth, 1921-2005）のアイロニー論を引き合いに出しつつ、アイロニーについて「どのように理解したところで、それによって思いのままにアイロニーを統御し制止させることなどできない」と語っています（1996, p.167 [392]）。

　この危険な修辞を扱う方法のひとつとして、ド・マンはかつて「時間性の修辞学」で論じた「自己の二重化」のアイロニーを紹介しますが、後期のド・マンは、アイロニーを弁証法的にとらえることを避けようとします。「時間性の修辞学」でのアイロニー論は、自己の内部における懸隔＝隔たりの構造にアイロニーを還元するという点で「弁証法的」ともいえるため、この方法をド・マンは「自己批判」的に問い、さらに突き詰めて考察します（1996, pp.169-70 [400]）。同時に、この時期のド・マンにとっては、ドイツ哲学の巨人G・W・F・ヘーゲル（G. W. F. Hegel, 1770-1831）やデンマークの哲学者セーレン・キェルケゴール（Søren Kierkegaard, 1813-1855）のアイロニー論もまた、歴史の弁証法的発展の内にアイロニーを吸収させてしまうとして避けています（1996, p.170 [400-01]）。

「時間性の修辞学」を境にしたこのような批評的転換は、ド・マンの教え子で現在は小説家として活躍する水村美苗の言葉を借りれば、「認識する機能は、主体ではなく、言語にある」という新たな立場の表明にもなるといえます(p.207)。これとともに、ド・マンにとって「永遠のパラバシス」の意味も、主体・自己と言語の問題から主体・自己を（脱）構築する言語そのものをめぐる問題へと変容してゆくことになります。

　このような観点からアイロニーを新たに理解するために、ド・マンは、シュレーゲルがアイロニーについて美学的な問題系のなかでアイロニーを語っているとする断章を引用します。そこでは、「自己創造」と「自己破壊」の衝動を「自制＝自己制限」(Selbstesschränkung) することによって書く行為を統御することの重要性が説かれていますが、その言葉遣いがヘーゲルに先行する哲学者Ｊ・Ｇ・フィヒテ (J. G. Fichte, 1762-1814) による「自己」の概念の説明の影響下にあるとド・マンは指摘します。フィヒテの「自己」は、ド・マンによれば、それ自体決して弁証法的な概念ではなく、むしろその前提条件としての論理的なカテゴリーに属すとされます。端的に言えば、この「自己」とは、言語によって措定される主体のことであり、これを突き詰めると、自己とは言語のもつ名づけの能力 (setzen) そのものを意味することになるのです (1996, pp.172-73 [405-06])[6]。

　なぜならば、この名づけの能力は、本質的に、間違えながら手あたりしだい事物を名づけ措定してゆくという意味において、「濫喩」(catachresis) として機能します。濫喩とは、あるものを表現するために、本来関係のないものを誤用的に転用して表現する修辞のことです。たとえば椅子の「脚」という言葉は、本来的な意味では誤り――支える支柱が４本あるだけで本当に脚が生えているわけではありません――ですし、あるいは、食べ物の「騒々しい味」というような表現も、味覚を表すのに本来なら別の範疇に属する聴覚の表現を使っているので、いずれも常用表現として定着した濫喩といえます。

　いずれにせよ、ド・マンによれば、フィヒテにとって自己とは、このように濫喩的に事物を名づけ、措定していく行為のなかで、自己（自我）は自己ならざるもの＝非自己（非我）との比較において差異化および「自制＝自己制限」

の判断を経てゆくことで確立されてゆきます。この判断の際にも、類似に基づく綜合的判断と差異に基づく分析的判断が互いに補完し合いながら働いています。この二つの判断において、それぞれ措定された存在物を特徴づける「徴表(プロパティ)」が存在物のあいだで、一つひとつ比較・交換されながら循環してゆくことになります。自己の認識体系(システム)におけるこのような「徴表」の循環構造は、まさしく譬喩の構造と同じものです。徴表の循環は、類似関係に基づく場合は隠喩として、部分と全体の関係で行われる場合は提喩(シネクドキ)(synecdoche)——「手(＝人)が足りない」、「24の瞳(＝12人)」のように全体をその一部分によって表す修辞技法のことです——のような構造をもちます。こうした措定および判断をめぐる構造こそ、譬喩の認識論(エピステモロジー)とド・マンの呼ぶ譬喩論的(トロポロジカル)な体系なのです(1996, p.174 [409-10])。

　このような自己をめぐる名づけ、はじめの措定から始まる譬喩論の体系をもう少し補足すると、それは認識論的であると同時に行為遂行的(パフォーマティヴ)な体系でもあります。行為遂行とは約束を伴う遂行のことで、ここにはJ・L・オースティン(J. L. Austin, 1911-1960)やジョン・サール(John Searle)、そしてサールと論争をくり広げたデリダによって学界に広まった「言語行為論」(speech act theory)の観点も含まれます。オースティンの著作『言語と行為』(*How to Do Things with Words* 1962)を祖とする「言語行為」とは、何かを言葉を発することそれ自体でその内容を遂行する行為——まさしく 'do things with words'——のことです。たとえば「もう二度としないと約束します」という陳述は、それ自体がその内容(約束)をすでに履行しています(Culler 2011, pp.95-108 [40-60])。同様に、フィヒテにおける原初の措定行為もまた、「これからこの事物をこう名づけます」という遂行的な言語行為なのです。したがって、自己を構築するために行われる、言語を通じた原初の措定行為は、行為遂行的かつ濫喩状態にある名づけから始まり、この過程において徴表の交換・循環——これをいわゆる記号表現(シニフィアン)の循環＝戯れと置き換えてもよいでしょう——を通じて譬喩論的な体系の構造を形成してゆくとまとめることができます。

　フィヒテの哲学における名づけ、措定による行為遂行と譬喩の相互作用によるこうした譬喩論的な体系化を、ド・マンはひとつの首尾一貫した「物語り(ナラティヴ)」

あるいは「物語(ストーリー)」と見なし、またこの体系化自体をも譬喩のアレゴリーと見なします。そしてド・マンは、この「物語り」構造を中断、解除させるものこそシュレーゲルの言う「アイロニー」であり、「譬喩のアレゴリーの永遠のパラバシス」であると定義します（1996, p.178［419-20］）。[7]このパラバシスは「永遠」に続くため、つねに、すでに（always, already）あらゆる時点で生起し、首尾一貫した物語りの構造を中断し解除＝破綻させ理解不能にするのです。ド・マンにとって「永遠のパラバシス」こそ、ロマン主義を含むあらゆる文学の定義なのです。このアイロニーの性質について、ふたたび『読むことのアレゴリー』を参照することで補完的に理解することができるでしょう——「物語りとは、名づけによって自分自身が逸脱するという筋立て(ストーリー)を、際限なく続けるものなのであり、さまざまなレヴェルで修辞(レトリック)が絡み合うなかでこのように反復するしかないものなのである」（1979, p.162［211］）。

　ド・マンの議論において、「永遠のパラバシス」としてのアイロニーは、かつて「時間性の修辞学」では「狂気にいたる眩暈」と表現されていましたが、のちのド・マンにとってもやはり狂気とは不可分です。シュレーゲルも「真正の言語は狂気」と語るように、つねにアイロニーを誘発する言語それ自体もまた、狂気を宿すものなのです（de Man 1996, p.181［424］）。なぜならば、言語とは、人の意志では制御できない記号表現(シニフィアン)の戯れの循環であり、この運動は、まったく無作為にテクストを織る「機械(マシーン)」として、「あらゆる物語りの筋の首尾一貫性を解除し、反省モデルと弁証法モデルを解除する」と同時に「あらゆる物語り(ナラティヴ)の基礎となるもの」であるからです（1996, p.181［426］）。これは、言語が指示記号（あるいは意図）と指示内容のあいだに断絶を生み出すということであり、それは本章冒頭で紹介した"What's the difference?"という修辞疑問がもたらす意味の決定不能性という例にあてはまります。すなわち、譬喩の体系化＝物語化の基礎であるとともにそれを解除するのが「機械」としての言語の機能です。そして、その中断・解除する逸脱的な出来事こそアイロニーの別名なのです。[8]この出来事の一回一回をディコンストラクションと呼ぶこともできるでしょう。

　ド・マンの論に従えば、シュレーゲルのアイロニー論から引き出されるこの

第5章　読むことの文学　129

ようなアイロニーの狂気、テクスト機械から身を守るために、ヘーゲルもキェルケゴールもアイロニーの生まれる原因を歴史的な動きのなかに位置（理由）づけ還元するという、いわば弁証法的な解決に固執したことになります。彼らはアイロニーの破壊的な効果から逃れる最後の拠り所として、最終審級としての「歴史という実体的なもの」に頼らざるをえなかったというのです（1996, pp.183-84 [429-31][9]）。ド・マンはこのようにしてアイロニーと歴史をめぐる奇妙な結びつきを指摘しつつ、修辞をめぐる批評にとって不可避となりえる「歴史性」の問題を示唆して論を結ぶことになります（本書8章2節参照）。

　以上のように、ロマン主義研究の一端から始まったド・マンの批評的強度は、「言語芸術」としての文学の根本にある言語そのものまで問い直すことを通じて、「ロマン主義」の定義そのものを含め、20世紀後半まで文学研究を安定させていた「譬喩」や「物語り」の形式といった美的なカテゴリーを揺るがすものとなりました。ド・マンの理論は、その後の文学研究においてどのように受容され、どのような（不）可能性を切り開いたのでしょうか。のちの第8章では、美学イデオロギーと政治の関係について、ド・マンの文学理論の受容の現在も含め、さらに詳しく紹介しつつ、「美的＝感性的なもの」（ジ・エスセティク）（「美感的なもの」）をめぐる21世紀の文学研究の動向および展望を見てゆきたいと思います。

Further Reading

De Man, Paul. *Romanticism and Contemporary Criticism: The Gauss Seminar and Other Papers*. Ed. E. S. Burt, Kevin Newmark, Andrzej Warminski. Baltimore: Johns Hopkins UP, 1993：「時間性の修辞学」とほぼ同時代に書かれた講義録が中心で、比較的読みやすいものです。ド・マンの批評的転換期を肌で感じ取ることができます。

McQuillan, Martin. *Paul de Man*. London: Routledge, 2001［マーティン・マックィラン『ポール・ド・マンの思想』土田知則訳、新曜社、2002］：英国の文学理論家による入門的で読みやすいド・マン論。ド・マンの理論的特徴について、包括的かつバランスよく論じられています。

カラー、J『新版ディスコンストラクション』（全2巻）富山太佳夫、折島正司訳、岩波書店、2009：米国における最良のディコンストラクション紹介者による入門書。2007年に発売された25周年版の邦訳。

～Endnotes

▶1 本章において引用される日本語訳は、用語の使用法の統一のため、そのほとんどが場合に応じて適宜改変されています。また、同一著者の著書を複数引用する場合は、出版年を付記することで区別しています。

▶2 このような詩のもつ曖昧性について、ブルックスの同時代のイギリス人ウィリアム・エンプソン（William Empson, 1906-1984）もまた一冊の本を書いており、この文脈では、エンプソンの紹介する7種類目の曖昧性が該当します（pp.192-233）。

▶3 以下、和訳のページ数は角括弧内に示します。

▶4 「アイロニー」とは、もともとギリシア語の「エイロネイア」からきており、「知らないふり（そらとぼけ）」という意味です。これは、誰もが名前を聞いたことがある古代ギリシア哲学のスター、ソクラテス（Socrates, c. B.C.469-399）の得意としたわざと無知なふりをして相手を質問攻めにし、それを通じて相手に無知——わかったつもりになっていたという事実——を自己認識させる（いわゆる「無知の知」です）問答法に由来するとされ、これを「ソクラテス的アイロニー」と呼びます。このソクラテスのアイロニーは、デリダやド・マンのディコンストラクションにとって遠い先祖とも言えるかもしれません。

▶5 この「作者の介入」というイメージは、たとえば手塚治虫の漫画において、しばしば作中に突如割り込んでくる作者の像やコマの余白に書き込まれた作者のコメント（ツッコミ）を想像するとわかりやすいかもしれません。また、メタフィクションの例としては本書第7章2節参照。

▶6 この措定行為の詳細についての議論は、ガシェを参照（Gasché pp.11-47 [247-92]）。

▶7 ド・マンは、このパラバシスに類するものの説明として、破格構文（anacoluthon）という修辞技法も用いています（1996, p.178 [418-19]）。また別の論考などでは、同様の趣旨で行間中止（caesura）という技法が紹介されています。

▶8 これと類似する補足的な説明として、ド・マンはロバート・モイニハン（Robert Moynihan）によるインタヴューのなかで以下のように述べています。

> ある言語表現について読み手が考えもしなかったことを、当の言語表現が言い始める。読み手が統御していると思っていたはずの意味を超えた意味を言葉が獲得し、一般に承認されうる意図や意味を言葉が獲得し、一般に承認されうる意図や意味を求める読み手の探求に逆らうことを、当の言葉が言い始める。この瞬間にこそ、アイロニーがあるのです。これほどまでに根本的にある以上、アイロニーは、私にとっては譬喩の一つではありません。一般的にアイロニーは譬喩のひとつだと言われますが、実のところ、アイロニーとは、比喩的な意味という連続的領域の断裂なのです。（1984, p.151 [317-18]）

▶9 また、ここで注意しなくてはならないのは、ヘーゲルとキェルケゴールの哲学が劣っている、あるいは厳密さを欠いているということを意味してはいないということです。ド・マンの指摘したアイロニーをめぐる問題を、これらの哲学者が歴史の弁証法を通じて別様に解釈しようと試みたということにすぎません。ヘーゲルの哲学の厳密性をめぐる議論は、『美学イデオロギー』を参照（1996, pp.91-118 [215-83]）。また、ド・マンの当初の計画ではキェルケゴールとカール・マルクス（Karl Marx, 1818-1883）についても論じる予定でした（1996, p.2n4 [451n4]）。

～Bibliography

Brooks, Cleanth. *The Well Wrought Urn: Studies in Structure of Poetry*. San Diego: Harvest, 1975.
Culler, Jonathan. *Literary Theory: A Very Short Introduction*. 2nd ed. Oxford: Oxford UP, 2011 [初

版のみ邦訳あり：ジョナサン・カラー『文学理論』荒木映子，富山太佳夫訳，岩波書店，2003］．
De Man, Paul. *Aesthetic Ideology*. Ed. Andrzej Warminski Minneapolis: U of Minnesota P, 1996 ［ポール・ド・マン『美学イデオロギー』上野成利訳，平凡社，2013］．
―. *Allegories of Reading: Figural Language in Rousseau, Nietzsche, Rilke, and Proust*. New Haven: Yale UP, 1979 ［ポール・ド・マン『読むことのアレゴリー――ルソー，ニーチェ，リルケ，プルーストにおける比喩的言語』土田知則訳，岩波書店，2012］．
―. "Interview with Probere Moynihan (1984)." *The Paul de Man Notebooks*. Ed. Martin McQuillan. Edinburgh: Edinburgh UP, 2014, pp.147-66 ［ロバート・モイニハン「ポール・ド・マンへのインタヴュー」木内久美子訳，『思想』2013年7月号，pp.309-334］．
―. "The Rhetoric of Temporality." *Blindness and Insight: Essays in the Rhetoric of Contemporary Criticism*. 2nded. Minneapolis: Minnesota UP, 1983 ［ポール・ド・マン「時間性の修辞学（1）アレゴリーとシンボル」保坂嘉恵美訳，『批評空間』1号，1991年，pp.100-17 [a]；「時間性の修辞学（2）アイロニー」保坂嘉恵美訳，『批評空間』2号，1991年，pp.98-116 [b]］．
Empson, William. *Seven Types of Ambiguity*. New York: New Directions, 1966 ［ウィリアム・エンプソン『曖昧の七つの型』（上・下）岩崎宗治訳，岩波書店，2006］．
Gasché, Rodolphe. *The Wildcard of Reading: On Paul de Man*. Cambridge, MA.: Harvard UP, 1998 ［一部邦訳あり：ロドルフ・ガシェ「『措定（Setzung）』と『翻訳（Übersetzung）』清水一浩訳，『思想』2013年7月号，pp.247-92］．
Rousseau, Jean-Jacques. *Julie, ou, La nouvelle Héloïse*. *Œuvres complètes*. Vol.2. Paris: Garnier, 1964. ［ジャン＝ジャック・ルソー『新エロイーズ』（下）松本勤訳，『ルソー全集第10巻』白水社，1981］．
イェイツ，ウィリアム・バトラー『対訳イェイツ詩集』高松雄一訳，岩波書店，2009．
川崎寿彦『ニュークリティシズム概論』研究社，1964．
デリダ，ジャック，磯崎新，浅田彰「ディコンストラクションとは何か――「ポスト・シティ・エイジ」において」三浦信孝訳，『批評空間』8号，1993, pp.111-25.
水村美苗「断念（リナンシエイション）」『日本語で書くということ』筑摩書房，2009, pp.189-221．

コラム　ド・マンとデリダの出会いと「イェール学派」

　ド・マンとデリダは、1966年にアメリカのジョンズ・ホプキンズ大学で開催された学会で知り合い、その後も互いに強い影響を与えあうことになります。このつながりは、両者の思想をさらに辿ることで理解できます。デリダによる現前の形而上学批判やディコンストラクションはフッサールの現象学を経由したドイツの哲学者マルティン・ハイデガー（Martin Heidegger, 1889-1976）の「解体」（*Destruktion*）をめぐる思想に負っており、ド・マン自身もデリダに出会う前はハイデガーの哲学――とくに後期の芸術や詩（人）をめぐる議論――に多大な影響を受けていました。さらに忘れてはならないのが、ジャン＝ジャック・ルソーです。ルソーの読解をめぐるド・マンとデリダのクリティカルな議論の往復こそ、互いの学識への敬意に基づいた友情

の深さを物語っています。

　ド・マンもまた、J・ヒリス・ミラーをはじめとするイェール大学の同僚たちに多大な影響を与え、ジェフリー・ハートマン（Geoffrey H. Hartman）やハロルド・ブルーム（Harold Bloom）を加えた一団はのちに「イェール学派」と呼ばれるようになります。しかし、ヨーロッパ系、ユダヤ系の出自が多く、暗号のように難解な用語を多用し、男性主体の（メイル・ホモソーシャルな）イェール学派は、「イェール・マフィア」とも揶揄されました。なかでもド・マンは「ゴッド・ファーザー」と呼ばれていましたが、ド・マンの死後、とくにド・マンのスキャンダル（第8章参照）以後、イェール学派は事実上解散状態となりました。

　しかし、それにもかかわらず、デリダは何度もド・マンに捧げられた著作を残し、彼の死を悼んでいます。いまやデリダもこの世を去りましたが、彼らの遺したディコンストラクションの思考は、その後の英米文学研究のなかで影響を受けていないアプローチを探す方が難しいほどのインパクトを残しました。今や彼らの思想は古典となり、現在も多くの文学、そして哲学を学ぶ人びとに読み継がれています。　　**（木谷　厳）**

SIX

「平成の三四郎」たちへ

グローバル時代の移住者として

霜鳥 慶邦

　グローバル時代！　グローバル人材の育成！　東京オリンピック！　英語教育の抜本的改革！　イングリッシュ！　イングリッシュ！　今、日本は新たな時代へ向けての過渡期にあるようです。グローバリゼーションをめぐる急速な展開は、私たち日本人を島国精神から解放し、輝かしい未来へと導いてくれるのでしょうか？　その一方で、グローバル化と英語教育の改革（どういうわけか日本ではこの２つがほぼ同義で用いられることが多いようです）をめぐって日本全体にのしかかる何とも言えない重圧感と焦燥感と迷走感……。これからの時代、英語を話せる日本人が「勝ち組」で話せない者は「負け組」なのでしょうか？　英語のできない日本人は、一人前の日本人ではなくなるのでしょうか？　「実用的」・「実践的」英語の習得が重視されるなか、大学の英語教育で文学作品を読むなんて、時代遅れの趣味的行為にすぎないのでしょうか？　文学を読み深める力を養うよりも、TOEICやTOEFLの攻略法を極める方が有益なのでしょうか？　グローバル時代に日本人が英語文学を学ぶことの意義とは？──この問題について、ある大学生の異文化体験を出発点にして考えてみましょう。

Keywords

グローバリゼーション　ポストコロニアル研究　夏目漱石　『三四郎』『文学評論』シャーロット・ブロンテ　『ジェイン・エア』　ジーン・リース　『サルガッソーの広い海』　ガヤトリ・スピヴァク　エドワード・サイード　カズオ・イシグロ

1 ≫ 三四郎が観た『ハムレット』：外国文学と「吾人の標準」

　夏目漱石（1867-1916）の『三四郎』（1908）のなかに、九州の田舎から上京した主人公が『ハムレット』（*Hamlet* 1601）の翻訳劇を観る場面があります。

舞台上のハムレットは見た目も動きもなかなかすばらしい。ただし——

　その代り台詞は日本語である。西洋語を日本語に訳した日本語である。口調には抑揚がある。節奏もある。ある所が能弁過ぎると思われる位流暢に出る。文章も立派である。それでいて、気が乗らない。三四郎はハムレットがもう少し日本人じみたことを言ってくれればいいと思った。御母さん、それじゃ御父さんに済まないじゃありませんかと云いそうな所で、急にアポロなどを引合に出して、呑気に遣ってしまう。それでいて顔付は親子とも泣き出しそうである。然し三四郎はこの矛盾をただ朧気に感じたのみである。決してつまらないと思い切るほどの勇気は出なかった。(pp.268-69)

『ハムレット』を観る三四郎は、なぜか「気が乗らない」。しかし『ハムレット』といえば、英文学を代表する「偉大な」作品のはず。つまらないはずがない（きっと）。では「気が乗らない」自分に問題があるのだろうか？　本当に？　結局三四郎は、漠然とした「矛盾」を感じながらも、その「矛盾」についてじっくりと考えることもないまま終わってしまいます。何ともすっきりしない異文化体験です。[1]

　一方、作者の夏目漱石は、三四郎が遭遇したような状況において必要とされる姿勢について、持論をはっきりと述べています。次の文章は、学者時代の漱石が東京帝国大学で18世紀英文学について講義した内容をまとめたものの一部です。

　この言語の相違から来る不便とともに今一つの誤った結論が出て来る。それは外でもない。詰まり外国文学を評する標準は彼にあって我にない。だから外国人の説に従わねばならぬ。外国人の説に従うとなると自分がその説を尤もと思わざる事についてのみならず、無理と思うことまでも先方の説に従うようになる。[…] ともかくも本家本元の評家のいう事だから、自分のよりも正しい感じであるに相違ない。して見れば自分が今まで抱いていた感じは誤った下劣な感じである。誤った感じである以上は改めねばならぬ。こういう気になる。（『文学評論』上 p.45）

「言語の相違から来る不便」——これは、外国語を学ぶ私たちが日常的に、そ

第6章 「平成の三四郎」たちへ　135

して生涯味わい続けなければならない壁でしょう。単語、文化、風習、宗教、歴史、とにかくわからないことだらけです。この不便さゆえに、私たちは、つい次のような傾向に陥ってしまうと漱石は言います。つまり、外国文学を評価する際に、自分自身の価値観に基づいて考えるのではなく、無批判に、そして場合によっては自己否定的に、外国(「本家本元」)の評価基準の方を尊重・優先して納得してしまうという態度。

　漱石はこのような態度を「誤った結論」と断言します。そして次のように主張します。

　　しかしながらよく考えて見るとこれは趣味の普遍という提案を全部に応用した者ではあるまいか。[…] 趣味という者は一部分は普遍であるにもせよ、全体からいうと、地方的(ローカル)なものである。(必ずしも何故と問う必要はない、事実上そうであるから否定的する訳には行かん。) 地方的であるという意味は、その社会に固有なる歴史、社会的伝説、特別なる制度、風俗に関して出来上がった者であるということは慥(たし)かである。[…] 従って吾人は外国の文学を評するに吾人の標準を以てするという事に関しては充分の理由があって、この理由は西洋人といえども駁撃(ばくげき)することが出来んのである。(『文学評論』上 pp.46-48)

　あらゆる「趣味」(＝価値観)は、基本的に「普遍」的ではなく「地方的(ローカル)」なものである。ゆえに日本人が西洋の文学を評価する際に、西洋という１つの「地方」の価値観に無理に合わせる必要はなく、「吾人の標準」によって評価することが重要である——これが英文学者夏目漱石の批評姿勢です。三四郎が『ハムレット』に「矛盾」を感じつつも、「決してつまらないと思い切るほどの勇気は出なかった」のは、漱石の言う「吾人の標準」に対する意識が欠如していたために、「誤った結論」——「外国文学を評する標準は彼にあって我にない」——に陥ろうとしていたためと言えるでしょう。

　文学研究の方法がさまざまな形で洗練された今日、１世紀も昔の漱石の文学論にまともに付き合うのは時代錯誤かもしれません。しかしあえてここで漱石にこだわりたいのは、漱石の言う「吾人の標準」という言葉は、固有の「標準」なるものを想定すること自体がもはや不可能に見える現代のグローバル時

代を生きる私たちにこそ、実は重要な意味をもつと思われるからです。この章では、現代において英語文学を学ぶ私たちの「標準」の問題について考えることが大きな目的になります。そのために本章が重視したいのが、ポストコロニアル研究と呼ばれる学問分野です。ポストコロニアル研究とは、あえて極端に単純化すれば、植民地主義・帝国主義によって世界の広い範囲に浸透した西洋中心の「標準」を批判的に問い直し、新たな価値観を切り拓くための学問と言えます（そして西洋中心主義に対するこの批判的なまなざしが、つねに私たち自身に跳ね返ってくることも忘れてはなりません）。この研究分野の成果の一部を概観しながら、英語文学研究における「標準」の問題、そして現代の私たちの「標準」のあり方について考えてみましょう。

2 》 英文学の読み直し、書き直し

　シャーロット・ブロンテ（Charlotte Brontë, 1816-1855）の『ジェイン・エア』（Jane Eyre 1847）を知らない人はいないでしょう。物語の概要は次の通りです。孤児になったジェインは叔母の家で邪魔者扱いを受け、ローウッド寄宿学校へ送られます。厳しい環境で努力したジェインは、ソーンフィールド邸の家庭教師の職を得ます。やがてジェインと屋敷の主人ロチェスターは、階級を超えて愛し合います。ですがある事件がきっかけで屋敷が火災になり、ロチェスターは片腕と視力を失います。それでもジェインはロチェスターの伴侶として生きていくことを決意します。

　この小説は伝統的に、男性中心のジェンダー観を批判し自立へと向かって成長する女性を描いた傑作として、とくにフェミニズムと呼ばれる分野で高い評価を受けてきました。その代表的存在であるエレイン・ショーウォールター（Elaine Showalter）によれば、「ジェイン・エアというヒロインは、女性作家が想像し得る最高レベルの充実した健全な女性性を獲得する」のであり、ブロンテはこの小説のなかで、「女性の完全なアイデンティティを描くことを試みている」のです（p.112）。このようなフェミニズム的評価は、たとえばジェインの次の主張を見れば、十分に納得できるでしょう——「一般的に女性はきわめ

ておとなしいものと考えられている。けれども、女性も男性とまったく同じような感情をもっているし、自分たちの能力を鍛え、努力の成果を発揮する分野を、兄弟と同じように必要としているのだ」(p.93)。

　ここで、ショーウォールターとジェインの発言にあえて疑問を投げかけてみたいと思います。2人が言う「女性」とは、全世界のすべての女性を想定した普遍的概念なのでしょうか？　おそらく違うでしょう。2人の言う「女性」は、厳密には、「イギリス」の「白人」の「中流階級」の女性という、きわめて「地方的」で限定的な概念でしょう。なぜここで「女性」という一語にこだわるかというと、この小説には、ジェインとは別に、もう1人重要な女性が登場するからです。それは、ロチェスターの本妻バーサです。バーサは、西インド諸島ジャマイカ出身のクレオール（植民地生まれの白人）[4]で、気が狂ってしまったため、ロチェスターによって屋根裏に監禁されています。彼女は最後には屋敷に火を放ち、その炎に飲み込まれて死んでしまいます。

　この小説を読むとき、私たち読者は、とくに意識することなく主人公であり語り手であるジェインに視点（=「標準」）を重ね、ジェインに感情移入しながら物語を読み進めることでしょう。ジェインの「標準」に合わせて小説世界を見れば、バーサはジェインとロチェスターの恋愛を妨害する恐ろしい狂女であり、最終的には物語から排除されるべき存在と見なされるでしょう。実際にジェインの視点（=「標準」）から見たバーサは、「獣」と見分けがたいイメージで描かれています――「部屋のずっと向こうの奥の深い暗がりのなかを、一つの影が、駆けながら行ったり来たりしている。それが何であるか、獣か人間か、はじめて見たときにはわからなかった。四つん這いになって、這いまわっているようであった。何か奇妙な野獣のようにひっかいたり、うなったりしていた。しかし、それは衣服を着ており、たてがみのように乱れた、黒い白髪混じりの髪の毛が、その頭と顔を、おおい隠していた」(p.250)。このクレオール女性バーサの狂気と獣性を強調すればするほど、対照的にジェインの精神性が際立ち、最終的にジェインとロチェスターが結ばれるエンディングの感動へとつながるというのが、この小説のプロット戦略でしょう。

　ただしこれはすべて、この小説の読みをジェインの「標準」に合わせた場合

の話です。ここで注目したいのは、この小説を、ジェインの「標準」ではなく狂女バーサの「標準」に自分を重ねて読んだ読者がいたという事実です。ジーン・リース（Jean Rhys, 1890-1979）という人物です。リースは西インド諸島ドミニカ島出身のクレオールで、16歳で渡英した英語作家です。西インド諸島出身のクレオール——この点で、バーサとリースはぴたりと重なります。ゆえに、『ジェイン・エア』を読むリースの「標準」が、イギリス人女性ジェインではなく、バーサに重ねられるのはきわめて自然なことでしょう。そのバーサは、野蛮・狂気というひどく差別的なイメージで塗り固められており、一言も自身の声を発する機会を与えられないまま死んでしまいます（叫び声を除いて）。このクレオール女性の非人間的表象に憤りを覚えたリースが、バーサの「標準」から『ジェイン・エア』のテクスト世界を読み直し、書き直したものが、『サルガッソーの広い海』（*Wide Sargasso Sea* 1966）です。

　この小説によってリースは、『ジェイン・エア』のテクスト世界から排除されたクレオールの「標準」を回復させ、その物語を想像／創造し直します——『ジェイン・エア』のなかで「地獄」に喩えられるカリブ海地域が、いかに人種的・言語的・宗教的多様性と混淆性に満ちた複雑な世界であるか。イギリスに渡る以前のバーサ（本来の名はアントワネットという設定）が、奴隷解放令発令（1838）直後の英領植民地で、白人クレオールとしてどのような幼少期を過ごしたのか——「黒人たちは私たちを憎み、白いゴキブリと呼んでいた。［…］ある日、小さな女の子が歌いながら私の後を付いてきた。『出ていけ、白いゴキブリ、出ていけ、出ていけ』私が足を速めると、その子も速めた。『白いゴキブリ、出ていけ、出ていけ、あんたなんかだれもほしくない、出ていけ』」(p.13)。「野獣」・「狂気」と呼ばれ屋敷に監禁されたバーサが、どんな心理状態で苦しんでいたのか——「今はなにもかも取り上げられてしまった。私はここで何をしているの？　私は誰なの？［…］みんなは私がイギリスにいると言うけれど、私は信じていない。私たちはイギリスに行く途中で迷子になったのだ。いつ？　どこで？　思い出せない、でも道に迷ったのはたしかだ」(p.107)。

　『サルガッソーの広い海』は、まさに、漱石の言う「吾人の標準」からイギリスの古典文学を読み直し、さらに書き直すことで、その物語世界を作り直す

ことに挑戦した作品と言えます。このような脱イギリス中心的「標準」からの『ジェイン・エア』の読み直しを批評分野において本格的に実践した先駆的存在が、インド出身のポストコロニアル批評家ガヤトリ・スピヴァク（Gayatri Chakravorty Spivak）です。スピヴァクによれば、バーサとはまさに「帝国主義の公理系がつくり出した人物」なのです（Spivak, p.183）。「この架空のイギリスで、バーサは自分の役割を演じぬき、「自己」から架空の〈他者〉への変身を演じきって、家に火を放ってみずからを殺さなければならない。そのおかげでジェイン・エアは、イギリス小説における１人のフェミニズム的ヒロインになることができるのである。私はこれを、帝国主義の知の枠組みの暴力そのもののアレゴリーとして読まずにはいられない。つまり、植民者の社会的使命を称えるために自己犠牲的な植民地主体が構築されるのである。リースは、植民地出身の女性が宗主国の姉妹の自己実現のために、狂気の動物として犠牲にされるのを防ぐことを試みたのである」（Spivak, p.127）。

　スピヴァクによる読解はその後の批評家たちによって批判的に発展させられ、イギリス人女性ジェインの自立の実現が、実は西インド諸島出身のバーサだけでなく、インドやトルコなどの東洋の女性の否定的表象と表裏一体の関係にあること、そしてそのような表象が帝国主義的イデオロギーと深い共犯関係にあることが明らかにされました──「非西洋女性をこのように他者化することによって、イギリスの文化的価値が植民地世界のそれよりも啓蒙され文明化されたものとして暗黙のうちに了解され、イギリスの帝国主義が社会的使命として、つまり魂の創造行為として、より広範に正当化されるのである」（Morton, p.88）。

　誤解のないように確認しておくと、ここで言いたいのは、『ジェイン・エア』の「標準」が悪い「標準」で、『サルガッソーの広い海』の「標準」が正しいということではありません。漱石の語彙を借りてまとめれば、重要なのは、あらゆる「標準」は「地方的」であること、にもかかわらず一部の（西洋的）「標準」が「普遍性」を装い、さらに実際に効力をもち得てしまうこと、ゆえに私たちは、もっと別の「標準」を探求し、複数の「標準」を対置・対話させることで、新たな別の物語の可能性を追求していかなければならないということ、

ナイジェリア出身の作家チママンダ・ンゴズィ・アディーチェ（Chimamanda Ngozi Adichie）の言葉を借りれば、「単一の物語の危険性」をつねに意識する必要があるということです。

3 》》「対位法」的に世界を見つめる

　1つの支配的「標準」によって覆い隠されたかもしれない別の「標準」を回復させ、それら複数の「標準」の相互関係を探究すること。このような批評実践の重要性を教えてくれた批評家が、エドワード・W・サイード（Edward Wadie Said, 1935-2003）です。サイードは、イギリスの委任統治下のイェルサレムで裕福なプロテスタントの家系に生まれ、アメリカで学びそして教鞭を執ったアラブ系パレスチナ人批評家であり、今日ポストコロニアル批評と呼ばれる学問分野の発展に多大なる影響を与えた人物です。サイードの批評実践の1つとして広く知られているのが、「対位法的読解」です。「対位法」とは、もともとは2つ以上の独立した旋律を同時に組み合わせる作曲法を意味する音楽用語です。これをテクストの読みに応用し、「物語られる宗主国の歴史だけでなく、それ以外の歴史——支配的言説によって対立（または利用）される歴史——の両者を同時に意識する」読解が、「対位法的読解」です（p.51）。

　「対位法的読解」の代表的な例としてしばしば取り上げられるのが、ジェイン・オースティンの小説『マンスフィールド・パーク』（*Mansfield Park* 1814）の分析です。この小説は、ポーツマスの貧しく子だくさんのプライス家の長女ファニーが、マンスフィールド・パークの准男爵家に引き取られ、さまざまな試練を乗り越え、立派な女性へと成長し、屋敷の息子であり荘園を継ぐことになるエドマンドと結ばれるまでを描いています。

　物語は主にイギリスののどかな田舎を舞台に展開します。ですがサイードの「対位法」的なまなざしは、この自己充足的空間のように見えるイングランドの田園風景に、地理的に遠く隔たったカリブ海の小島アンティグアという「標準」を対置させます。なぜアンティグアなのか？　ファニーが引き取られたバートラム家の主人サー・トマスは、アンティグアにプランテーションを所有

しているのです。アンティグアの具体的な様子に関する記述は小説内部にはほとんどありませんが、当時の人びとは、そして私たちは、当時イギリスの植民地だったその場所で奴隷労働による砂糖プランテーションが経営されていたことを知っています。

　この小説を歴史的文脈のなかにきちんと置き、テクストの表面には見えにくい植民地の「標準」を回復させ、この小説を「対位法」的に読み直すとき、テクスト内に明示的に描かれた国内／家庭内の「標準」と、記号化・暗号化された形で暗示された国外の「標準」とが、深い共鳴関係にある様子が見えてきます。つまり、「マンスフィールド・パークを保有し管理することと帝国領土を保有し支配すること」が密接に関係していること、「国内の平穏で魅惑的な調和を保証するものが、海外領土の生産力と厳しい規律である」ことがはっきりと浮かび上がってくるのです（Said, p.87）。

　このように、この小説を「拡大する帝国主義的冒険の構造の一部」として読解した後では、もはやこの小説を歴史的状況とは無関係な「偉大な傑作文学」という安全で高尚な次元に隔離しておくことはできないでしょう（Said, p.95）。それどころかこの小説は、当時の「イギリス国内に広がる帝国主義文化」を描いたテクストとして扱われるべき存在となるのです（Said, p.95）。

　こうした考察を通してなされるのは、帝国主義的イデオロギーとの共犯関係の程度を基準にして文学作品の価値を判断したり断罪したりすることではありません。サイードが重視するのは、「私たちの知的任務と解釈の任務」です。つまり、「つながり」を作ること、「相互補完性」と「相互依存性」を見出すこと（Said, p.96）。このような姿勢でイギリスの文学を注意深く読むとき、イギリス的「標準」というものが、決して固有の純粋なものではなく、世界に広がる植民地ネットワークとの密接な関係によって、他者性との複雑な相互関係によって作り上げられた異種混淆的なものであるという事実が見えてくるでしょう。

　そしてこういった考え方をさらに突きつめていけば、そもそもあらゆる文化がつねにすでに異種混淆的な存在である様子が見えてくるはずです。ポストコロニアル批評家ロバート・ヤング（Robert J. C. Young）によれば、文化とは、

「それ自身の他者性のたえまない登録と排除の弁証法的過程」なのであり、「決して本質主義的なものではない」のです（p.30）。同じくポストコロニアル批評家のホミ・K・バーバ（Homi K. Bhabha）もこう指摘しています——「諸文化は、反復と翻訳の過程——諸文化の意味が〈他者〉に向けて、〈他者〉を通じて、代弁される過程——として表象される。その結果、文化固有の真正性や純粋性という本質主義的主張はいっさい成り立たなくなる」（p.58）。この文化の異種混淆性について、さらには「私」という存在の異種混淆性について考えるために、最後に紹介したい人物が、カズオ・イシグロ（Kazuo Ishiguro）という作家です。

4 ≫ 移動する「標準」、混合する「標準」

　カズオ・イシグロは 1954 年に長崎に生まれ、5 歳のときに父親の仕事の都合でイギリスに渡り、イギリスで教育を受け、作家としてデビューしました。日本を舞台にした最初の 2 作品で注目を集め、第 3 作目『日の名残り』（*The Remains of the Day* 1989）で英連邦最高の文学賞であるブッカー賞を受賞し、一躍世界的作家となりました。ブッカー賞を受賞した 1989 年に来日したイシグロは、あるインタヴューでこう述べました——近年のイギリスの作家は、「国際的には意味のない」非常に「地方的（プロヴィンシャル）」な作品ばかりを書いていて、「彼らはいまだに英国が世界の中心であるかのような書き方をしており、英国が比較的周縁に位置するようになったことに気づいていない」（p.301）。このイシグロの発言がおもしろいのは、イシグロが言う「地方的（プロヴィンシャル）」という言葉が、本章の最初に紹介した漱石の「地方的（ローカル）」という言葉とほぼぴたりと重なるからです。約 1 世紀という時間の隔たりのある日本出身の 2 人の作家が、「地方的（ローカル）」≒「地方的（プロヴィンシャル）」というほぼ同義の言葉でイギリス中心・西洋中心の価値観を批判している点は、とても興味深い現象です。ここに、日本出身の 2 人の作家が共有する、脱イギリス中心的「標準」を確認できるでしょう。

　ですがこれに続くイシグロの発言は、漱石の立場から離れていきます。自身を「ホームレス」と呼ぶイシグロは、さらにこう発言します。

私は今、自分が混合物だという事実を受け入れています。日本よりは西洋の要素が多いのは明らかですが、両親は日本人ですから、ある意味では一種の混合物だと言えます。そして私はこちらに属する、あるいはあちらに属する、というようなことを言う必要を感じないのです。それに世界もこういう方向に向かっていると思います。世界中に私のような混合物的人間が増えてきています。そして21世紀にはこれが普通のこととなると思います。世界が国際的になり、人びとが移住したり動き回ったりするにつれて、私たちは皆複数の背景や文化の産物となるでしょう。(p.306、一部改変)

　「吾人の標準」を重視する漱石とは対照的に、グローバル時代を生きる「混合物」としてのイシグロは、1つの「標準」に自分を固定することを放棄します。そしてこれはイシグロに限定された現象ではなく、21世紀には、あらゆる人びとがそのような「混合物的人間」になるだろうと述べます。実際に21世紀を生きる私たちは、ヒト・カネ・モノ・情報・文化がいともたやすく国境を越境する、絶え間ないフロー状態と異種混淆状態の時代を生きています。現代において「移住」は、「行為」ではなく「人間の生き方の状態」を意味する言葉へと変化しています (Smith, p.257)。このような時代状況のなかで私たちは、漱石の言う「吾人の標準」とイシグロの言う「混合物」を、どう受けとめたらよいのでしょうか。「吾人の標準」に固執する漱石は時代遅れなのでしょうか？　けれど自分の「標準」を放棄してしまったら、アイデンティティを喪失した透明人間になってしまうのではないでしょうか？

　この問いに対する解答をここで提示することは難しいです。ただここで、「ホームレス」を自称するイシグロに、アラブと西洋の「2つの世界に属しつつ、どちらにも完全には属していない」「故国喪失者（エグザイル）」(Said, p.xxvi) としてのサイードを並べることで（歴史的状況のまったく異なる両者を安易に併置してはならないことを承知の上であえて）、この問いに対するなんらかの応答を模索してみたいと思います。[6]

　「亡命知識人の華麗なパフォーマンスと故郷喪失者あるいは難民の悲惨さが同じであると語るのは、まぎれもなく脳天気な戯言である」という前提を慎重にふまえつつ、その上でサイードは亡命知識人のもつ可能性についてこう述べ

ます——「知的使命としての解放は、もともとは帝国主義の拘束と略奪に対する抵抗と対抗から生まれたのだが、いまやそれは、固定・確立・馴致された文化のダイナミクスから、非定住的・脱中心的・亡命的エネルギーへとシフトした。そのエネルギーを今日体現しているのが移民であり、その精神こそ、複数の領土、複数の形態、複数の故郷、複数の言語をわたり歩く政治的形象としての亡命知識人と亡命芸術家のものである」(p.332)。サイードによれば、亡命者の脱中心的な生き方には、否定的側面だけでなく肯定的側面もあり、それはつまり、「システムに異議を唱えること、すでにシステムに支配された者たちから奪われてしまった言葉でシステムを記述すること」です (p.333)。[7]

こうした議論の流れのなかでサイードが引用するイスラム知識人アリー・シャリーアティーの言葉は、本来のコンテクストを超えて、私たちの問いへのアクチュアルな応答として読むことができないでしょうか。

> 人間というこの弁証法的現象は、つねに運動のなかに身を置くことを強いられる。[…] ゆえに人間は、最終の安らぎの地に到達し、神のなかに棲み家を定めることなどできない。[…] とすると、固定された標準というものはすべて、なんと恥ずべきものだろう。だれが標準を固定することなどできよう？ 人間とは「選択」であり、奮闘であり、たえまない生成である。人間とは、永遠の移住であり、みずからの内部における、土塊（つちくれ）から神への移住である。人間はみずからの魂の内部における移住者なのだ。(Said, p.334 より引用)

「標準」を固定することを批判するこの発言は、「吾人の標準」を重視する漱石の主張と正反対のように見えます。ですが漱石の論には、まだ続きがありました。漱石は、「吾人の標準」をしっかりともつことの重要性を説く一方で、こう述べています——「他人が或文学上の作品に対する感は自己の感ではないが、自己の感を養成しもしくは比較する上において大なる参考となる。[…] さてその所感と分析とは吾人が同作品に対する所感と分析とどの位異なるか、異なる以上は吾人の趣味と当時の人の趣味とは或点で矛盾しておった、その矛盾は如何なる社会的状況から出て来たか。凡てこれらを明瞭にするのは自己の見聞を弘（ひろ）めるという点において大いに吾人に利益を与える者である」（『文学評

論』上 p.51)。

　「吾人の標準」を重視する漱石は、同時に他者の「標準」をも尊重します。そして自己と他者の「標準」の差異と「矛盾」を正誤や優劣の問題としてとらえるのではなく、「矛盾」の背後にある社会的・文化的要因についてじっくりと考えることで、自己の「標準」をさらに豊かなものへと養成することができると述べます。漱石の言う「吾人の標準」は、決して自己閉鎖的なものではなく、他者の「標準」へと開かれたものであり、他者の「標準」との相互関係によって無限に混合し変容し得る可能性を秘めていることがわかります。サイードとシャリーアティーの言葉を借りながらその潜在的可能性についてまとめれば、漱石の言う「吾人の標準」は、完全に「固定・確立・馴致された」ものではなく、逆にそれが「システム」に堕すことを回避するために、「非定住的・脱中心的・亡命的エネルギー」によって複数の「標準」のあいだを、さらには「みずからの魂の内部」を「移住」し続けることの重要性をも自覚していると言えるでしょう。このように考えてくると、漱石とイシグロの関係は、表面的には大きく隔たっているようでいて、深いレベルでは共鳴している様子が見えてくるはずです。

5 ≫ 「平成の三四郎」たちへ

　最後にふたたび三四郎の異文化体験の話題に戻りたいと思います。本章が『三四郎』で始まり『三四郎』で終わるのには、それなりの理由があります。それは、三四郎と英文学の正典(キャノン)との出会いの場面は、ある意味、英語文学という異文化を学ぶ私たち自身の原風景的瞬間としてとらえることができるからです。もっと正確に言い直せば、英文学の正典(キャノン)との出会いに戸惑いと違和感と「矛盾」を覚える三四郎の姿は、今日当たり前のように英語文学と接する私たちの「異化」された姿と言えるからです。

　これまでの議論をふまえた上であらためて三四郎の異文化体験について考えると、三四郎が『ハムレット』の翻訳劇に対して「気が乗らない」という感覚と「矛盾」の感覚を抱いたのは、三四郎に英文学鑑賞の能力とセンスが欠如し

ていたからではなく、実は「吾人の標準」とイギリスの「標準」の言語的・文化的差異と距離をおぼろげながらに感じ取ったから、といえるでしょう。この「矛盾」の感覚こそ、「吾人の標準」と他者の「標準」との交渉を通して「吾人の標準」をより豊かなものへと養成するための重要な契機になり得たはずなのです。ですが田舎から出たての三四郎は、その「矛盾」の感覚をしっかりと受けとめ、その先へと思考を深めるための問題意識も教養も思考能力ももち合わせておらず、結局自分が遭遇した瞬間の貴重さを理解しないまま、その重要なテーマから逃げてしまいました。実に惜しい。

　三四郎から約1世紀遅れて今の時代に英語文学を学ぶあなたたちは、いわば「平成の三四郎」です。本章の内容を読んできた「平成の三四郎」たちならば、自己と他者の「標準」が出会う「三四郎的瞬間」の重要性をしっかりと理解し、「矛盾」から逃げずにその意味を深く探究することができるはずです。その際に、本章（本書）の内容がなんらかの形で役立つことを願っていますが、ただし注意しておきたいのは、本章（本書）で紹介された批評例は、この「三四郎的瞬間」の違和感と「矛盾」を手際よく解消し明快な解答へと導くための便利な公式などでは決してないということです（「だれが標準を固定することなどできよう？」）。

　逆に重要なのは、あらゆる「標準」が均質化されシステム化されたかのように見える現代のグローバル時代に、まずは三四郎のようにいかに違和感と疑問と「矛盾」の感覚に気づけるかということ、つまずけるかということ[8]。そしてその気づきとつまずきの体験を、誤って劣等感に結びつけてしまうのではなく、あるいは三四郎のように適当にごまかしてすませてしまうのではなく、自己と他者の「標準」の出会いの問題としてとらえ直してみること。さらに複数の「標準」と「矛盾」の背後にあるはずの文化的要因についてじっくりと思考を深めていくこと。「吾人の標準」を他者の「標準」へと開くことでたえず生成・変容・混合させながら。「みずからの魂の内部」でつねに移住しながら[9]。本章ならび本書で紹介された批評内容は、この終わりのない移動の旅を続けるために必要な冒険心と注意深さと忍耐力を養うためのものです。数え切れないほどの「標準」と「矛盾」に満ちた英語文学研究という広大で刺激的な世界に

足を踏み入れようとしている「平成の三四郎」たちに、期待をこめて。

Further Reading

亀井俊介『英文学者　夏目漱石』松柏社，2011：帝国大学で英文学を教えた最初の日本人としての夏目漱石の姿を緻密に描くと同時に、明治期日本における英文学研究・教育の風景を鮮明に伝える研究書。

エドワード・サイード『文化と帝国主義』全2巻，みすず書房，2001：「対位法読解」によって、宗主国文化と海外領土文化との関係、植民地支配と脱植民地化の可能性との関係が論じられる。ポストコロニアル研究における必読の一冊。

マンフレッド・B・スティーガー『新版　グローバリゼーション』櫻井公人、櫻井純理、高嶋正晴訳，岩波書店，2010：グローバリゼーションを多次元的過程としてとらえ、経済、政治、文化、エコロジー、イデオロギーなど、さまざまな側面から多角的に包括的に解説する入門書。

Endnotes

▶1　三四郎が観た『ハムレット』の背景とその文化的意義について詳しく勉強したい人は、正木「異化された西洋」を参照してください。

▶2　実は今まさに、漱石が国内外で注目されています。朝日新聞紙上での2014年4月からの『こころ』の連載、海外での国際シンポジウムの開催、世界の多くの国々での新訳の出版など、グローバル時代に漱石を読み直すことの意義が重視されています。

▶3　日本文学をめぐる考察については、たとえば正木『植民地幻想』、宮崎、齋藤を参照してください。

▶4　「クレオール」という語の理解のために、今福による詳しい説明を紹介しておきます――「〈クレオール〉は語源的にはポルトガル語の〈クリアール〉（育てる）とそれから派生した〈クリオウロ〉（新大陸で生まれた黒人奴隷）に由来する。歴史的に〈クリオウロ〉の意味は変化を見ており、これはまもなく新大陸で生まれたヨーロッパ人をも指すようになった。スペイン語圏でこれを〈クリオーリョ〉と呼びならわすようになり、フランス語圏、オランダ語圏、英語圏ではこれを〈クリオール〉と呼びならわすようになった。すなわちクレオールは第一に新大陸や他の植民地圏で生まれた白人および黒人（さらに後には、その混血）を意味したのであり、やがてその結果として彼らの習慣や言語をも指すようになったと考えられる」(pp.200-1)。

▶5　アディーチェは物語の危険性と重要性についてこう述べています――「単一の物語はステレオタイプを作り出します。そしてステレオタイプの問題は、それが不正確であることではなく、不完全であることです。ステレオタイプは、ある物語を唯一の物語にしてしまうのです。[…] 単一の物語は人びとから尊厳を奪います。人類の平等性という価値観を困難にします。類似性よりも差異を強調します。[…] 複数の物語、さまざまな物語が存在することが重要なのです。物語は剥奪と中傷の手段として利用されてきましたが、物語によって権利と人間性を獲得することもできるのです。物語は人びとの尊厳を砕くこともありますが、物語によってその砕かれた尊厳を回復することもできるのです」(Adichie)。

▶ 6 「標準」と「混合物」の問題をグローバル化の文脈で本章の議論とは別の角度から考えるためのヒントとして、三浦を参照することを勧めます。

▶ 7 このサイードの発言に関連して、かけがえのない「卵」としての個人が「システム」という巨大な「壁」(それは私たちを守ると同時に殺す存在である) に締め取られることを回避するための文学の重要性について述べた村上春樹のイェルサレム賞受賞スピーチ (2009) を読むことを勧めます (Murakami)。
　さらにトルコ人作家エリフ・シャファーク (Elif Shafak) は、私たちを閉じ込める「壁」は実は私たち自身によって作られること、そしてその壁を越えるために文学的想像力が重要であることを訴えます——「皮肉なことですが、似たもの同士のコミュニティで生きることは、今日のグローバル時代の世界における最大の危険の1つなのです。[…] 私たちは類似性に基づいて集団を作りがちです。そして、外の集団に対してステレオタイプを抱きます。私の考えでは、このような文化的ゲットーを乗り越える方法の1つが、物語を紡ぐ技法です。物語は境界を粉砕することはできませんが、心理的な壁に穴を開けることができます。その穴を通して、他者の姿を垣間見ることができ、時にはその他者に対して好意を抱くことさえあるのです」(Shafak)。

▶ 8 ここで私が強調したい気づきとつまずきの重要性は、スピヴァクの言葉で言い換えれば、学習における「偶然性の役割」と言えるでしょう。インターネット検索への過信に注意をうながすスピヴァクは、こう述べます——「あなたが気づき、何かを学ぶことになるのは、プログラムを作成する側でなされる、プログラム化された決定によって集められた項目が必然的に集積していくところにおいてではなく、突如として現れる、奇妙で必然的でない事柄なのです」(スピヴァク, p.99)。

▶ 9 このように考えてくると、冒頭で言及した「言語の相違」がもたらすものは、「不便」だけでなく、(やや矛盾めいた言い方になりますが)「不便」ゆえのある種の有利さでもあると言えます。非「ネイティヴ」であるがゆえの「本家本元」との言語的距離と、それゆえのつまずきは、逆に「本家本元」の「標準」に揺さぶりをかけ、脱中心化・脱普遍化し、その地方性を浮かび上がらせるはずであり、そして「本家本元」ですら、あるいはむしろ「本家本元」であるがゆえに、気づくことのできない問題を提起するための契機になり得るはずなのです。

Bibliography

＊本章における英語文献の翻訳は角括弧内の文献を参考にし、必要に応じて改変した。

Adichie, Chimamanda Ngozi. "The Danger of a Single Story.". *TED Talks*. Oct. 2009. Web. 7 Dec. 2013.

Austen, Jane. *Mansfield Park*. London: Penguin, 2003 [中野康司訳『マンスフィールド・パーク』筑摩書房, 2010]。

Bhabha, Homi K. *The Location of Culture*. London: Routledge, 2001 [本橋哲也, 正木恒夫, 外岡尚美, 阪本留美訳『文化の場所——ポストコロニアリズムの位相』法政大学出版局, 2005]。

Brontë, Charlotte. *Jane Eyre*. Ed. Richard J. Dunn. New York : W. W. Norton, 2001 [大久保康雄訳『ジェーン・エア』(上・下), 新潮社, 2004]。

Morton, Stephen. *Gayatri Chakravorty Spivak*. London: Routledge, 2003 [本橋哲也訳『ガヤトリ・チャクラヴォルティ・スピヴァク』青土社, 2005]。

Murakami, Haruki. "Always on the Side of the Egg." *Haaretz*. 17 Feb. 2009. Web. 20 April 2014.

Rhys, Jean. *Wide Sargasso Sea*. Ed. Judith L. Raiskin. New York: Norton, 1999 [小沢瑞穂訳『サルガッソーの広い海』みすず書房, 1998]。

Said, Edward W. *Culture and Imperialism*. New York: Vintage, 1993 [大橋洋一訳『文化と帝国主義』1・2, みすず書房, 2005].
Shafak, Elif. "The Politics of Fiction." *TED Talks*. Jul. 2010. Web. 2 Dec. 2013.
Showalter, Elaine. *A Literature of Their Own: British Women Novelists from Brontë to Lessing*. Princeton: Princeton UP, 1977.
Smith, Andrew. "Migrancy, Hybridity, and Postcolonial Literary Studies." *Cambridge Companion to Postcolonial Literary Studies*. Ed. Neil Lazarus. Cambridge: Cambridge UP, 2004. pp.241-61.
Spivak, Gayatri Chakravorty. *A Critique of Postcolonial Reasons: Toward a History of the Vanishing Present*. Cambridge: Harvard UP, 1999 [上村忠男, 本橋哲也訳『ポストコロニアル理性批判——消え去りゆく現在の歴史のために』月曜社, 2003].
Young, Robert J. C. *Colonial Desire: Hybridity in Theory, Culture and Race*. London: Routledge, 1995.
イシグロ, カズオ「カズオ・イシグロ——英国文学の若き旗手」(青木保によるインタヴュー)『中央公論』105 (3), 中央公論社, 1990. pp.300-9.
今福龍太『クレオール主義』青土社, 2001.
齋藤一『帝国日本の英文学』人文書院, 2006.
スピヴァク, ガヤトリ・C『いくつもの声——ガヤトリ・C・スピヴァク日本講演集』星野俊也編, 本橋哲也, 篠原雅武訳, 人文書院, 2014.
夏目漱石『三四郎』新潮社, 2004.
——.『文学評論』(上・下), 岩波書店, 1996.
正木恒夫「異化された西洋——漱石と帝劇『ハムレット』」『みすず』38 (11), 1996. pp.68-78.
——.『植民地幻想——イギリス文学と非西洋』みすず書房, 1995.
三浦玲一『村上春樹とポストモダン・ジャパン——グローバル化の文化と文学』彩流社, 2014.
宮崎芳三『太平洋戦争と英文学者』研究社, 1999.

コラム　文化と「標準」

　「文化」(culture) のもともとの意味が「耕作」(cultivation) だったことは、大学で文学・文化を学ぶ人なら知っているでしょう。*Oxford English Dictionary* をひくと、耕し育てる対象が土や作物から徐々に人間の内面へとシフトしていく様子を確認できます。「文化」も「耕作」も、長い時間をかけて人が手を加えて豊かなものを作り上げていくという点で共通していると言えるでしょう。

　さてここでは、本章で学んだ「標準」を意識しながら「耕作」と「文化」についてあらためて考えてみましょう。人間は作物を育てるために土を耕し、種をまき、水を与えます。ですがそうすることで土から生えるのは、人間に必要な作物だけではありません。いろいろな種類の草も生えてきます。作物には虫も寄ってきます。人間はこれらの「雑草」と「害虫」を除去・駆除することで、ようやく自分たちの作物を収穫できます。「耕作」とは、何かを「育てる」と同時に、何かを「殺す」行為でもあるのです。

　ここで、人間によって「雑草」・「害虫」と呼ばれる存在に「標準」を合わせると、世界はどのように見えるか想像してみましょう。等しく土から生えているのに、それぞれの名前をもっているのに、「雑草」に分類され、無価値な存在として除去される植物たち。生きるために必要な栄養分を植物から分け与えてもらおうとしているだけなのに、まるで悪人であるかのように「害虫」と命名され容赦なく殺される虫たち。この世に生まれ生きること自体を否定され殺されてしまう命たち……。

　この「耕作」のイメージは、「文化」にもあてはまります。みなさんも学校・大学の教育で、文化の中心から排除されるさまざまな存在について学んできたはずです。人種的他者、性的マイノリティ、社会的弱者など。「文化」は決して中立的な存在ではありません。必ずなんらかの「標準」を中心に形作られ意味づけられます。そしてその「標準」に不都合な存在は排除されます。「文化」という言葉の頭には、括弧でくくられた（××中心主義）という言葉が必ず付いています。（欧米中心主義）、（男性中心主義）、（異性愛中心主義）、（自民族中心主義）、そして究極的には、あるいはむしろ大前提として、（人間中心主義）。これらの偏向的な中心＝「標準」は、括弧でくくられ不可視であるがゆえに、私たちの価値観の深奥にまで浸透しほとんど自然化されています。

　文学は、そして文学教育は、さまざまな「標準」の可能性を探求し、私たちの想像力をたえず移動させることで、現実ではないけれどそうあり得たかもしれない別の世界のあり方を体験させてくれます。そしてこの柔軟で強靭な文学的想像力の訓練は、（　）に括られた不可視の権威的「標準」を可視化し、脱自然化・脱中心化し、私たち自身を（　）の拘束から解放し、新たな現実を再想像／創造するための批評能力と実践力を養ってくれるのです。

(霜鳥慶邦)

SEVEN

作者の死と読者の誕生

受容理論と「ウェブ以降」の世界

髙村峰生

　この章では、「作者」や「読者」の問題を扱います。そんな当たり前のことがどうして「問題」なのだと思われるかもしれません。「作者」は作品を書く者であり「読者」は読む者である、これ以上自明なことはない——たしかに、そうです。しかし、われわれがもっている「作者」や「読者」のイメージはさまざまな影響を受けて形成されてきたのであり、それらの文化や社会における役割はつねに変化しています。とりわけ20世紀後半、「作者」と「読者」というこの一対の概念をめぐってさまざまな議論がなされ、文学的実験が試みられてきました。そこには、ポストモダンと呼ばれる1960年代以降の文化・社会的状況が強く反映されています。そこでこの章では、「作者」や「読者」という概念がどのように歴史的に形成されてきたのか、そして、それらは「作品」や「物語」にどのような影響を与えたのかを考えてみたいと思います。

　章の前半では、とくに「作者の死」や「受容理論」といった1960年代から70年代（ポストモダン期に対応する）に重要になった概念や批評ジャンルを中心に、大まかな整理を行います。主としてフランスを中心に発展した「作者」についての議論とドイツやアメリカを中心に発展した「読者」についての議論は、ほぼ同時代の現象でありながらこれまであまり結びつけて論じられてきませんでした。しかし、「作者」概念の変化は「読者」についての新しい理論と対応した出来事と見ることができるので、ここでは両者を結びつけて考えてみたいと思います。

　章の後半では、今日のメディア環境における「作者」や「読者」の関係を見ていきます。めまぐるしい技術革新は、われわれ一人ひとりが「作者」でもあり「読者」でもあるようなヴァーチャルな空間を現出させました。ツイッターやフェイスブックなどで何かを書き他の人の投稿を読むという「読み書き」の作業は、小さな単位で「作者」と「読者」の関係を築いていると言えるでしょう。こうしたインターネットでの活動は、いまやわれわれの生活の一部であり、

「グローバル社会」を構成する一要素です。このような「ウェブ以後」の世界に生きるわれわれが「作者」や「読者」についての議論から何を考えることができるのか、その糸口を示したいと思います。

　「作者」や「読者」という言葉を使うと、「文学」の世界に限定された話のように聞こえるかもしれません。しかし、ウェブの発達などによって生活のあらゆる局面がテクストに覆われている現在、それらはあらためて考えるべき重要な問題です。「作者」や「読者」をわれわれの人生に関わる重要な問題としてとらえ直すことで、文学的な視座がいわゆる文学作品だけでなく現代という時代を「読む」上でも重要であることが明らかになるでしょう。

Keywords

「作者の死」　受容理論　ポストモダン　ロラン・バルト　ミシェル・フーコー　ヴォルフガング・イーザー　ハンス・ロベルト・ヤウス　メディア　グローバリズム

1 ≫ ポストモダンと「作者の死」

　現代における「作者」や「読者」という概念について議論をするためには、「ポストモダン」とは何かという問いから始めなくてはなりません。政治や経済などの分野でも用いられることの多い「ポスト」という言葉は「後に来る」という意味です。したがって「ポストモダン」は文字通りには「モダンの後」、つまり「近代の後の時代」という意味で、1960年代から70年代以降に主流になってきた文化現象を指しています。この時代、文明はつねに進歩するという進歩主義や欧米中心主義的な世界観（これが「モダン＝近代的」な価値観に対応する）が行き詰まり、価値の多様性や相対性が強調されました。政治的、文化的な権威は否定され、難解な芸術に代わって広く大衆に訴えかけるポップカルチャーが台頭しました。また映像技術が発達し、人びとの生活は写真や映像の存在抜きには考えられなくなりました。産業社会から消費社会へと移行したのもこの時期のことです。ジャン＝フランソワ・リオタール（Jean-François Lyotard, 1924-1998）という思想家は、このような変化を近代的な政治、経済、

国家のシステムを中心とする「大きな物語」の時代から、そのような権威的なものの価値が疑われた後の、個人の経験からなる「小さな物語」の時代への移行として説明しています。同様のことは、歴史認識についてもあてはまります。政治学者のフランシス・フクヤマ（Francis Fukuyama）は、冷戦（という「大きな物語」）の終結をもって近代的な「歴史」が終わったと語っています。こうしたさまざまな近代的な制度の「終わり」が、ポストモダンの重要な特徴を成しているのです。

それでは、文学の世界においては「モダン＝近代」とともに何が終わったのでしょうか。少し奇妙に響くかもしれませんが、それは「作者」です。もちろん、誰か特定の作者が死んだというわけではなく、「作者」というもののとらえ方が決定的に変化してしまったのです。このような考えを明確に打ち出したのは、フランスの批評家ロラン・バルト（Roland Barthes, 1915-1980）が1967年に発表した「作者の死」（"La mort de l'auteur"）という論文です。まずは彼によって「作者」がどのように説明されているかを見てみましょう。

>　作者というのは、おそらくわれわれの社会によって生みだされた近代の登場人物である。われわれの社会が中世から抜け出し、イギリスの経験主義、フランスの合理主義、宗教改革の個人的信仰を知り、個人の威信、あるいはもっと高尚に言えば、≪人格≫の威信を発見するにつれて生み出されたのだ。(p.80)

バルトは、このように「作者」という概念は近代的な「個人」の主体を前提とした歴史的産物であると主張しています。したがって、彼によるならば、「近代」の終わりとともに「作者」という概念も無効になることになります。われわれは「作者」というものを歴史と関係なくつねに存在するものと思いがちですが、実際にはそれは「近代」という限られた期間においてのみ有効であった概念なのです。逆に言えば、われわれがいまだ近代的な思考の枠組みにとらわれているからこそ、「作者」というのが当然存在する概念のように感じられるのです。「作者」概念が「近代」という時間と深く結びついた現象であることを知るためには、その前後の時代において、それがどのようにとらえられていたのかを考えなくてはなりません。そこで以下に、「近代以前（プレモダ

ン)」「近代（モダン）」「近代以後（ポストモダン）」と便宜上３つの時代区分を設けて、それぞれの時代において「作者」という概念がどのようにとらえられていたのかを見ていきたいと思います。

　近代以前の「作者」の概念についてはさまざまな説明の仕方がありますが、ここではほかの時代との違いをはっきりさせるために、古代から中世にかけての民話や伝承の成り立ちを例として考えてみたいと思います。たとえば、「桃太郎」や「浦島太郎」は誰でも知っている物語ですが、作者は誰かわかりません。このような昔話や伝承は複数の人間の手によって語り伝えられていくうちにしだいに形が整えられていったので、「作者」が誰かということより、それがどのような話でどのように伝えられてきたかということの方が重要なのです。したがって、「作者」「読者」および「物語」の関係は次のように整理できます。

真実＝物語　→　(複数・匿名の)話し手・作者　→　聞き手・読者

　この図式に、「作者」/「読者」という対立だけでなく、「話し手」/「聞き手」というペアを書き加えたのは、たいていの民話や伝承はそれらが文字によって書かれる前に口頭によって伝達されているからです。上の世代から下の世代に語り伝えられたことが、どこかの時点で誰かによって物語として書きとめられるのです。ですので、このモデルにおいて「話し手・作者」と「聞き手・読者」の関係は曖昧です。たいていの場合、物語を書いた「作者」はどこからかその話を聞いた「聞き手」でもあり、「聞き手」も「物語」になんらかの要素を加える可能性をもった「作者」であるからです。

　このように「作者」は、一人ではなく複数の存在になります。また、この図式は左側の「真実＝物語」を起源とし、長い時間をかけて右側の「読者」の方へと伝わっていく過程を示していますが、伝言ゲームのように人から人へと伝わるあいだに「物語」も変形し、なかにはまったく別の結末をもった「物語」が生まれる場合もあります。したがって、源泉は一つでも、「物語」は水脈のように分岐し最後の形態は複数なのです。

第7章　作者の死と読者の誕生

このように、近代以前の「物語」において「作者」は起源のはっきりしない存在であり、オリジナリティや想像力を備えた個人としては認識されないのです。なお、上の図において「真実＝物語」と書いたのは、近代以前において「フィクション」と「世界」はきわめて密接に結びついたものであるからです。ギリシア神話や『古事記』には、想像の産物でしかありえないような奇想天外な出来事がたくさん記されています。しかし、それらは根拠のない作り事ではなく、世界の成り立ちを伝える真実として書かれているのです。

　その後「作品」がひとりの個人によって作られるようになってからもしばらくは、「作家」が職業の一つとして社会的なシステムに組み込まれることはありませんでした。「作者」は真実を作り出す者というよりは、真実を探求しそれを伝える伝達者の役割を担うことが期待されていたのです。「作者」という主体を形成したのは、「個人」という単位を基礎とした近代のさまざまな政治的、社会的な制度であり、神話的、宗教的な世界観から切り離された世俗社会の成熟です。それまで作品は必ずしも「読者」に向けて書かれたわけではなく、「真実」を書きとめるため、あるいは「神」への信仰の一環として書かれていたのでした。「読書」という習慣の一般化には、15世紀のグーテンベルク(Johannes Gutenberg, 1398?-1468) による印刷法発明以来の技術の発達が大きな役割を果たしています。タイトルとともに表紙に印刷された「作者」の名前は、それを特別なものとするのに貢献したのです。

　また、西洋諸国で著作権という概念が18世紀に生まれ、しだいに浸透していった事実も見逃せません。著作者が特定可能な市民でなければこのような権利についての問題意識も生まれないでしょう。著作権とは近代的な「作者」や「作品」のモデルを法的に確立した制度であったと言っていいのです。このような制度や技術が、物語の作り手としての「作者」という「近代」の「登場人物」を作り出しました。このモデルにおいて「作者」「テクスト」「読者」の関係は次のように整理できます。

真実＝作者 → テクスト → 読者

先ほどの図と比べてみてください。「作者」の位置が変わっていることがわかると思います。この近代的なモデルにおいて、一個人である作者はいわば創造主＝神の位置を占め、テクストはその作者の意図を正確に反映することが想定されています。読者はテクストを正確に読み込むことによって真実に近づくことができるのです。作者は絶対的な存在であり、「作品」はどのような改変もきかない完成物です。読者はそれにいかなる変更も加えることができない受動的な存在にとどまります。

またこれと関連したことですが、「近代」において「真実」は「作者」によって意図されたものです。「作者」がそれを十分に表現できていなかったり、「読者」がきちんと文意を受け取れないがために伝達の失敗は起こるかもしれません。しかし、理想的には、作者が意図している「真実」を十分に表現し、読者が深い洞察をもってそれを受け取ることが期待されているのです。

このようなモデルにおいて、「真実」の担い手としての「作者」は絶対的な地位を占めます。19世紀のフランスの小説家のスタンダール（Stendhal, 1783-1842）は、自らの作品の冒頭や結尾に "To the Happy Few" という言葉を英語で書き入れるのを好みましたが、これは自分の作品の真の意味を理解できるのは「数少ない幸福な人々」だけであるということです。ここには自らの作品に対する絶対的な権威として君臨する作者の姿が見てとれます。また、先ほどの「前近代」の図式と同様、この図式においても左側から右側へと時間が流れていますが、今度はその時間的な幅が相当短縮されていることに注意しなければなりません。物語が出版物を媒介として流通することによって、作者から読者へと届けられるスピードは格段に速くなりました。

この近代的な作者と読者の関係を、もう少し身近な例で説明してみましょう。中学や高校の「国語」のテストで、「作者の意図」を問う問題に出会ったことはないでしょうか？　このようなテクストと作者の関係の見方は、上の「近代的な」図式を暗黙のうちに前提としています。なぜなら、「作者の意図」をテクストから探ることができるためには、「作者」はテクストの意味をすみずみまでコントロールするような存在でなければならないからです。中学校や高校の国語の試験というのは、この点できわめて近代的な「作者」像に従って

いるということができます。もっともこれは、中等教育の国語の問題だけではありません。バルト自身も述べているように、現代でも「文学」の基本的なイメージは近代的な「作家」像をもとに構築されているのです（pp.80-81）。これは客観的に正しいとか正しくないかを判断できる問題ではなく、「作者」をどう認識するかという問題です。

そして、「近代以後」すなわちポストモダンの時代が来ます。先に述べたようにポストモダンとはさまざまな権威を疑い、打ち壊した時代であり、「作者」という存在もその懐疑の対象となりました。しかし、作者に対して誰かがその権威を否定したというよりは、作者自身が真っ先に自分たちの権威を否定するようなテクストを産出したと言った方がいいかもしれません。自らの文学的な権威を疑うような文学テクストというのは、20世紀のはじめ頃からガートルード・スタイン（Gertrude Stein, 1874-1946）やジェイムズ・ジョイス（James Joyce, 1882-1941）などの前衛的な作家たちによって脈々と産み出されていましたが、1960年代の作家たちはより自覚的な文学的実験を通じて「作者」像の破壊を実践したのでした。バルトのエッセイはそのような文学作品によって示された問題提起に呼応しています。

バルトの主張する「作者の死」の要点は、「作者」と「書かれたもの」の関係の逆転です。ポストモダンにおいては、「書かれたもの」が「作者」に属しているのではなく、「作者」こそが「書かれたもの」に従属しています。このことを前二例にならって図式化すると次のようになります。

読者 → テクスト → 作者

これは奇妙だ、と思われるかもしれません。テクストというのは作者が書いたものに相違ないからです。しかし、この図式が示しているのはそのような因果関係ではないのです。言語というのは書き手や話し手がいかに意味をコントロールしようとしても自然と多義的になってしまうのであり、「作者」はテクストに対して従属的であるのです。ここでは、テクストに「作者」の生身の人生が直接反映されるという考え方は完全に退けられています。代わって、重要な役割を果たしているのは「読者」です（これについては、次節で詳しく検討しま

す)。この図式においては、テクストは「作者」という一つの起源によって決定されるものではなく、「読む」という多様さを含んだ行為によって、さまざまな意味の可能性を生み出す場となるのです。

　バルトの「作者の死」の翌年、やはりフランスの哲学者・批評家であるミシェル・フーコーは「作者とは何か」("Qu'est-ce qu'un auteur?" 1969) という論文でバルトに応答し、そこで「『作者』という機能」の問題を歴史的に分析しています。フーコーが「歴史」と呼ぶものは、過去の出来事を時系列や因果関係に従って整理したようなものではありません。『言葉と物』(Les mots et les choses 1966) などの著作でされているように、彼の歴史的方法は、ある特定の時期の特定の地域に流通していた言説(ディスクール)を支配する知の構造(エピステーメー)を整理し、記述することです。たとえば、われわれはふつう「人間」という言葉を、歴史的な影響とは無関係な、どの時代にも普遍的に妥当するものとして考えます。しかし、それは「言葉」が「もの」と一対一に対応しているというわれわれの素朴な信念に基づいた誤解なのです。「人間」という言葉の指示する内容は歴史とともに変化し、その言葉が社会とのあいだにもつ関係も変わります。フーコーによるならば、「人間」という概念が中心的であったのは「近代」という時代に限られており、それは20世紀の半ばすぎにおいて終わりを迎えたものであるのです。これはバルトの「作者の死」とも通じる考え方であって、したがって、フーコーはバルトの主張に共感し、それに応答する論文を書いたのです。

　「作者とは何か」において、フーコーは「人間」としての作者のイメージを遠ざけ、「作者の機能が作用する位置」を分析しています (p.372)。このように「作者」を生身の人間としてではなく社会のうちで機能する制度としてとらえている点で、彼はバルトと問題意識を共有していると言えるでしょう。フーコーは、＜だれが話そうとかまわないではないか＞という「無関心」に「今日のエクリチュールの倫理的原則」があると主張します (p.372)。これは、バルトの「作者の死」を別の観点から言い換えたものです。物語を語る主体としての作者ではなく、語られた言葉のみがフーコーの検討の対象となるのです。このとき、「誰が話したか」ということは重要な問題とはなりません。「何が話されたか」ということのみが問題なのです。

第 7 章　作者の死と読者の誕生　**159**

このような「作品」に先行しそれを支配するものとしての「作者」という概念の消滅は、1960年代における「解釈」という行為の変化と密接に結びついています。「テクストを解釈する」という態度が知らず知らずのうちに前提としているのは、テクストには作者によって仕組まれた真の意味があるという考え方です。「作者の死」以降、そのような前提はもはや成り立ちません。実は、バルトの「作者の死」に先立つ1966年、スーザン・ソンタグ（Susan Santag, 1933-2004）は現代を「解釈の試みが主として反動的、抑圧的に作用する時代である」とし、「解釈とは世界に対する知性の復讐である。解釈するとは対象を貧困化させること、世界を萎縮させることである」と主張していました（pp.22-23）。彼女は解釈を、多義的・多形的なテクストに一定の型を押しつけることによって「世界」を単純化する抑圧的なものとしてとらえたのです。
　テクストはときに沈黙し、逸脱する多形的なものです。読者はそこにすら意味を見出し、解釈することもできるでしょう。しかし、それらを単に沈黙であり、逸脱であると認めるとき、テクストは読解不可能な言葉の連なりとして立ち現れることになります。そのような自分の理解可能な領域から逃れゆくテクストは、しばしば「物質性」や「他者性」という言葉と結びつけて表現されます。言葉はいつも解釈可能なものとは限らないのです。ソンタグとバルトは、言語の物質性や他者性を擁護している点で、基本的な文学観を共有していると言えます。「作者の死」という考えはこのような1960年代的な知的風土から生まれてきたのであって、バルトによって突然に考え出されたものではありません。言い換えれば、「作者の死」に先立って「解釈」に対する懐疑が存在していたのです。「作者の死」とは「作者」という権威的な主体を遠ざけることで、テクストを「解釈」から解放するための方法であったと言えるでしょう。[1]
　以上、駆け足で「近代以前」「近代」「近代以後」における「作者」概念の変遷を見てきましたが、われわれが当然のものと考えている「作者」という存在も時代とともにその役割が変化してきたことがわかると思います。このような変化は当然、読むことをめぐる環境にも影響を与えずにはいません。そこで、今度は「作者」から「読者」に軸足を移し、ポストモダン以降どのような変化が見られたのかを考えてみます。

2 ≫ 読者の誕生

「作者」の退場とともに、舞台に登場したのは「読者」です。テクストから作者の側へと遡りどのように読むべきかを決定することが不可能であれば、テクストがどのように読まれうるか、そのさまざまな可能性に思いをめぐらせるよりほかはありません。あまり注目されることがないのですが、バルトは論文「作者の死」の末尾において「読者の誕生」を宣言しているのです。

　　一編のテクストは、いくつもの文化からやって来る多元的なエクリチュールによって構成され、これらのエクリチュールは、互いに対話をおこない、他をパロディー化し、異議をとなえあう。しかし、この多元性が収斂する場がある。その場とは、これまで述べてきたように、作者ではなく、読者である。(pp.88-89)

「エクリチュール」とはフランス語で「書かれたもの」という意味です。先ほど見たように、バルトはテクストを「作者」の支配から解放しました。いわば、「作者」の目的語であった「書かれたもの」を主語の側へと転倒したのです。この転倒の試みの一環として、彼は「読者」を前面に押し出しました。したがって、前節にならって図式を描いてみるなら次のようになるでしょう。

読者 → テクスト → 作者

テクストは、ここでは「読者」の読む行為によってしか生まれない一回ごとの現象です。この図式から「真実」の項が抜け落ちているのは、このようにとらえられたテクストをめぐる唯一絶対の「真実」など存在しないからです。

しかしながら、「読者の誕生」という言葉も「作者の死」という言葉と同じくらい奇異に響くでしょう。「読者」は書き言葉が誕生して以来ずっと存在するものだからです。われわれは、ふつう小説なり詩なりを作者が書いたから存在するものだと考えています。もちろん、それは間違いではありません。しかしバルトは、「作者」ではなく「読者」を起点にしてテクストを眺めることを提案します。小説は読まれることによってはじめて存在するのであり、その読

まれ方が多様である限り、一冊の書物もさまざまな形をとって立ち現れるのです。「読書」という行為を起点としてとらえたとき、すでに書かれた書物ではなく、読むという一回ごとに異なる経験を文学という現象と考えることができます。「読書」という行為に先立って文学は存在しないのです。あるいは、読者の数だけ文学が存在するというわけです。

「読者」の機能に注目したのはバルトだけではありません。「作者の死」が書かれたのと同じ頃、ドイツ南西部のコンスタンツに新たに創設された大学において「読者」について熱く議論を戦わせた批評家たちがいました。戦後ドイツ哲学の解釈学の流れを受けて、「受容理論」という批評方法を創出した人文学の教授たちです。このなかでも、ハンス・ロベルト・ヤウス (Hans Robert Jauss, 1921-1997) とヴォルフガング・イーザー (Wolfgang Iser, 1926-2007) という2人はとくに重要です。彼らは文学の受容する「読者」の役割に着目し、アメリカの批評家たちとも連帯しながら、それを探究しました。

ヤウスは『挑発としての文学史』(*Literaturgeschichte als Provokation der Literaturwissenschaft* 1970) の日本語版序文において、「文学と芸術の歴史は、総じてあまりに長い間、作家と作品の歴史であり続けた」と指摘しています (p.v)。「作者」と「作品」の関係を解き明かすことに力を注いできた伝統的な批評は「作者の意図」を重要視し、それを正しく推し測ることを目指してきました。ヤウスはことに伝統的な文学史の叙述が、社会的な発展の文学への反映を基軸としたものであったという問題を指摘しています。というのも、「文学や芸術は、作品を受け容れ、享受し、判断を下す人びとの経験を媒介として、初めて具体的な歴史過程となる」からです (p.v)。このようにとらえるとき、文学史は過去と現在のあいだをつなぐ架け橋となります。なぜなら、それは過去の作品と等しく現在の読者にも関心を払うからです。ヤウスは、「読者、聴衆、観客」を「作家」と「作品」を中心とする文学や芸術の研究のなかの「第三階級」と呼び、「作家」という君主に忠誠を誓う被支配者になぞらえました。受容理論は、そのような周縁的な立場からの文学史のとらえ直しを図っています。

ヤウスが文学史を読者の視点から書き直そうとするのに対し、イーザーは

「読む」という行為の機能に注目します。その主張の中心となるのは「内包された読者」という概念です。われわれはふつう、「読者」は作品が書かれた後に登場するものだと思っています。しかしイーザーの意見は違います。彼は、テクストは「読者」の存在を前提として書かれるのだから、それはすでにテクストに「内包」されているのだと主張するのです。イーザーは、このようなテクストのしくみを「作品の呼びかけ構造」と呼んでいます。[2]「読者」は作品のなかに開けられたいくつもの「空白」を自分の読書の過程で埋めていく必要があります。そのような「空白」は、作者によって意図的に空けられた場合もあれば、そうでないこともあります。しかし、いずれにせよ、作者が書いたものにはこのような「空白」が必然的に空いてしまうのであり、読者はそこを埋めていかなければならないのです。この考え方によるならば、テクストは実際に作者以外の人間に読まれる前から「読者の創造的な参加」を構造的に必要としていると言うことができます。

　このような「作品の呼びかけ構造」と「読者」の相互的関係はポストモダン文学にのみ見られるものではなく、あらゆるフィクションに程度の差はあれ存在するものです。実際イーザーは、ロレンス・スターン (Lawrence Sterne, 1713–1768) からヘンリー・ジェイムズまでさまざまな時代の作品の例を引いています。しかし、ポストモダン文学がもっともはっきりとした形で「作者」や「読者」の概念の破壊を試みているのは間違いありません。彼らは自ら「作者」の権威を否定し、作品の構築を読者にゆだねようとしたのであり、「作者の死」や「読者の誕生」を実践的に示したと言えます。たとえば、アメリカのジョン・バース (John Barth) という作家は1968年の『ファンハウスで迷子になって』(Lost in the Funhouse) で次のように「呼びかけ」ています。

　　　おい、読者！　どんなにけなされても辛抱強くついてくる活字中毒者め。そう、お前だよ。化け物じみたこの作品からおれが呼びかけているのは！　ってことは、ここまでお前はおれを読んできたってわけだな。こんなに読んだのか？　いったいどんな風の吹きまわしで？　なんで映画に行ったり、テレビを見たり、壁を眺めたり、友達とテニスしたりしないんだ。おれの恋愛話なんか聞いてないで、自分の好きな子でも口説いたらどうだ？　(p.127, 拙訳)

ここでは「作者」と「読者」の関係におもしろい現象が起きています。一方で、バースは作品のなかから作品の外にいる「読者」に呼びかけ、テクストへの参加を要請しています。しかし他方で彼は小説を読むのをやめて外に出たらどうだ、とぶっきらぼうな口調で中断を促しています。もちろん本当に読書を中断してテレビを見たら作品を読むことはできないから、読者は「作者」による抵抗を感じながらも読みすすめなくてはなりません。物語のおもしろさに引き込まれるあまり「寝食忘れて」没頭するような作品とはまったく対極的に、このバースの作品は作品のなかに入ろうとする「読者」をその入り口で拒もうとするのです。そのようにして、バースは「読者とは何か」という問題そのものを読者に突きつけます。

　もう一つ、イタリアのポストモダニストとして有名なイタロ・カルヴィーノ (Italo Calvino, 1923-1985) の『冬の夜ひとりの旅人が』（*Se Una Notte D'inverno Un Viaggiatore* 1979）という作品の冒頭を読んでみましょう。

> 　あなたはイタロ・カルヴィーノの新しい小説『冬の夜ひとりの旅人が』を読み始めようとしている。さあ、くつろいで。精神を集中して。余計な考えはすっかり遠ざけて。そしてあなたのまわりの世界がおぼろにぼやけるにまかせなさい。ドアは閉めておいたほうがいい。向こうのへやではいつもテレビがつけっぱなしだから。(p.9)

　この作品もまた「作者」が「読者」に呼びかけていますが、バースの呼びかけと違ってずいぶん紳士的です。バースは「テレビでも見たら？」と読者を突き放すのに対し、カルヴィーノは違う部屋ではテレビがついているからドアは閉めなさい、とアドバイスしています。「テレビ」という娯楽の手段から読者を引き離し、小説の世界に誘い込むかのようです。静かな個室での読書に誘うカルヴィーノはさぞおもしろい物語を用意しているのにちがいない、と読者は期待をすることでしょう。

　しかし、『冬の夜ひとりの旅人が』という作品をしばらく読んでみると、入っていくべき物語の外枠がはっきりせず、いつまでもこの「作者」が「あなた」と呼びかける「読者」の周りを回り続けることに気づきます。「物語」を

読もうとする読者はその入り口まで来ながら絶えず引き返すテクストに辛抱強く付き合わなくてはならないのです。このように「物語」をめぐる環境についての言説が積み重ねられていくのがポストモダン小説の特徴です。しかし、そのテクストの戯れのもつ「おもしろさ」は（テレビ番組的な「おもしろさ」とはまったく対照的に）「退屈さ」にきわめて近く接近しながら、小説の成り立ちそのものに「読者」の関心を引きつけようとします。

　ポストモダン小説において、それまで目に見えない存在であった「読者」はテクスト内で意識される存在となったのです。そして、「物語」を語ることの権利を放棄したかに見える「作者」から、「物語」の空白を満たし、自由に構成する権利を得たのです。それは「作者」という君主に対して、「読者」という市民が起こした革命と考えることもできるでしょう。

3 ≫ ポストモダン以後：作者＝読者のネットワーク

　バースやカルヴィーノの例で見たように、典型的なポストモダン小説は「物語」を回避し続け、その構造に読者の目を向けさせようとします。しかしながら、人間の「物語」への欲望は強い。「ベタ」だとわかっていても、泣き、笑うための「物語」を人は求めるのです。実際20世紀後半において、上に例を引いたようなバースやカルヴィーノの実験的な小説が書かれる一方で、「探偵小説」「SF」「ファンタジー」「児童文学」などのジャンルもの、さらにはこれらのどれかに属するわけではないですが、わかりやすいプロットによって構成された「大衆小説」や「エンターテイメント小説」が分岐し、発展をとげました。

　もちろんこのようなカテゴリーに分けることのできないようなユニークな作品はたくさん存在しますが、これらのうち多くの作品はいくつかの内在的なルールに従うことで、読み手が安心して「物語」に身を委ねることができるしくみができています。そして、多くの読者は、能動的な「参加」を強いられるようなポストモダン文学よりも、安心して消費できるようなわかりやすい物語を好んだのです。[3]たとえば「探偵小説」ではさまざまなヴァリエーションはあ

第7章　作者の死と読者の誕生　　165

るにせよ、必ず「事件」が起き、その犯人を推理するという骨格は変わりません。そのため、読者は興味のもって行き方を最初から決められています。言い換えれば、このような小説においては、伝統的な小説に比べて読者の自由度は低いのです。批評家は長いあいだこのような「大衆向け」の小説を熱心に論じてはきませんでしたが、状況は徐々に変わりつつあります。

　後期資本主義社会の特徴は「消費」を中心とする構造、すなわち消費者のニーズが生産の形態を決定する構造ですが、この影響は文学の世界にも及んでいます。すなわち、「作者」が何を書きたいかあるいは書くべきかではなく、「読者」がどのような物語を欲しているかという問題が先行するようになってきたのです。もちろんこれは受容理論とはまったく異なる読者の中心性です。ここでは読者はテクストの「空白」を埋めるような積極性をもった主体ではなく、明確なパターンによって構成された「物語」を求める消費者です。「消費物」として流通する「物語」には読者によって受け取り方の違いが生じるような余地はなく、むしろ「作者」は「読者」の期待しているように書き、「読者」は「作者」の期待しているように受容するという循環を構成します。このような循環が成立する条件は、「作者」や「読者」に先立つ物語のパターンが広く共有されていることであり、おそらくこのようなパターンの最大の供給源の一つはハリウッド映画ということになるでしょう。文化のグローバル化は必然的に物語を消費の対象に変えてしまうのです。

　もちろんこれは大雑把な議論であって、なかには複雑さや難解さを抱えるエンターテイメント小説も存在するし、そのようなものを期待する読者の数を低く見積もりすぎてはいけません。しかし全体としては、現代の小説が前衛的な難解さで読者を驚かせるということは少なくなってきていると言えるでしょう。バースやカルヴィーノの小説は小説という形式における実験性という点では一つの極点であり、彼ら以降の小説を、単純に内容的、技法的な新しさで測ることはできません。小説はしだいに新奇さを失いつつあり、もっと前の時代から受け継がれたさまざまな物語のパターンの組み合わせに依存するようになってきています。「小説」の原語である"novel"は「新しいもの」という意味ですが、その意味では「小説」は終わりを迎えつつあるジャンルなのかもし

れません。

　文学的な表現に新奇さが見られなくなった一方、文学をめぐるメディア的環境は著しく変化しました。たとえば、原作をもとにしてそれをさまざまなメディア媒体で表現するメディアミックスという手法がさかんに用いられるようになると、メディアの特性によって作品が二次的、三次的に脚色（アダプテーション）され、制作に関わる人数も増えました。このような状況では作品の輪郭は曖昧なものとなり、原作者の絶対的な地位は揺らぎます。かつて小説の映画化作品の価値は原作にどれだけ「忠実か」ということで測られることが多かったのですが、今では、大胆かつ戦略的な逸脱が評価されることもあります。また同一のコンテンツが異なるメディアで消費されることを最初から見越して作品が制作されることも出てきました。このような現象は、脚色作品が単に原作に付随するものではなくなってきていることを示しています。このような状況下において「作者」の存在は、さまざまなメディアミックス・プロジェクトの一要素となります。

　書く側だけでなく、読む側の環境もメディアによって大きな影響を受けています。読書は、かつては孤独な営みとして思い描かれたものですが、今では集合的な読者を産み出すさまざまな装置が存在します。黒人女性のオプラ・ウィンフリーの司会するアメリカの人気テレビ番組、オプラ・ウィンフリー・ショー（*Oprah Winfrey Show* 1996-2011）は、オプラズ・ブック・クラブ（"Oprah's Book Club"）という看板コーナーで、番組の続いた15年間で70冊の本を紹介しました。このコーナーで取り上げられた本はたちまちベストセラーになり、オプラは「もっとも有名な読者」と呼ばれるようになりました（Minzesheimer）。またこの番組の影響で全米にさまざまなブック・クラブが現れ、番組の選んだ本について討論するという現象が見られました。2005年の8月には難解さをもって知られる作家ウィリアム・フォークナー（William Faulkner, 1897-1962）の3冊が選ばれましたが、出版社のヴィンテージ（Vintage）はこの3冊のボックスセットを読書サークルのための手引きも封入して50万セット以上も売り上げたのです。このことは、現代において「作者」と「読者」のあいだに介在するメディアが重要性を増していることを物語っています。

第7章　作者の死と読者の誕生

たとえ近所にブック・クラブが存在しなくても、読書は必ずしも孤独な作業に終始するとはかぎりません。英語圏では 2007 年に Goodreads.com という読書の感想を登録するウェブサイトが出現し、現在利用登録者約 20 万人を抱えるまでに成長しています。これは一冊の本ごとに一つ一つのページを割り当てて、そこに利用者が感想を書き込んでいくきわめてシンプルなしくみのウェブサイトですが、さまざまな感想が積み重ねられていくことによって、集合的な解釈共同体ができ上がっています。ここでは、かなりマイナーな作品にでも読書仲間を見出すことができるでしょう。「読者」の集合性がウェブによって確保されているのです。このサイトにおいては、「読むこと」をめぐる連鎖反応がしばしば起きます。「読者 A」が「読者 B」による感想を読んでそれについてコメントし、さらに「読者 C」が感想を述べ……という具合です。このような集合的な読みによって、読書体験はしばしば深みや広がり、批評性をもつものに転化します[4]。

　これらの例は、すでに出版された作品に対するウェブの環境です。しかし、作品の側がメディアにアプローチする例もあります。権威あるピューリッツァー賞を受賞したこともあるジェニファー・イーガン（Jennifer Egan）は、アメリカのもっとも権威ある文芸雑誌の一つである『ニューヨーカー』(*The New Yorker*) のツイッター・アカウントを使って「ブラック・ボックス」("Black Box" 2012) という作品を発表しました。イーガンの「つぶやき」は 2012 年 5 月 24 日の午後 8 時に始まり、10 日間にわたって 8500 字の短編小説として完結するまで、毎夜一時間ほど続きました。イーガンはこれまでも自分の作品にパワーポイントだけで成り立つ章を入れたりと新しいメディアを意識した試みを行ってきましたが、このツイッター小説は文学をめぐるメディア環境を問い直す実験と言えるでしょう。この企画は事前に『ニューヨーカー』誌のウェブサイトやその他の報道機関によって広く報道されており、作品の発表はそれ自体が一つの「イベント」となりました。ツイッターをリアルタイムで読んだ読者は、作者が投稿するのをほとんど間をおかずに読むという作者との時間の共有を味わったに違いありません。もちろんイーガンは事前に原稿を推敲していましたが、作者の発信と読者の受信がほぼ同時ということは、すでにでき上

がった作品を読むのが普通であるわれわれの感覚に新鮮な驚きをもたらしました。

　このようにインターネットは伝統的な「作者」と「読者」の概念を打ちこわしました。同時に、それは両者の境界を曖昧なものとすることにも大きな役割を果たしていることを指摘しなければいけません。ウェブ上では誰もがブログやツイッターを通じて世界に自分の言葉を発信できるのであり、そのことに何の資格もいりません。この節の最初にふれた現代における「物語」の類型化も、おそらくそのことと関係があります。誰もがすぐに理解し感情移入できるような「物語」は作りやすく、流通しやすいものです。それはあたかも商品のように日々生産され消費されます。大塚英志が『物語消費論』（1989）およびネット社会の現状をふまえたアップデート版である『物語消費論改』（2012）で示していますが、現代の「作者」も「読者」もおしなべてこの「物語」の影響下にあります[5]。といってもあれやこれやの具体的な「物語」が重要なのではなく、類型的なパターンにすべての事象を回収しようとする「物語化」とでも言うべき重力が全体にかかっていると言うべきでしょう。「作者」は「読者」の欲望を先回りして読み、それに応える「物語」を提供するのです。したがって、本章が最後に掲げる定式は次のようなものです。

$$（物語（化））\rightarrow \boxed{作者} = \boxed{読者}$$

　「現実」も「フィクション」もすべてを同等にテクストとして処理するインターネットというメディアは、確実にわれわれの外界や自己の認知に影響を与えています。たとえばこの原稿を執筆している現在、インターネットを見ると、シリアにおける化学兵器使用の問題と人気テレビドラマの人物の運命が、それぞれひとつの項目として同等の重さで扱われているのがわかります。そのような重さの画一性が世界から重力を奪うのであり、たとえばすべてを140字という制限字数のうちに表現するツイッターのようなメディアを可能にしているのです。このようなフラットな世界はすべての出来事を「物語」に還元する傾向がどうしても生まれてしまいます。つかみどころのないネットの大海で

人々がしがみつくのはパターン化された「物語」です。インターネットという新しいメディアは、すべての出来事から「物語」に回収できないような特異性を抹消してしまうのです。
　そればかりではありません。フェイスブックなどで自分を類型化することが日常的となった世界では、「私」や「あなた」のような具体的な個人の生も消費の対象となります[6]。今ではそのような自己認識がリアリティを持っているのであり、そのことへの違和感はしだいに消滅してきています。カロリー摂取量や読書ページ数などで自分の生活を記録する「ライフログ」の流行は、多くの人が進んで自らの人生をデータ化していることを物語っています。言葉による記述よりも、万人に理解可能な数字の抽象性の方がリアリティを持っているのです。「個性」は既成の「キャラ」の、「ライフコース」は既成の「物語」の組み合わせで表現されてしまいます[7]。このような現状を踏まえ、坂上秋成は21世紀の小説のあり方について論じた文章のなかで「個人の内面を単一のものとして掘り下げることに依存するような小説が無効化されつつある」と主張しています（p.90）。
　たしかに、個人のうちに「単一の内面」を想定するのは時代錯誤でしょう。「個人」はすでに複数の機能をそなえ、複数の世界に接続されているのであって、そのことから目を背けるわけにはいきません。小説家の平野啓一郎は『私とは何か』（2012）という評論において、単一の個性を持った主体としての「個人」という概念の限界を論じ、環境に合わせて複数のキャラクターを包摂する「私」を言い表す言葉として「分人」という概念を提出しました。多重人格（解離性同一性障害）というさまざまな人格が一人の個人に同居する精神病があり、もちろんこれは制御できない病なわけですが、「分人」は多様な人格を意識的に使い分けることを指しています。
　もちろん、家族と一緒に過ごす時と他人と接する時では、誰でもコミュニケーションのとり方は違います。しかし、平野が指摘しているのはもう少し細分化された「キャラクター」の使い分けであって、「プライベートな自己」と「社会的自己」の二分法だけでは足りないような複雑な人格の組み立て方のことを指しています。たとえば、「プライベートな自己」についても、個人の他

者との関わり方が多様化し、異なるグループの人間に異なる「人格」で接することの社会的要請は強くなっています。「リアルな世界」における自己と「ネットの世界」における自己の使い分けもしばしば指摘されます。一つの人格を24時間365日維持しながら生きるのはそれだけ難しくなっているのです。現代においては個人を個人たらしめる他人とは区別された個性というものは成立しづらく、誰もが理解可能な「性格」ばかりが個人の性格として認知されます。個性を言い表すものであるはずの「性格」が、まったく非個性的なものとなってしまったのです。フーコーが「人間の終焉」と呼んだような事態が具現化したのが、ウェブ以後の世界であるということもできるかもしれません。

　世界や個人はこのようにして理解可能な「物語」の組み合わせとなります。つまり、文学などなくとも「物語」は世界にあふれているのです。それは特定の個人によって語られるものではなく、誰が発したとも判然とすることのないまま人びとのあいだに共有されている、語る意識なく語られるような世界の了解の型です。インターネットの際立った特性が、こうした「共有」のグローバルな伝播にあることは疑いえません。

　しかしながら、「物語」が「常時世界と接続されていること」を肯定し続けるだけであれば、たとえそれがどれほど「世界」を覆いつくそうと、「世界」に何かを付け加えたりはできないし、ましてや「世界」を変革することはできません。「物語」と「世界」はお互いを参照しあう閉じた循環になってしまうでしょう。インターネットの時代において「物語」がデータベース化し、そこに「作者」と「読者」が同等の権利をもってアクセスできるようになったとしても、そのような資本主義的類型が示す「世界」はきわめて閉鎖的で有限なものです。

　インターネットの影響で人間は段々画一的になり、それとともに世界観や物語も画一的になるといった議論は今日よく見られ、おそらく真実の一面でしょう。しかし「世界」はつねに容易に理解されうるものではなく、「世界」から抜け落ちてしまうものや、類型化を拒む部分というものは確実に存在します。このようなもののために、「作者」＝「読者」や、「物語」＝「世界」という等号を断ち切るような文学は必要となるのです[8]。インターネットによる「接続」が常

態化した世界のなかで、文学は世界と自分との関係をどのように生産的に「切断」したらいいのかをわれわれに教えてくれます。

　「物語」の組み合わせによって思い描けてしまうような「世界」は単一的なものです。文学はわれわれを未知の「物語」に導いてくれるだけでなく、われわれがさまざまな「物語」にとらわれているということを明らかにします。これだけ「わかりやすい物語」に囲まれているなかで「よくわからない」ことに向かい合うのは骨が折れるし、不快でさえあるかもしれません。しかし、それこそが「知る」ことに課せられた真の試練というべきです。自分の知っている世界のうちにあることは「物語」のうちに留まることと同じです。奇妙に聞こえるかもしれませんが、文学のみがわれわれを「物語」から救うのです。あるいは、「世界」=「物語」を壊すような企てこそが文学と呼ばれるべきなのだと言ってもいいでしょう。そのような文学は、われわれが思い描くような「文学」のイメージとはまったく異なるものかもしれません。世界で流通しうるような単純な「物語」に回収できる画一性が「グローバル」と呼ばれるものの正体であり、「言語のグローバル化」や「グローバルな言語」に抵抗する読書を通じて、複数のものとして世界をとらえ、世界の複数性を表現しなくてはなりません。そのようにしてのみ「作者」と「読者」が等号で結ばれるような閉域をつかのま破ることができるのです。

Further Reading

- 石原千秋『読者はどこにいるのか——書物の中の私たち』河出書房新社，2009：近代文学における「読者」の重要性について、やさしく的確にまとめられた本。著者は日本文学者であり、芥川龍之介など近代の日本の小説を例に解説しています。
- ロラン・バルト『テクストの快楽』沢崎浩平訳，みすず書房，1979：忘却することと思い出すことのエロティシズムを伝える本書は「解釈」することの彼岸へ向けて書かれており、明晰な構造主義者とは異なるバルトの詩的側面を見せてくれます。
- 大塚英志『物語消費論　改』アスキー，2012：今、「物語」の現実に向かい合うためには、何をおいても大塚英志を読まなければなりません。この改訂新版は「ウェブ以降」の現実を反映した「序」を含んでいます。

Endnotes

▶ 1 バルト自体がセンセーショナルな受け止められ方をした「作者の死」という言葉を相対化するかのように、1971 年の著作『サド、フーリエ、ロヨラ』(*Sade, Fourier, Loyola*) のなかで「<テキスト>の快楽はまた作者の友人としての復帰をもたらす」と論じています (p.10)。もちろん、本論で述べたように、「作者の死」という概念が事実であるよりも方法論であるならば、このような言葉は「作者の死」における主張とのあいだに矛盾はありません。

▶ 2 「作品の呼びかけ構造」は、イーザーがコンスタンツ大学に就任した 1967 年に、教授就任講義として発表されました。それをもとにまとめた『行為としての読書』(*Der Akt des Lesens-Theorie Ästhetischer Wirkung* 1976)で彼は、文学テクストの意味はテクストと読者との相互作用の産物であると述べています (p.280)。

▶ 3 このことは、実のところジャンルものではない「純文学」と呼ばれる分野でも起きました。ディケンズ (Charles Dickens, 1812-1870) やバルザック (Honoré de Balzac, 1799-1850) などの 19 世紀の古典作品が 1990 年代から 2000 年代にかけてしばしば「物語の復権」のキャッチコピーと共に売り出されたのは象徴的です。

▶ 4 日本語のウェブ環境においても、「ブクログ」や「読書メーター」などの類似サイトがあります。

▶ 5 『物語消費論　改』は、「『作者』になりたい」という近代的な欲望を、ウェブが「解き放った」と論じています。「今や、ぼくたちは NTT やプロバイダーに料金さえ払えば誰でも『作品』も『私のプロフィール』もつぶやきも流言飛語も自由に発信することができる。『書く』という欲望と『公にする』という欲望がただちに結びつく仕掛けが万人に開かれている」(p.7)。しかし、万人がかつての「作者」のような才能を備えているわけではないから、「分かり易いストーリーと世界像」が広く流通することになるのです (p.19)。

▶ 6 1990 年代以降さまざまな形で発展した「リアリティ番組」は、人の人生を覗き見ること自体を商品として提供しています。ピーター・ウィアー (Peter Weir) 監督の『トゥルーマン・ショウ』(*Truman Show* 1998) は自分自身の生活もまたフィクションに過ぎないのではないか、という大衆の不安をたくみに表現しています。

▶ 7 若者の「キャラ化」や多重人格について論じた斉藤環の『キャラクター精神分析』(2011)、そしてそれらの議論の理論的な基盤となっている東浩紀の『動物化するポストモダン』(2001) などを参照。

▶ 8 もっとも、インターネットの登場を待たずとも、後期ポストモダン以降物語の類型化が進んだことはしばしば指摘されてきました。たとえば蓮實重彦の『小説から遠く離れて』(1989) は、井上ひさし、村上春樹、丸谷才一などの 80 年代の小説家が、見かけ上は違っても構造的には同じ「物語」によって作品を構成していることを指摘しています。また、同著者による「物語」についてのより理論的な批判は、『物語批判序説』(1985) に読むことができます。

Bibliography

Barth, John. *Lost in the Funhouse*. New York: Anchor, 1988.
Minzesheimer, Bob. "How the 'Oprah Effect'" Changed Publishing." *USA Today*, Web. 10 September 2013.
東浩紀『動物化するポストモダン』講談社, 2001.
イーザー, ヴォルフガング『行為としての読書――美的作用の理論』轡田収訳, 岩波書店, 1998.
大塚英志『物語消費論』新曜社, 1989.

──.『物語消費論改』アスキー，2012.
カルヴィーノ，イタロ『冬の夜ひとりの旅人が』脇功訳，筑摩書房，1995.
斉藤環『キャラクター精神分析 マンガ・文学・日本人』筑摩書房，2011.
坂上秋成「ラズノレーチェが運ぶもの 新たな小説への三つの提案」『ユリイカ 特集10年代の日本文化のゆくえ』青土社，2010，pp.86-91.
ソンタグ，スーザン「反解釈」『反解釈』高橋康也訳，筑摩書房，1996.
蓮實重彦『小説から遠く離れて』日本文芸社，1989.
──.『物語批判序説』中央公論社，1985.
バルト，ロラン「作者の死」『物語の構造分析』花輪光訳，みすず書房，1979.
──.『サド、フーリエ、ロヨラ』篠田浩一郎訳，みすず書房，2002.
平野啓一郎『私とは何か──「個人」から「分人」へ』講談社，2012.
フーコー，ミシェル「作者とは何か」清水徹，根本美作子訳，『フーコー・コレクション2 文学・侵犯』小林康夫，石田英敬，松浦寿輝編，筑摩書房，2006，pp.371-438.
ヤウス，ハンス・ロベルト『挑発としての文学史』轡田收訳，岩波書店，1976.

コラム 文学と年齢の問題

　文学を楽しむのに年齢的な制限はない、と一応は言えるでしょう。言葉がわかるようになった子どもは親に絵本を読むことをせがみますし、定年を迎えてそれまでじっくり読むことのできなかった書物を開く人もいます。人はさまざまな時期にそれぞれの必要や欲求に従って本を読み、楽しみを見出すことができるものです。
　しかしながら、文学作品にはそれに出会うのに適した年齢というものが存在するのもまたたしかな事実です。『宝島』や『秘密の花園』などの少年少女小説は、10代前半までに出会わなければ、身の周りの世界が突如として後退し、書物の世界へと没頭するあの感覚とともに読むことは難しいのではないでしょうか。魔法の世界へと知らず知らずのうちに導かれることこそが、少年・少女小説のもたらす快楽の源泉であると思います。
　同様に、学生時代における「挫折」や「屈託」を主題とした小説は、中高生の多感な思春期において読まれなければ、登場人物への震えるような共感の念は減じてしまうでしょう。ヘルマン・ヘッセの『車輪の下』やアンドレ・ジイドの『狭き門』などは、かつて文学少年・少女の必読書でした。これらの青春小説にはしばしば悲劇的な「死」が描かれていますが、読者は登場人物とともに、いわば小さな「死」を体験するのです。このような強烈な「共感」は青春期の読書の特権とも言うべきものではないでしょうか。
　さて、それではすでに大学生である者はどうすればよいかと問われるならば、やはり何をおいても、世界の不条理や自己というものの不可解さに出合わなければならないと思います。ドストエフスキーやカフカ、ジョイスやフォークナーのような手強い

小説が投げかける問いに立ち向かうことができるのは、自由な時間をたっぷりともっている大学時代をおいて他にありません。これらの小説は、人間はこんなことまでできるのかという感動を与えてくれますし、読み終わった後に世界の手触りが変わってしまうような衝撃をもたらしてくれます。このような「衝撃」はどういうわけか年とともに薄れていってしまうので、大学時代の読書は決定的に重要であると言えます。それは生涯の伴走者となり、内なる「声」として読む者のなかにとどまり続けるでしょう。

(髙村峰生)

EIGHT

「美感的なもの」の快楽と文学研究の現在

木谷 厳

　本章では「美感的なもの（ジ・エスセティク）」というテーマに注目しつつ、文学という物語り（ナラティヴ）の快楽をめぐる問題が、21世紀の文学研究においてどのように再考されているか紹介してゆきます。まずは、広義の英米文学研究における美的なものをめぐる歴史的経緯について、その源流のひとりである19世紀のロマン派詩人P・B・シェリーまで遡ります。ここから第5章で紹介した20世紀の文学批評家ポール・ド・マンによるシェリーの詩の読解を通じて、形式主義的 (formalistic) で非政治 (＝歴史) 的にみえる精読という行為に内在する政治 (＝歴史) 性、そしてド・マン晩年のテーマ「美学イデオロギー」と政治の関係についてみてゆきます。これをもとに、ド・マン以後の時代における「美感的なもの」、文学テクストを読むことの愉しみ、そして形式的側面を分析する精読の再評価といった近年の研究状況を概観しつつ、最終的に、過度にわかりやすさを求める悪しき〈物語化〉（単純化＝自己欺瞞）への誘惑へと屈することなく、辛抱強く思考しつつテクストを読み続ける営為の大切さについて考えてゆきます。21世紀における「物語り」の快楽というテーマのもと、物語りを愉しむことを忘れずに、また不透明な社会を批判的に吟味しつつ生き抜くための力──精読（クロース・リーディング）の力──を育む文学研究そして批評（クリティシズム）の潜在力を探りたいと思います。

Keywords

美感的なもの　唯美主義　身体感覚　シェリー　ド・マン　美学イデオロギー　政治の美学化　読むことの愉楽　精読

1 ≫ 唯美主義の系譜：シェリーを中心に

　なぜ21世紀になった今も、大学の文学部では100年以上前の文学作品について学ぶのでしょうか。現代からかけ離れた〈古い〉文学を愉しむことは可能

なのでしょうか。文学を研究することと、気ままに本を読むことはどう違うのでしょうか。この章では、文学研究としての読むことと美の関係について考えてゆきます。まず文学テクストのなかにある「美感的なもの(ジ・エステティク)」がもたらす愉楽に着目し、このトピックが英米の文学研究において、これまでどのように扱われてきたか、その変遷をみてゆきましょう。

　18世紀に美をめぐる学問として「美学(エステティカ)」(aesthetica) という専門用語を生み出したのは、現在のドイツ出身のアレクサンダー・G・バウムガルテン (Alexander G. Baumgarten, 1714-62) であり、"aesthetica" は「感性的な認識についての学問」という意味で使用されていました（古代ギリシア語で「感覚、知覚」を表す 'aisthesis' に由来します）。美的な判断は、当時から趣味 (taste)(テイスト) という言葉で飲食物や音楽の良悪が判断されていたように、感覚的な認識に基づくものです。個人的な美的体験における感覚的な認識ひとつひとつを理性の力によって筋道を立てて理解し、それらを観念 (idea) として定義しながら、それぞれを体系づけることで、「美とは何か」という問いを学問として成立させる試みが「美学」といえます。

　バウムガルテンの「美学」は、のちにドイツ（ケーニヒスベルク）の哲学者イマヌエル・カント (Immanuel Kant, 1724-1804) の『判断力批判』(*Kritik der Urteilskraft* 1790) によって批判的進展を遂げ、そこでは趣味判断の学としてではなく、感性のはたらきそのものを中心に探る「感性の学」に主眼が置かれることになります。カントにとって、美は、それを看取する主体に快をもたらすような利害＝関心(インタレスト)から離れた、換言すれば無関心(ディスインタレスト)な対象として、客観的、観照的に判断されるべきであるとされます。美は主観的なものでありながら、そこには普遍性があるのです。たとえばみなさんが美しいと思う（＝快を覚える）芸能人は千差万別でしょう。その一方で、人の美を語るときに、「女優（またはモデル）さんみたいにきれい」という言い方をします。この例からもわかるように、美しいと感じるのは主観であったとしても、「美しい人たち」には普遍性（共通性）があります。これは、絵画や音楽の評価においても見られる現象です。カントの美学では、こうした普遍性は、先験的(ア・プリオリ)なのものとして万人に授けられた共通感覚 (Gemeinsinn) に根差しているとされます。興味深いこ

とに、この共通感覚は「感覚」であるにもかかわらず、普遍的な美を認識し、それに理性的な判断を下すことができるのです。やはり、ここでも感覚・感性を理解したことを理性的に普遍化し言語化する試みが美学であり、その意味において「感性の学」であるといえるでしょう。こうして学問としての美学は、19世紀以降、ひとつの学問分野へと成長を遂げることになります。

　さて、この美学は、言語芸術としての文学においても類縁性をもちます。19世紀には、文学の領域においても"aesthetic"という言葉が用いられるようになります。いわゆる「唯美主義」(aestheticism) です。この傾向の祖にあるのが、先ほど説明したカント美学における「無関心の美」に即して芸術の自立性を主張する「芸術のための芸術」（l'art pour l'art）という観念でした。しかし、19世紀後半のイギリスおよびフランスにおける「唯美主義」は、また別のニュアンスを帯びており、ただ美しいもののみを求めるという芸術的態度を表します（それゆえに「審美主義」あるいは「耽美主義」とも邦訳されています）。

　英米文学研究において、この「唯美主義」という言葉からすぐに思い浮かぶ名は、ウォルター・ペイター（Walter Pater, 1839-1894）やA・C・スウィンバーン（A. C. Swinburne, 1837-1909）、そしてオスカー・ワイルド（Oscar Wilde, 1854-1900）でしょう。とりわけペイターは、著作『ルネサンス』（*Renaissance* 1873）において、唯美主義とは、五感を通じた美的体験とその喜悦をその基礎とするという主張を展開しています。この最たる例が、「こうした硬い、宝石のような焔で絶えず燃えていること、この恍惚状態を維持すること、これこそが人生における成功ということにほかならない」という印象批評（impressionist criticism）――まさしく心に焼きつける（im＋press）批評です――の代名詞ともいえる宣言文なのです（pp.234-35）。

　しかし、ペイターよりも以前に、美の喜悦や憧憬と詩の関係を語った先行者は存在しました。その一人が、E・A・ポウです（Edgar Allen Poe, 1809-1849）。ポウはアメリカ人ですが、のちにD・G・ロセッティ（Dante Gabriel Rossetti, 1828-1882）らのラファエル前派――この芸術家集団も、当時の画壇において古典的な規範であったイタリア・ルネサンスの画家ラファエロ（Raffaello Santi, 1483-1520）より以前の時代へと戻り、おのおのの信じる美を追求した点にお

いて、唯美主義と深く関係します——の雑誌で積極的に紹介された詩人・小説家でした。詩と美の関係についても、ポウは「ロングフェローの『バラッド』」("Review of Longfellow's Ballads" 1842) において次のように語ります——「人間の不滅性を保証しているのは、明らかに美的感覚にほかならない。この感覚こそが、人間存在をとりまくさまざまな形や音や香りや情緒を喜びとして感じるように差配している」(p.685 [95-96])。そして、この美的体験を模倣=再現することの悦びこそ詩であるとポウは述べます。ただし、ここでポウは、先ほどのペイターと同じように「満たされざる渇き」という名の美への憧憬を強調します——「それは星を求める蛾の願いである。それはたんに眼前の美をめでることではない——それは天上の美へと達しようという狂おしい努力なのである」(p.686 [96])。

　ポウにとって、このような詩的態度の実践者こそイギリスのロマン派詩人ジョン・キーツ (John Keats, 1795-1821) でした (p.690 [103])。キーツと言えば、「ギリシア壺に寄せるオード」("Ode on a Grecian Urn" 1819) での「美は真理、真理は美」("Beauty is Truth, Truth Beauty") という結句でも有名な、感覚的な描写を得意とする詩人でした。しかし、ここでポウはもう一人、キーツと同じく感覚表現を得意としたあるロマン派詩人から美の着想を負っています。さきほどの長い引用にある「星を求める蛾の願い」というフレーズは、P・B・シェリー (Percy Bysshe Shelley, 1792-1822) の小詩「あまりに世俗にまみれた言葉」("One Word Is Too Often Profaned" 1824) からの借用なのです。当時、キーツとシェリーは、「絵画美」あるいは「感覚の詩人」とも評されていました (Hallam, p.617, 620)。実際にシェリーは、彼のもっとも有名な詩論『詩の擁護』(*A Defence of Poetry* 1821) にて「[詩は] もっとも美しいものをますます美しくし、もっとも醜悪なものに美を加え […] この世界から日常性のヴェールを剥ぎとり、そのもろもろの形態の真髄ともいうべき、裸形の眠れる美をあらわにする」と述べています (p.533 [297])。シェリーにとって、詩は真の「美」、歓喜、悦びを生み出す源泉であり、この詩論は、ペイターらの唯美主義の源流のひとつといえます。事実、ペイターは、その美に対する情熱ゆえに当時はロマン主義の代表的批評家と評されていたのです ("The Prose Works" 132)。

第 8 章　「美感的なもの」の快楽と文学研究の現在　　**179**

ただし、こうした美への歓喜に基づく感覚主義的な唯美主義に対する批判もありました。美術批評家ジョン・ラスキン（John Ruskin, 1819-1900）は、身体の「感覚」、「アイステーシス」（"æsthesis"）だけで美は理解できないと述べ、美の印象を正確に理解するには、「道徳」（"morality"）が必須であり、それをはたらかせるものこそ「テオリア」（"Theoria"）であると主張しました（Vol. 4 p.42）。これは感覚的・官能的な美の表現をひたすら追求した同時代人ロセッティへの苦言ともとれる表現ですが、同様にシェリーへの批判にもなりえます。現にラスキンは、「感傷的誤謬」という術語によって、ロマン派詩人は「花」を「乙女」に見立てるなど事物（客体）に対して感情移入しすぎるために、その本来の姿を見誤っていると批判しました（Vol.5, pp.205-60）。また、同じく芸術の道徳性を重視していた詩人批評家マシュー・アーノルド（Matthew Arnold, 1822-88）が、まさに唯美主義が全盛を迎えた時期にシェリーを「美しく無力な天使」と評したのは有名な逸話です。つまり、シェリーの詩は何の役にも立たない——唯美しいだけである——と，いささか功利主義的ともいえる立場から否定したのでした。

このようなシェリーらロマン派に対する批判が起こるということは、19世紀のイギリスにおいて、ロマン主義的態度がいまだ影響力を保持していた証左ともいえます。それゆえにロマン主義は、20世紀の新たな芸術運動「モダニズム」（modernism）の隆盛とともに乗り越えられるべき古い慣習と同義になり、T・E・ヒューム（T. E. Hulme, 1883-1917）、T・S・エリオット、F・R・リーヴィス（F. R. Leavis, 1895-1978）らの積極的なロマン主義批判が起こります。

この影響のもとに進展したアメリカのニュー・クリティシズムにおいて、「情動の誤謬」が主張されました。それはペイターの唯美主義のように美的体験によって昂ぶった感情に流されることなく、客観的に詩を判断することの大切さを強調しています。これに類するもう一つの概念が、「意図の誤謬」であり、作者の創作意図にこだわりすぎず、詩を客観的に観察するという姿勢です。この概念は、「情動の誤謬」とともに、詩を独立した一つの美的統一体——精巧に作られた壺のような構造物のように——として、その美の構造やそれがもたらす効果の原因について主に韻律やイメージの連関という形式の側面

から考察するニュー・クリティシズムの批評的態度の礎となりました。その代表的人物であるクリアンス・ブルックスは、詩の歴史的実証研究の意義に理解を示しながらも、詩をその時代の歴史的文書(ドキュメント)としてみるのではなく、「詩の中にある普遍的なもの」に関心をもち、またそれを評価することの重要性について語っています（1953, pp.132-33）。さらに、ブルックスは形式主義者(フォーマリスト)としての立場から、文学を倫理や宗教（もちろん彼自身はキリスト教徒であると言明しつつ）から分離すべきという主張を展開しました（1953, p.135）。作品の外部を遮断し、社会的背景のみならず、（功利主義的）倫理や作者の意図までも排して詩を精読し、その美的効果を追求するというニュー・クリティシズムの態度にも、ある種の唯美主義的な側面が見えるといえるでしょう。

2 ≫ 美学イデオロギー（1）：シェリーを読むド・マンを読む

　ニュー・クリティシズムに対する批判的検討として詩を新たに読み直すことで、ロマン主義にふたたび光を当てたのがポール・ド・マンでした。本書第5章では、ド・マンによる（ニュー・クリティシズムでは軽視されていた）ロマン主義文学・哲学の鮮やかな修辞的読解(レトリカル・リーディング)——アレゴリーとアイロニーという二種類の譬喩を主題にした——を通じて、主体（自己）の意識における認識の言語化とその体系化、さらにそれが言語そのものによって無効化＝解除されるという一連のプロセスを見てきました。

　言語とは本質的に譬喩論的な体系であるというド・マンの議論に即して考えれば、このような譬喩としての言語には、「形成」と「解除」という二種類の力がはじめから備わっているということになります。あらゆる言語の本質が譬喩であるとすれば、言語の形成（措定）には、"formative"（形づくる）——あるいは"per-formative"（行為遂行的）——という意味をもたせることができるでしょうし、あるいはそのまま"figurative"というまさしく"figure"（比喩形象）や"figuration"（形象化）に基づく言葉で理解することもできるでしょう。そして、この比喩形象として形成される言語を解除する力は、"dis-figuration"と呼ぶことができます。あるいはこれらを"fragmentation"（断片化）と

"totalisation"（全体化）という言葉で置き換えることもできるでしょう。

　このような譬喩としての言語構築において出来する（dis）figurationの問題を先ほど紹介したロマン派詩人シェリーの詩の分析とともに扱ったのが「汚損（脱＝形象化）されたシェリー」（"Shelley Disfigured" 1979）という論文でした。この論考において、ド・マンはシェリーの最後にして未完の長編詩『生の勝利（凱旋行進）』（*The Triumph of Life* 1822）を題材として選んでいます。この詩における感覚的なイメジャリ——とりわけ太陽光線や水面のきらめき、虹、そしてこの詩でもっとも有名な「光輝く姿」（'a shape all light'）など「光」の主題——とその修辞技法(レトリック)を精緻に分析します。以下が、『生の勝利』の登場人物であるルソーの夢の幻視(ドリーム・ヴィジョン)のなかで、水面に反射する光が「光り輝く」女性の姿となって登場し、消えゆく場面です。

　　　「光り輝く姿が立ち、片方の手で振り撒く
　　大地に露を、まるで、彼女が〈夜明け〉であり
　　　　　その目に見えぬ雨は永遠に歌うかのように
　　「苔(こけ)むした芝地に穏やかな音楽を
　　　　　そして、彼女の御前静かに、暗い草の上で
　　〈虹〉が多色のスカーフを広げていた——（352-57行）[1]

　まず、この6行では、「光り輝く姿」が川面を太陽光の鏡として、その水が奏でる「穏やかな音楽」とともに浮かび上がり、また、自らの光と水によって「〈虹〉」を生み出しています。太陽光と水をつなぐこの〈虹〉は、いわば自然の存在物が有機的に統一された美の隠喩、象徴(エンブレム)になるのです。さらに、この虹は、現象的(フェノメナル)な意味においても、虹を知覚し認識するという認知的理解の光——それはのちに別の光にかき消され、新たな幻視の光が続きます——を自然に統合する美的な象徴でもあるのです（1984, p.112 [143-44]）。このなかで、光輝く姿は、「素晴らしい音楽にのって行くように」水面の上を「滑り下り」てゆきます（367-72行）。この後、光輝く姿は、その姿を見る者の思考の炎を踏み砕き、同時に自らこの川の床を踏み砕いて水底へと落ちてゆくことになります。

そして、彼女の脚は、絶えず、終わりなき歌に
　「木の葉の、風の、波の、鳥の、蜜蜂の
そして、雨粒の紡ぐ永遠の歌に合わせ、新しいが

　　　美しい曲を奏で［…］

　　「そして、彼女の脚は甘美な調べそのものとなり
調べに合わせて踊る脚が踊りつつ消すように思える
　　　踊り凝(みつ)視めるものの思考を、そしてすぐに

「過去にあったものがなかったかのように思われ──
　　　あたかも凝(みつ)視めるものの心が彼女の脚の下で
燃えさしのように撒き散らされ、彼女が一つ一つ

　　　「思考の炎を踏み砕いて死の塵(ちり)とする様
　　まるで〈日〉が東の敷居で
　　　夜の星々(ランプ)を踏み砕くよう、やがて闇の

「息吹(いぶき)が、天の生きた目である星々の最小のものまで
　　　再び燃え輝かせるまで──［…］（375-78, 382-92 行）

　同時に、この瞬間＝契機において、ド・マンは、このような現象的(フェノメナル)なイメジャリに内在するもう一つの非現象的テーマ、（詩的）言語の物質的(マテリアル)な側面に着目します（1984, p.113 [145]）。その端緒となるのが、378 行目の「曲(メジャア)」（"measure"）です。この語には、ダンスの拍子(リズム)という意味も含まれていますが、ここまでは、詩の現象的なイメージの通りです。しかし、ド・マンはこの旋律としての曲＝拍子(メジャア)をこの詩そのもののもつリズムとしての拍子(メジャア)──押韻(ライム)(rhyme)や韻律(メーター)(metre)、そして歩格(フィート)(feet)──と同一視します。ド・マンによれば、この「脚」と同じ意味の「歩格（詩脚）」が、詩や哲学といった「思考の光」、そして自分自身の姿をも「踏み砕く」のです。さらに、これはまったくの偶発的な出来事(イヴェント)として起きるとされています。〈虹〉という視覚的に美的統一を果たす現象性(フェノメナリティ)のアイコンから、水音や自然の織りなす音楽のなかで踊る光の姿がステップを踏むという──イェイツによるダンサーとダンスのイ

メージを想起させます（第5章参照）——有機的（美的）に統一され聴覚的に心地よい「曲(メジァー)」へ、さらにはそこから（詩的）言語の「拍子(メジァー)」へと移行する一連の解説は、「光り輝く姿」の様子が言語の「形象化一般(フィギュレイション)」へとパラフレーズできることを証明しているのです（1984, p.115 [147]）。したがって、この場面における光り輝く姿（そして認識の光）の生成と消滅は、言語が自らの力で自己形象化（譬喩化）を行うものの、突如としてそれを解除ないしは消去してしまう脱形象化の出来事——光輝く姿が、前触れなく自らの脚で踏み砕かれて水面下へと消え去るように、そしてまた、突然拡がる光のイメージを通じた場面の切り替え（新たなヴィジョンの導入）のように——という言語そのものの内部に備わる解除あるいは断片化の力を表しています。さらにド・マンによれば、これは言語による不断の名づけ（意味づけ）の行為とその失敗の反復という、言語にある制御不能な力（暴力性）を説明していると読むことができるのです。

　ド・マンは、これまで『読むことのアレゴリー』や「アイロニーの概念」で述べてきた以下の主張をくり返しています。すなわち、①所与のテクストにおいて、譬喩あるいは比喩形象（figure）は、指示記号(シニフィアン)と指示内容(シニフィエ)、知覚と認識との有機的（あるいはシンボリック）な一致の結果として自然かつ必然的に生まれるのではなく、言語によって無機的＝機械的かつ無作為に行われた措定の結果であること、②それゆえに自らの脱形象化(ディスフィギュレイション)（汚損）を反復すること、③そしてこれらをもたらす言語の制御不能性（暴力性）についてです。イギリスのロマン派文学の題材をもとに語られる「汚損（脱＝形象化）されたシェリー」の議論は、こうした主題について、詩のなかで詩人の導き手としての顔を汚損された（disfigured）ルソーのイメージや、史実として海で溺死し、その後火葬されたシェリーの遺体の汚損（disfigurement）という事件・出来事によってその完結を永遠に中断することになった詩のテクストのイメージを重ねてゆくことで成立しているのです。

　ド・マン自身、この論考を「歴史(ヒストリー)」と「断片化(フラグメンテーション)」およびそれが暗示する全体性、「美(学)的統一性(エスセティク・ユニティ)」をめぐる問いに取り組むものであると述べています（1984, p.ix [4]）。この論考の結論部を見てみましょう。

184　第Ⅱ部　理論をひらく

『生の勝利』がわれわれに警告するのは、行為であれ、言語であれ、思考であれ、テクストであれ、どんなものも、先行する、あるいは別のどこかに存在する何かと、肯定的であれ否定的であれ、関連して起こることなどなく、ただ無作為(ランダム)に発生する出来事(イヴェント)としてのみ起こり、この出来事の力は、まるで死の力のようにその出来事の偶然性に由来するということである。それはまた、われわれに次のようにも警告する——それならば、こうした出来事はなぜ、そしてどのようにして、歴史（学）的もしくは美(エステティク)（学）的な回収＝回復のシステム——このシステムは、それ自体の虚偽が白日のもとに晒されたにもかかわらずくり返し起きている——へとふたたび統合されなければならないのか。こうした出来事が出来するプロセスは、回収的であれニヒリズム的であれ、どちらの歴史主義のアレゴリーともまったく異なるものであるのにもかかわらず。(1984, p.122 [156])

　この引用にある、「出来事」の「無作為」性は、「アイロニーの概念」における「テクスト機械」の話（本書5章参照）の変奏であり、その無機質さゆえに死（断片化）と結びつきます。反面、この引用における「有機的」な存在は、歴史的な体系や美学的な体系であり、いわば有機的統一性のもとにあらゆる「出来事」を因果律のなかに統合しようとする歴史主義の弁証法的なアレゴリーと理解できるでしょう。このような回収＝救済のシステムは、かつてド・マンが「時間性の修辞学」において喝破した、シンボルを通じて自己を神秘化する自己欺瞞の残滓を思わせます。こうしたアレゴリーやシンボルのように、譬喩論的(トロポロジカル)な体系は、「譬喩のアレゴリーの永遠のパラバシス」、すなわちアイロニーという出来事によって逸脱し、中断され、解除（脱＝形象化）されるのです。ド・マンの言葉を借りれば、このような「出来事」は「歴史の物質性」を導くものであり、この「物質性」という徹底的に無機質の存在物は、もはや「古典主義」や「ロマン主義」といった統一的な「文学史」すなわち歴史主義の弁証法的解決法としての「大文字の歴史」、あるいは、「美しく」まとめられた大きな物語り(グランド・ナラティヴ)のなかに還元できないという意味で、いわば譬喩論の体系における残滓・残余といえるのです（1984, p.262 [339]）。[2]

　このプロセスにおいて、譬喩論的な体系に還元できない残余あるいは痕跡と

してその全体性に断絶をもたらす「歴史の物質性」としての出来事を、美学＝感性学的に再統合し、安定させようとすることで、美的なカテゴリーに内在する不安定性を隠ぺいしてしまうような志向性を「美学イデオロギー」（aesthetic ideology）と呼びます（ここで"aesthetic"がなぜ「審美的」ではなく「美学」と訳されるかはもう少し後で説明します）。ド・マンが批評をここまで突き詰めた結果、かつてのニュー・クリティシズムのように、テクストを美の有機的統一体＝美しく精巧な壺に見立てる批評は、美学イデオロギーから自由ではないといえるのです。

3 ≫ 美学イデオロギー(2)：ド・マン・スキャンダルをめぐって

　シェリーの『生の勝利』の読解を通じて提示したように、ド・マンは言語と譬喩の問題から生起する美学イデオロギーと〈政治〉をめぐる議論について、さらに別のテクスト——カントの『判断力批判』における「崇　高」（ザ・サブライム）という感性的（エステティク）な体験とその心理状況をめぐる議論、さらにはその議論を読むフリードリヒ・シラー（Friedrich von Schiller, 1759-1805）の諸テクストなど——を精緻に読み解きながら追究してゆきます[3]。その結果、ド・マンは、美感的なものを言語（＝譬喩論的な体系）による表象として可視化した「現象性」が、「物質性」——先ほどのシェリーの議論で登場した「現象性」や「物質性」と同質のものです——の出来する唯物論（あるいは遂行的な陳述）のカテゴリーへと移行する際に生じる「断絶」の瞬間をわれわれ読者に説明するのです（de Man 1996, pp.88-90 [210-13], pp.127-28 [303-05]）。

　ド・マンの議論において、この真に厳密なカント哲学の〈本質〉ともいえる「唯物論」的（非人間主義的）な「物質性」の認識を妨げる通俗化した哲学——それは哲学を男性に、芸術を女性に譬えることからも明白なように人間主義化を伴います——こそドイツ詩人フリードリヒ・シラーが主張した美的教育です。カント哲学における「美的なもの」は、シラーの誤読を通じて、「美的国家」（aesthetic state）のような物　語（ストーリー）、あるいはひとつの観念形態の学（イデオロギー）という意味での〈観念論〉的な言説となって大衆教育に仕えることになりました（カン

トの「唯物論」とかけ離れた結論です)。この誤謬が生んだ最悪の結末として、ド・マンはナチスの宣伝相ヨーゼフ・ゲベルス (Paul Joseph Goebbels, 1897-1945) の言葉を引用します。

> 政治家もまた芸術家である。政治家にとっての民衆とは、彫刻家にとっての石にほかならない。画家にとって色彩が何の問題にもならないように、指導者と大衆のあいだにはほとんど何の問題もない。絵画が色彩の造形芸術であるのと同じように、政治とは国家の造形芸術なのである。したがって、民衆なき政治とか民衆に抗する政治とかといったものは、ナンセンスである。大衆(マス)を民衆(ピープル)に変形し、民衆を国家[state]に変形すること——これこそつねに純粋な政治的課題の最も深い意味であった。(1996, pp.154-55 [367])

このように、政治と人民との関係を造形芸術になぞらえて通俗的に審美化(わかりやすい物語へと単純化)し、それによって大衆を教育し誘導しようとするような言説を、美学イデオロギーによる〈政治の美学化〉と呼ぶことができるでしょう(事実、ゲベルスには、かつて小説家を志していたものの、挫折し政治活動に身を投じたという過去がありました)。また、第二次大戦中の英国や日本などで用いられていたような、〈美しい〉ふるさと——たいてい牧歌的(パストラル)な風景描写が使用されます——を護るために国家に命を捧げることは〈美徳〉であるとして国民の戦意を煽ったさまざまなプロパガンダのレトリック(日本では「爆弾三勇士」の自己犠牲が学校で称揚されていました)もまた、政治の美学化の一形態といえます[4]。ド・マンの美学イデオロギー批判は、このような政治の美学化の誘惑に抵抗すべく存在しているのです。

しかし、ド・マンの死からおよそ5年、突如スキャンダルが発覚します。ド・マンの筆名の入った反ユダヤ人的な論調の新聞記事が母国ベルギーで発見されたのです。この記事は、戦時中のドイツ占領下にあったベルギー時代に書かれたもので、もちろんナチスの検閲を受けていました。つまり、政治の美学化という、美学イデオロギーの一形態について、ゲベルスの名前まで出して批判していたド・マンの〈起源〉が親ナチであったというわけです。この結果、かねてよりド・マンを快く思わなかった研究者たちは、チャンスとばかりにか

つてのカリスマの隠された過去を糾弾し、その仕事のすべてをナチスと結びつけることで批評の歴史から葬ろうとしました。

ド・マンの過去に対する〈沈黙〉という物語り(ナラティヴ)をめぐり、友人であり、ユダヤ系フランス人でもあったデリダは、「ド・マンが何かをしたからだけではなく、むしろ何かを隠したというだけで、というよりも、認めるべき事柄を認めなかったからというだけで、ド・マンを責めることができると考えた人々」を非難します (pp.305-06 [131])。このような「人々」の論理は、ド・マンは倫理的に許されない罪を過去に犯したのだから、その後の仕事もすべて倫理的に不正であり、読むに値しないという、浅薄な倫理観に基づく単純化された物語りへと集約されるのです。

しかし、この理屈が通るのであれば、過去になんらかの罪を犯したことのあるルソーのような作家はもちろん、反ユダヤ的な物言いをしていたＴ・Ｓ・エリオット、さらにいえば、シェイクスピア (William Shakespeare, 1564-1616) も『ヴェニスの商人』(The Merchant of Venice 1596-97) というユダヤ人差別を助長する不謹慎な物語を書いたという謗りを免れなくなることでしょう。このような、道徳を盾にした短絡的な物語りもまた、分析すべき美学イデオロギーの一形態なのです。ド・マンとナチスの関係を誇張し、ディコンストラクションを含むそのすべての仕事を誤魔化しのレトリックとして葬り去ろうとする物語りの傾向は、残念ながら現在のアメリカのアカデミアにおいても見られます。こうした動きは、ド・マンの修辞的読解(レトリカル・リーディング)がもたらした文学の（不）可能性を押し広げるさまざまな洞察があまりに圧倒的なために、その脅威への不安を反ナチスという表面的な〈倫理〉によって隠ぺいしようとする心理的な防衛反応のように見えるとも言えるでしょう（こういった見方もまた、物語りの単純化という謗りを免れないのかもしれませんが）。

いずれにせよ、ド・マンのスキャンダルとディコンストラクション批評が下火になったことが重なったのは事実といえます。それ以後は、より〈歴史的〉とされる批評、マルクス主義にも関わる文化唯物論(カルチュラル・マテリアリズム)（文学テクストを当時の社会文化のもつ政治性の記録資料(ドキュメント)とみなし、この分析をもとに現在社会における政治のあり方自体も問い直す考え方）、さらには「文化の詩学(ポエティクス・オブ・カルチュア)」をうたった新歴史主義(ニュー・ヒストリシズム)

などの文化や歴史資料の網目のなかに文学テクストを置く研究、あるいはアイデンティティ・ポリティクスと呼ばれる、セクシャル・マイノリティの権利やジェンダーやセクシュアリティの政治性を追求する研究、さらにはアイデンティティと〈歴史〉を複合的に考察する植民地主義以後(ポストコロニアリズム)の研究などが主流派となりました。

　こうした背景のなかで、ド・マンのじっくりとテクストを読解する批評に対して、テクストの外部（歴史的時代背景と呼ばれる要素）を無視しているという意味で、過度な形式主義（ニュー・クリティシズムの反復）である、非政治的である、あるいはただの言語の戯れであるとする批判がみられるようになります。▶5 しかしながら、政治の美学化が美学イデオロギーの一形態であるかぎり、ド・マンの著作を非政治的・非歴史的と断定することは見当違いであり、ド・マンの美学イデオロギー論を読み違えているということと同義になります。それどころか、ド・マンの批評的影響なくして、バーバラ・ジョンソン（Barbara Johnson, 1947-2009）の『フェミニスト的差異』（*The Feminist Difference* 1998）やスピヴァクの『ポストコロニアル理性批判』（*A Critique of Postcolonial Reason* 1999）は生まれなかったともいえるでしょう（本書第6章参照）。

4 ≫ 新たな美の潮流（1）：新歴史主義を越えて

　かつてオスカー・ワイルド（Oscar Wilde, 1854-1900）は、毀誉褒貶の多さとその著作の偉大さは正比例の関係にあると語りましたが、アメリカにおける文学研究に多大なインパクトを与えたド・マンの議論は、現在に引き継がれています。ここで、ド・マンによって光を当てられた「美感的なもの」をめぐる議論が、1990年代以降どのように受容されつつ、さらなる批判・検討とともに進展していったかを見てゆきたいと思います。

　先ほど指摘したように、1990年代になると、社会において守られるべきさまざまなマイノリティの権利について再考されるようになりました。そうした視点は主に（白人）女性、性的マイノリティ、旧植民地の今、そして環境問題（エコクリティシズム環境批評）へと向けられてゆき、いわゆる政治的公正(ポリティカル・コレクトネス)に根差した社会の

第8章　「美感的なもの」の快楽と文学研究の現在　　**189**

ポジティヴな変革に貢献してゆきました。実をいえば、ド・マンのディコンストラクティヴなテクスト読解のもつ転覆的(サブヴァーシヴ)な力が、こうしたアイデンティティ・ポリティクスにも影響を及ぼしていたのです。

　さらに、このような批評的潮流のなかで、美感的なものにもふたたび注目が集まるようになります。というのも、先ほどド・マンの美学イデオロギーの例でみたように美感的なものもまた、政治と切り離すことができないためです。新歴史主義やアイデンティティ・ポリティクスは、ある種の不満や怒りを原動力としているという意味において、情動にかかわる運動といえます。つまり、そこには、"the aesthetic" と "(dis) pleasure" との関係──"the aesthetic" のカテゴリーには、感性的という意味において、「不快」という情動も含まれます──が作用しているのです。

　このことは、すでに1994年の時点で、アメリカの文学研究者ジョージ・レヴィーン（George Levine）が『美学とイデオロギー』（Aesthetics and Ideology 1994）という論集を編纂しています。この論集の以前にも、イーグルトンの『美のイデオロギー』（The Ideology of the Aesthetic 1990）による「美的なもの」をめぐるイデオロギー論がありましたが、これと比較して、レヴィーンの論文集は次の点で異なっているといえます。まず、レヴィーンは、「美的なもの」と情動の関係、とくに感動の価値についてあらためて意識を向けています。レヴィーンは、当時の大学教員が、学部生向けの講義では文学のおもしろさや感動について（物）語りながらも、自らの研究では、アイデンティティ・ポリティクスや政治的公正に主眼を置いた〈禁欲的〉な研究をせざるをえないジレンマを指摘しました。さらに新歴史主義の祖と呼ばれるスティーブン・グリーンブラット（Stephen Greenblatt）やポストコロニアリズムの大家エドワード・サイード（本書6章参照）もまた偉大な芸術(グレート・アート)の価値を所与のものとして前提にしていることにもレヴィーンは注目しました。文学における文化的・学際的研究の重要性について熟知しながらも、同時に、レヴィーンは、文学部こそ「純粋」に文学を論じることの許される「聖域」であろう（そうでなければ「(人) 文学部」という看板は無意味になります）という意識とともに、伝統的に人文主義者(リベラル・ヒューマニスト)（文学研究では〈保守派〉と見なされています）の手法とされてきたフォーマルなテ

第Ⅱ部　理論をひらく

クスト分析（形式やイメージの精読）やその審美的な価値にふたたび目を向けることで、これらが政治的に「リベラル（＝解放的）なもの」(the liberatory) をも新たに生み出す可能性をみたといえるのです (pp.24-25)。

　その後、文学における審美的な価値とその政治性を再考する動きは、新たな批評的な方向性を生み出したといえます。その一つは、エレイン・スカリー（Elaine Scarry）の『美と正しくあることについて』(On Beauty and Being Just 1999) に見られるような、まさしく人文主義者的な昔ながらの文学回帰です。文化唯物論あるいは新歴史主義的な文学研究がメインストリームにあった1980〜90年代において、美への感動の表明は、現実からの逃避といっても過言ではありませんでした。しかし、スカリーは、美に対して素朴に感動を覚えることと、政治的無関心は必ずしも結びつかないと述べます。たとえば、美しい自然風景に感動を覚え、そこから自然保護の運動に目覚めるということは、美が政治的正しさにつながることを証明しているとスカリーは主張します（たとえば、日本の小平市でも、2012年に玉川上水遊歩道の景観を守るために道路工事反対の運動が起こりました）。しかしながら、すでにド・マンの美学イデオロギーや政治の美学化の誘惑をめぐる議論を経たわれわれの目には、あまりに楽天的なスカリーの議論が、いささかナイーヴに映ってしまうのも事実です。

　こうした文学と審美的な価値をめぐり、フォーマルな読みの再評価はさらに加速しました。レヴィーンの『美学とイデオロギー』にも寄稿していたスーザン・ウォルフソン（Susan Wolfson）は、後に論集『形式のために読む』(Reaing for Form 2006) を上梓します。この論集の特質として、形式と歴史をつなぐ研究の可能性が開かれており、フランシーズ・ファーガスン（Frances Ferguson）やキャサリン・ギャラハー（Catherine Gallagher）といった新歴史主義の大家も執筆陣に加わっています。ここで重要なのは、かつてブルックスの主張したような「作品のなかの時代を超越するもの」を求めるという意味において〈非歴史的〉と見なされてきた形式的なテクスト読解が、歴史研究や文化研究で扱われるテクストを解きほぐし、新たな歴史的読解の実践を担うということです (p.49)。すなわち、時が経つにつれてややマンネリ化した——ただ珍しい資料の発掘・紹介に終始するような——新歴史主義的アプローチを超えて、ウォル

フソンらが実践しているように、より形式的かつ精緻なテクスト分析を経ることで、想像力豊かにテクスト間の新たな理解を提示するということが可能になったのです。[8]

5 ≫ 新たな美の潮流（2）:「形式」と「悦び」

このような、「美感的なもの」とさらなる精読の関係は、現在のイギリスにおいても、イゾベル・アームストロング（Isobel Armstrong）やデレク・アトリッジ（Derek Attridge）、そしてキャサリン・ベルジー（Catherine Belsey）らによって再考されています。[9] アームストロングは『美感的なもののラディカル』（*The Radical Aesthetic* 1999）という重層的な意味が込められた題名（たとえば「美感的なものを根本から徹底的に問う」など）の著作を通じて、ニュー・クリティシズムの批評家をはじめとする、詩の形式を中心に分析してきた（上位中流階級でキリスト教徒の）白人男性の精読イデオロギーをフェミニズム的な視点から（いささかシニカルに）批判します。さらに、彼らが〈正しい〉精読を妨げるものとして感情(エモーション)を意図的に排除してきた（「感情の誤謬」のように）ことについて議論した上で、「感情」と「思考」の複合体として詩のありようをさらに細かく分析すること――「近く読むこと」(クロース・リーディング)のさらなる徹底(ラディカル)――を主張しています（pp.17-18, 85-107）。

かつてポストモダニズムの旗手として活躍したベルジーもまた、近年では読みの技術や社会的大義を追求することに汲々としている文学研究の現状を顧みて、創作(フィクション)の愉悦そのものについて考えることを忘れてはならないと論じています（p.xiii）。ただし、ここで注意すべきは、ベルジーが主張しているのは、ハロルド・ブルームによる『西洋文学の正典(キャノン)』（*The Western Cannon* 1994）のような、西洋文学の正典(キャノン)（読まれるべき傑作群）はその〈おもしろさ〉ゆえに読まれる価値があるのだ（そしてその〈おもしろさ〉を理解できる私は偉いのだ）という、「趣味の審判者(アルビテル・エレガンティアルム)」的自己満足とも結びつきかねない議論とは一線を画しているということです（p.8）。その正典を選別するための判断基準（高尚/低俗のような）となる美的価値にとらわれすぎてはならないと警告しながら、美的価値を

含意する「文芸作品(リテラチュア)」という言葉を避けて、かわりに「創作(フィクション)」の愉しみそのもののメカニズムを分析すべきであると述べます (pp.8-12)。また、ここでベルジーは、ロラン・バルトの『テクストの快楽』(*Le Plaisir du texte* 1973) における「快楽(プレジュア)」と「享楽(ジュイサンス)」を参照し、それぞれの語がカント美学の「美」(＝戯れ)と「崇高」(＝真面目さ)に対応していると説明します (p.13)。しかし、バルトの分類ではどうしても享楽＝崇高(＝真面目さ)に比重が置かれてしまうという理由から、ベルジーは、バルトとは別の方法であくまで創作(フィクション)というテクストのもたらす「快楽」を中心に考えることを勧めています (p.13)。このようなテクストの愉楽をキーワードに、ベルシーは、社会や人のあり方自体を考え直すことにつながるような批評的思考の愉しさも再認識しているのです。

　アトリッジは、近年の英米文学研究における歴史から形式への回帰という傾向について、ただの保守的なバックラッシュ――「形式主義」という語がもつネガティヴなイメージの通りに――になってはならないという警告とともに紹介しています (p.28)。したがって、アトリッジは「形式」が美感的なものに関わる語であることは認めつつも、「形式」という語を「有機的」な「美」や「調和」に回収することなく、「破断(フラクチュア)」や「断片(フラギュメント)」といった語も形式の一種とみなします (p.28)。アトリッジは、テクストの精読を通じて、「文学的なもの(ザ・リテラリー)」――個々人によってそこに見出される意味は異なります――を一回性(シンギュラー)(＝特異な)出来事として体験することの愉楽をわれわれに再認識させるのです (p.30)。

　このように、「美感的なもの」や「悦び」の意味そのものが再考されている現在こそ、かつてド・マンが論じた美感的なものの誘惑、すなわち美学デオロギーに注意を払う議論に戻る時期が来たともいえます (時代がド・マンに追いついたのです)[10]。ただし、イギリスではド・マンは忘却されたままのようです。アームストロングにとっても、ド・マンは上記の「精読」が不十分な男性の批評家といった域から出ないようで、ド・マンによる美学イデオロギー批判そのものがイデオロギー的であると批判されています (Armstrong, p.86)。

　おそらく、ド・マンのよき理解者たちは、アームストロングのような意見に反対することでしょう。というのも、『美学イデオロギー』の編者アンジェイ・

ウォーミンスキ（Andrzej Warminski）がいみじくも喝破しているように、かつてド・マンの指摘した「歴史の物質性」としての「出来事」も、美学イデオロギーの外部ではなく、あくまで内部から生じるためです（1996, p.11 [33-34]）。ド・マンにとって、美学イデオロギーは、「歴史の物質性」というアイロニー的な出来事とまさしく同様に、言語という譬喩論の体系が存在するかぎり、つねにすでに（always already）われわれの思考・言説に存在しているのです（それは、まさにカントが美学の体系化・観念論化を果たした瞬間にその亀裂とともに唯物論が生じる構造と同じであり、また、「理論」がつねに理論それ自体に抵抗するもの［the resistance to theory］として生じるというレトリックも同じ構造から成立しています）。

　われわれは美学イデオロギーから逃れられないために、それに対して批判的(クリティカル)——これはただやみくもに批判するのではなく、つねに吟味し検討し続ける、また臨界点(クリティカル・ポイント)まで考え抜くという意味でもあります——な意識を保つ必要があるのです。それこそが、美学(エステティク)イデオロギーのもたらす陶酔＝麻酔(アネセティク)的な（anaesthetic）な力——思考判断を鈍らせ、思考停止をうながす力——に抵抗するための批判的(クリティカル)＝決定的な思考を生み出す起点となるのです。▶11 先にふれたとおり、ド・マンのディコンストラクションとは、ただ決定不能な論理的難点(アポリア)を指摘するだけの、非政治的な言葉遊びとはまったく別物なのです。

　このようなド・マンの議論をもっともよく受け継ぐのが、ジョナサン・カラー、レイ・テラダ（Rei Terada）、マーク・レッドフィールド（Marc Redfield）、そして先ほど紹介したウォーミンスキといった面々です。文学理論の歴史的交通整理について傑出しているカラーは、文学理論および「文学的なもの(ザ・リテラリー)」の批評的判断において、（わかりやすい）「意味への誘惑」にやすやすと屈することなく、ド・マンのように自己の読みに対してつねに懐疑的であること——換言すれば「意味への抵抗」——を必須の前提としています（p.96 [141-42]）。テラダは、ド・マンの冷徹な筆致が特徴的な『読むことのアレゴリー』において一見何気なく用いられている（ように見える）「哀愁(ペーソス)」という感情を表す語に着目し、そこから「読むこと」（「読者」）と「情動」をめぐる理論についてスリリングな議論を展開しています（pp.48-89）。また、レッドフィールドが編集主幹となった論集『ポール・ド・マンの遺産』（The Legacies of Paul de Man 2007）は、テラ

ダとウォーミンスキも執筆陣に名を連ねており、ド・マンの遺した理論の批評的、教育的な底力がいまだアメリカでは健在であること、さらに、読むことや（比喩）言語をめぐる問い、批評＝批判を含む理論（セオリー）の力が今後のアカデミアにおいてますます重要になってゆくことをまさに行為遂行的（パフォーマティヴ）に実践しているといえるでしょう。ウォーミンスキの最新作もまた、ド・マンによる美学イデオロギー批判の読み直し——とりわけカント論の徹底的な読み直し——を基礎としています。ド・マン晩年の修辞的読解において重要な「記号の現象化（フェノメナライゼイション）」（美学化あるいは譬喩体系化とほぼ同義になります）に注目しつつ、ウォーミンスキはテクストを読むことの新たな可能性を探っているのです（2013a, 2013b）。

　未曾有の大災害を経験し、政治・経済情勢や社会的諸制度においてもますます混迷を極めてゆくといわれている日本において、社会の「感情化（情動化）」が進んでいます。近年スポーツや芸能の分野で顕著になってきているような、わかりやすい〈感動〉や耳心地よく単純化された〈正解〉を求める風潮、あるいはサービス業や医療・介護職における「感情労働（エモーショナル・レイバー）」や感情の資本主義化の問題などについて、まさに美学イデオロギーの、政治の美学化——世の人びとの感情をコントロールしようとするという意味において——の誘惑という観点から考察することもできるのではないでしょうか。こうした「感情化」の波に抗するためにも、社会を構成する一員としてつねにすでにクリティカルであること、思考停止に陥らないことが大切です。さらにはその解決的手段のヒントを発見するためにも、文学研究や文学理論、そして感情や身体感覚に寄り添うことができる根本的な経験＝読書に根差した文学という「愉しい」メディアのもつ豊かな可能性——もちろん、それが美学イデオロギーの誘惑へと容易に転化しうる危険もつねに留意しつつ——は、今後ますます重要になってゆくといえるでしょう。広い意味でより〈ゆたか〉な社会生活を送るために今の私たちがすぐに実践できることは、身のまわりにあるテクストをよく読みよく感じ、自ら思考判断し、なおかつ自らの判断そのものも含めてよく批判（吟味・検討）することなのです。しばしば〈難解〉とされる文学テクストを読む体験は、そのような営みを訓練するよい機会でもあるのです。

Further Reading

Joughin, John J. and Simon Malpas. *The New Aestheticism*. Manchester: Manchester UP, 2003：1990年代の「反＝美学（美的なもの）」の動向を経た上で「新たな唯美主義」のあり方についてイギリス気鋭の文学・哲学（美学）研究者が考察する論集。

Eliott, Jane and Derek Attridge eds. *Theory after 'Theory'*. London: Routledge, 2011：「文学理論」が終わったとされる現在、いかに理論は可能かという問題を扱った書。「新たな唯美主義」についても3本の論考が収録されています。

木村朗子『震災後文学論──あたらしい日本文学のために』青土社，2013：2011年3月11日の大災害以後、文学に残された役割や可能性は何か──「震災」後の物語りと情動をめぐる問題を真摯かつ精緻に論じた名著。

Endnotes

▶1　『生の勝利』の邦訳は、『対訳シェリー詩集』から引用（pp.284-305）。

▶2　モイニハンとのインタヴューにおいてド・マンは「譬喩は最も不調和で相容れないものをまとめ上げてしまう点で本当に驚くべきものですが、譬喩が破綻を制御できなくなる特定の地点というものがあるのです」と語っています（de Man 2014, p.155 [322]）。

▶3　この詳細については、日本語による優れた解説があります（宮﨑，pp.256-58；吉国，pp.161-65）。

▶4　国家を代理＝表象（リプリゼント）する自然山河の美観というテーマは、フィヒテの『ドイツ国民に告ぐ』（*Reden an die Deutsche Nation* 1808）にも見られます（柄谷，p.38）。

▶5　たとえば、ハル・フォスター（Hal Foster）によるド・マンの非歴史性への言及があります（p.x）。

▶6　ジェローム・マギャン（Jerome J. McGann）などが批判したように、イギリスの湖水地方の美をうたい、慎ましく生きる貧しい者たちに共感の情を寄せるロマン派詩人ワーズワスは、その社会的な現状や歴史的事件を無視しており、さらにいえばワーズワスを非歴史的に読むロマン派研究者も、ただ美に耽溺しているにすぎないという意見もありました。

▶7　本章第2節で紹介したド・マンの議論に即して言えば、スカリーの議論は、言語の現象性（フェノメナリティ）にとらわれており、物質性（マテリアリティ）を意識していないとも言えるでしょう。ド・マンの美学イデオロギーと文学における伝統的な人文主義（リベラル・ヒューマニズム）の関係を問い直す試みとしては Clark を参照。

▶8　また、この論集とは別ですが、同じく新歴史主義の大家であるマージョリー・レヴィンソン（Marjorie Levinson）もまた、文学研究における「新たな形式主義」の傾向に注目しています。レヴィンソンもふれていますが、歴史主義的かつフォーマルなテクストへのアプローチは、もともとマルクス主義（あるいは新歴史主義）批評の伝統でもありました（Levinson, pp.567-68; Eagleton 1976, pp.10-17; Liu, pp.32-51）。ギャラハーらにみられる傾向は、ある意味で、マルクス主義の〈原点回帰〉ともいえるのかもしれません。

▶9　この新たな唯美主義的傾向については、ピーター・バリー（Peter Barry）も論じています（pp.299-307 [368-74]）。

▶10　アトリッジによる一回性の出来事といった意識は、ド・マンによる指示記号（シニフィアン）の「物質性に出会う出来事」（material events）をめぐる論集のテーマと共鳴しています（Cohen

2001)。また、この一回性の出来事という思考から、かつてレイモンド・ウィリアムズ（Raymond Williams, 1921-1988）の論じた「感情構造」（the structure of feeling）と個々の「感じ方」をめぐる議論を新たに読み直すことができるでしょう（pp.63-67）。
▶11 この詳細については、ド・マンの論じる政治の美学化と「政治判断の麻痺化」に関する宮﨑の解説を参照（pp.255-56）。

Bibliography

Armstrong, Isobel. *The Radical Aesthetic.* Oxford: Blackwell, 1999.
Attridge, Derek. *Moving Words: Forms of English Poetry.* Oxford: Oxford UP, 2013.
Barthes, Roland. *Le Plaisir du texte.* Paris: Seuil, 1973［ロラン・バルト『テクストの快楽』沢崎浩平訳，みすず書房，1985］.
Belsey, Catherine. *A Future for Criticism.* Oxford: Wiley, 2011.
Brooks, Cleanth. "A Note on the Limits of 'History' and the Limits of 'Criticism'." *Sewanee Review* 61.1 (1953): 129-35.
Clark, Miahael P. ed. *Revenge of the Aesthetic: The Place of Literature in Theory Today.* Berkeley: U of California P, 2000.
Cohen, Tom, et al. eds. *Material Events: Paul de Man and the Afterlife of Theory.* Minneapolis: Minnesota UP, 2001.
Culler, Jonathan. *The Literary and Literary Theory.* Stanford: Standord UP, 2007［ジョナサン・カラー『文学と文学理論』折島正司訳，岩波書店，2011］.
De Man, Paul. *Aesthetic Ideology.* Ed. Andrzej Warminski, Minneapolis: U of Minnesota P, 1996［ポール・ド・マン『美学イデオロギー』上野成利訳，平凡社，2013］.
―. "Interview with Robert Moynihan." *The Paul de Man Notebooks.* Ed. Martin McQuillan. Edinburgh: Edinburgh UP, 2014, pp.147-66［ロバート・モイニハン「ポール・ド・マンへのインタヴュー」木内久美子訳，『思想』2013年7月号，pp.309-44］.
―. *The Resistance to Theory.* Minneapolis: Minnesota UP, 1986［ポール・ド・マン『理論への抵抗』国文社，1992］.
―. *The Rhetoric of Romanticism.* New York: Columbia UP, 1984［ポール・ド・マン『ロマン主義のレトリック』山形和美，岩坪友子訳，法政大学出版局，1998］.
Derrida, Jacques. "Typewriter Ribbon: Limited Ink (2) ("Written Such Limits")." Trans. Peggy Kamuf. *Material Events: Paul de Man and the Afterlife of Theory.* Eds. Tom Cohen et al. Minneapolis: U of Minnesota P, 277-360［ジャック・デリダ「タイプライターのリボン――有限責任会社 II」『パピエ・マシン』上，中山元訳，ちくま書房，2005, pp.55-286］.
Eagleton, Terry. *Marxism and Literary Criticism.* London: Taylor, 2006.
―. *The Ideology of the Aesthetic.* Oxford: Blackwell, 1990.
Foster, Hall. Introduction. *The Anti-Aesthetic: Essays on Postmodern Culture.* Ed. Hall Foster. New York: New Press, 1998. ix-xvii.
Hallam, Arthur Henry. "On Some Characteristics of Modern Poetry: And On the Lyrical Poems Alfred Tennyson." *The Englishman's Magazine* 1 (1831): 616-28.
Johnson, Barbara. *The Feminist Difference: Literature, Psychoanalysis, Race, and Gender.* Cambridge, MA: Harvard UP, 1998.
Levine, George ed. *Aesthetic and Ideology.* New Brunswick: Rutgers UP, 1994.
Levinson, Marjorie. "What is New Formalism?". *PMLA* 122.2 (2007): 558-69.

Liu, Alan. *Wordsworth: The Sense of History*. Stanford: Stanford UP, 1989.
Poe, E. A. *Poe: Essays and Reviews*. New York: Library of America, 1984 [E・A・ポオ『ポオ評論集』八木敏雄訳，岩波書店，2009].
Redfield, Marc ed. *Legacies of Paul de Man*. New York: Fordham UP, 2007.
Ruskin, John. *Modern Painters. The Complete Works of John Ruskin* Vol.3. Eds. E.T. Cook and Alexander Wedderburn. 39vols. London: George Allen, 1903.
Scarry, Elaine. *On Beauty and Being Just*. Princeton: Princeton UP, 1999.
Shelley, Percy Bysshe. *Shelley's Poetry and Prose: Authoritative Texts Criticism*. Eds. Donald H. Reiman and Neil Fraistat. 2nd ed. New York: Norton, 2002 [*A Defence of Poetry* は以下から引用。P・B・シェリー『シェリー詩集』改版，上田和夫訳，新潮社，2007].
Spivak, Gayatri Chakravorty. *A Critique of Postcolonial Reason: Toward a History of the Vanishing Present*. Cambridge, MA: Harvard UP, 1999.
Terada Rei. *Feeling in Theory: Emotion after the 'Death of the Subject'*. Cambridge, MA.: Harvard UP, 2001.
"The Prose Works of William Wordsworth. Edited with Preface, Notes, and Illustrations. By the Rev. Alexander Grosart. In 3 vols. Lodon, 1876." *The Quarterly Review* 141 (1876): 104-36.
Warminski, Andrzej. *Ideology, Rhetoric, Aesthetics: For de Man*. Edinburgh: Edinburgh UP, 2013 [a].
——. Introduction. *Aesthetic Ideology*, de Man.
——. *Material Inscriptions: Rhetorical Reading in Practice and Theory*. Edinburgh: Edinburgh UP, 2013 [b].
Williams, Raymond. *The Long Revolution*. Peterborough, ON.: Broadview, 2001.
Wolfson, Susan and Marshall Brown, eds. *Reading for Form*. Seattle: U of Washington P, 2006.
柄谷行人『定本柄谷行人集4——ネーションと美学』岩波書店，2002.
シェリー，パーシー・ビッシュ『対訳シェリー詩集』アルヴィ宮本なほ子訳，岩波書店，2013.
宮﨑裕助「美的情動のアンビヴァレンス——カント，シラー，美学イデオロギー批判」『世界の感覚と生の気分』栗原隆編，ナカニシヤ出版，2012, pp.244-62.
吉国浩哉「生起，移行，翻訳——あるいはポール・ド・マンのイデオロギー批判」『表象』8（2014）: pp.158-72.

コラム 「物語る人(ホモ・ナランス)」としてのわれわれの文学と倫理

　2014年の今もあいかわらずさまざまな芸能記事が世間を賑わせていますが、近年とくに目立つのが、スポーツ選手や研究者、芸術家などの「感動の秘話」、いわゆる「美談」です。その一方で、音楽のゴーストライター騒動や、論文のねつ造・盗作発覚といった事件が起きたように、たゆまぬ努力の人と見られていた〈高潔〉の人の成功物語が、実はまったくの作り話(フィクション)であるということもしばしば起こっており、マスメディアによる激しいバッシングの格好の的になっています。その第一の理由は、おそらく、嘘をついて架空の物語を生み出し、世間を欺き不正をした——すなわち語るのではなく、騙(かた)った——ということが主な理由でしょう。この〈主人公〉は、世間を騙

したその不実な行為を糾弾されたわけです。

　しかし、ここでうがった見方をすれば、マスメディアやTVコメンテイターをはじめとする人びとは、美しい物語(ストーリー)を構築して世の人びとを騙した許されざる者たち——という新たな物語を創り出して楽しんでいるようにも見えます。さらに、〈ねつ造〉をめぐる出来事の場合は、これを行ったとされる個人の背後にうごめく黒幕を疑うような陰謀論にもつながってゆきます。基本的に、人びとは飽きるまでこうした〈美談〉を称賛しつつも、他方で〈不正〉や〈悪〉への批評=批判(クリティシズム)を通じて、さまざまな物語り(ナラティヴ)を楽しみ、消費しつづけるのです。

　人間は物語るという個人的な営為、すなわち物語り(ナラティヴ)を享受し、消費することを止めることができません。なぜ止めないのか——やはり物語を消費するのはそれが、〈快楽〉を伴う愉しいものであるからです。それは、老若男女変わることはありません。幼少の頃から絵本を読み聴かせや寝る前の「おはなし」が楽しみであった人も多いことでしょう。

　子ども向けの話には、勧善懲悪や因果応報という道徳的・倫理的な問題が見え隠れすることも多くみられます。しかし、冒頭で説明したうわさ話(ゴシップ)のように、たとえ、不道徳・不謹慎な〈噂〉という形式であっても——「人の口に戸は立てられない」ともいいます——人は物語りを楽しむのをやめません。ここでは、不道徳という、道徳の則を逸脱・侵犯することの快楽もあるのかもしれません。殺人事件などを扱う犯罪小説(クライム・フィクション)に悪漢小説(ピカレスク・ロマン)、ほかにも許されぬ愛の物語、あるいは仇討(あだう)ちや任侠、戦争などの時代小説を楽しむことも、この道徳の規則を超え出ることに関係しています。人間社会において自由な想像力の生み出す物語りを通じてこそ、人は倫理的な束縛から自由になることができるのです。

　想像しうるあらゆることを物語ることのできるはずのわれわれですが、同時に、人は生きているかぎりなんらかの物語りからは逃(のが)れられません。その意味で、われわれは「知恵のある人(ホモ・サピエンス)」(homo sapiens)であると同時に、「物語る人(ホモ・ナランス)」(homo narrans)でもあるといえます。それゆえに、多様な物語りのあり方を考え続けることは、人間そして社会のあり方や方向性を問い直すという意味でもあり、まさにこのとき、文学研究こそ大いなる一助となるのです。

（木谷　厳）

図書案内

■日本語による、または邦訳がある文献（2014年現在の絶版本は除く）。

夏目漱石『文学論』（上・下）岩波書店、2007.
 言わずと知れた明治の文豪による文学理論書。世紀転換期に留学し、英国文学をはじめとする人文諸学を存分に学んだ漱石が、文学とは何かについて論じた古典。19世紀後半の英国文学批評の息づかいを感じることができます。

前田愛『増補 文学テクスト入門』筑摩書房、1993.
 日本を代表するテクスト論の大家によるテクスト分析の入門書。日本および西洋の文学テクストを題材に、記号学的、物語論的なテクスト分析を実践してみせます。

イーグルトン、テリー『新版 文学とは何か――現代批評理論への招待』（上・下）大橋洋一訳、岩波書店、2014.
 英国を代表する文学理論家が、19世紀後半から20世紀までの文学理論、文化研究の歴史について軽妙洒脱な語り口で解説しています。初版は1983年のため、現在から見ると情報がやや古いものの、古典的名著。原著は2008年に25周年記念版が出版されました。

シム、スチュアート編『現代文学・文化理論事典』杉野健太郎、丸山修監訳、松柏社、1995年.

チルダース・ジョゼフ、ゲーリー・ヘンツィ編『コロンビア大学現代文学・文化批評用語辞典』松柏社、1995.
 両書ともに、20世紀の西洋における文学理論を簡潔に網羅しています。短すぎず、かつ長すぎず、過不足のない長さで理論の術語、また理論家についてある程度知ることができます。論文を書くときに相互参照すると有益でしょう。

川口喬一、岡本靖正編『最新文学批評用語辞典』研究社、1998.
 20世紀までの文学理論・文化研究の用語について、上記の文学批評用語辞典よりもさらにコンパクトにまとめられています。しかし、情報の豊かさという点では、単なる「用語集」の枠内にはおさまらないほど充実したものになっています。

富山太佳夫『文化と精読――新しい文学入門』名古屋大学出版会、2003.
 日本の英文学界を牽引してきた研究者による文学研究入門。本書前半はたんなる文学理論の紹介ではなく、その現代性について正面から論じています。日本の英米文学研究に対する危機感に満ちた結語は、今なお現在の若手・中堅研究者の胸に刺さります。

大橋洋一編『現代批評理論のすべて』新書館、2006.
 33もの多岐にわたるテーマについて、103人の批評理論家に焦点を当てつつ紹介しています。各分野に精通した数多くの執筆者が参加しているところも特徴であり、それだけに各テーマの専門性も高まっていると言えるでしょう。

カラー、ジョナサン『文学理論』富山太佳夫、荒木映子訳、岩波書店、2003.
 アメリカ有数の文学理論紹介者による入門書。身近な例を取り入れながら文学理論の諸問題を炙り出す手腕は見事です。原典は現在第2版（2011年）が発売中です。

カラー、ジョナサン『文学と文学理論』折島正司訳、岩波書店、2011.
 『文学理論』であつかった事柄をさらに詳細に論じたもの。現在の文学研究、文学理論のあり方について、「文学的なもの（ザ・リテラリー）」とはなにかという再定義を意識しつつ論じています。ポール・ド・マンの功績も公平に評価されています。

三浦玲一『文学研究のマニフェスト――ポスト理論・歴史主義の英米文学批評入門』研究社、2012.
 日本の英米文学研究の俊英たちが送る英米文学の批評入門書。解説本としてではなく、実践的なテクスト分析を通じて、今「文学研究とは何か」を問い直す試みです。いずれの章も明晰かつ独自性

があり、若い読者には大きな刺激となることでしょう。

バリー，ピーター『文学理論講義――新しいスタンダード』高橋和久監訳，ミネルヴァ書房，2014.
英国の批評理論研究者による文学理論入門。本書は原典第3版（2009年）を翻訳したもので、21世紀の文学理論の動向を知ることができる貴重な文献です。事実上、イーグルトンの『文学とは何か』の後を継ぐ存在といえます。

■英語文献（邦訳のないもの）

Preminger, Alex and T. V. F. Brogan eds. *The New Princeton Encyclopedia of Poetry and Poetics*. MJF, 1993.
基本的に詩の研究のための百科事典ですが、詩形や詩形式、レトリックの術語説明はもちろん、関連するさまざまな「イズム」や批評理論の解説も充実しています。多くの執筆者が参加しており、各項目の専門性も高い良書です。

Groden, Michael, Martin Kreiswirth and Imre Szeman eds. *The Johns Hopkins Guide to Literary Theory and Criticism*. 2nd ed. Johns Hopkins UP, 2005.
アメリカで最も有名な文学理論案内のひとつ。英米を中心とした文学理論および理論家について比較的長いページを割いて解説しているため、平均的な術語集よりも詳しく、また幅広いコンテクストとともに理論を学ぶことができます。

Patai, Daphne and Will H. Corral eds. *Theory's Empire: An Anthology of Dissent*. Columbia UP, 2005.
「理論の紹介」という旧来的な手法を逆手にとり、これまで文学の批評理論がどのような批判に晒されてきたかを紹介する論集。これまで論じられてきた理論批判の言説が収集されており、理論の何が問題となってきたのかを理解するために有益な書です。

Leitch Vincent B. general ed. *The Norton Anthology of Theory and Criticism*. 2nd ed. Norton, 2010.
古代ギリシアから現在に至るまでの文学・批評理論のアンソロジー（おもに抜粋が中心）。1000ページを超える大部ですが、これまでのヨーロッパ人の知の営みが時系列的に収められている様子はまさしく壮観といえます。

Buchanan, Ian. *A Dictionary of Critical Theory*. Oxford UP, 2010.
批評理論に関係するさまざまな術語や批評家、理論家を網羅した500ページを超える事典。文学、哲学のみならず、社会学や心理学の専門用語も充実しています。

Fry, Paul. *Theory of Literature*. Yale UP, 2012.
ロマン主義文学研究、批評理論で著名な研究者による総合的な解説書。イェール大学での批評理論の講義が元になっており、さまざまな理論について独創性あふれる見解を楽しめます。単独著者による文学・批評理論の紹介としては近年まれにみる良書です。

Abrams, M. H. and Geoffrey Galt Harpham. *A Glossary of Literary Terms*. 11th ed. Cengage Learning, 2014.
半世紀以上に渡り、アメリカにおけるロマン主義研究に多大な影響を与えてきた大御所の手による文学・批評理論の術語集。解説は簡潔かつ要を得ており、その洗練度は10回もの改訂を経てきたロングセラーならではのものと言えるでしょう。

事項索引

あ行

アイデンティティ　54
アイデンティティ・ポリティクス　8,189,190
曖昧さ（ambiguity）　113
アイロニー　110,113,117-9,126,181,184,185
「青髭」　25
「赤ずきん」　18,25,28
『アテネーウム』　124
『アフリカの緑の丘』　88
『アミーリア』　52
『ある婦人の肖像』　41
アレゴリー　110,119,181
「異化された西洋」　148
異性愛　60
異性愛規範（heteronormativity）　40
異性愛者（heterosexual）　82
一回性　193
意図の誤謬（intentional fallacy）　180
印象批評　113
インターネット　169
引喩（allusion）　122
隠喩（metaphor）　45,111,117,128,182
ヴォルテール　76
「浦島太郎」　155
『英雄と悪魔』　32
エクリチュール　159,161
SF　165
悦楽の園　121
エディプス・コンプレックス　20,62
エリゼの庭　120-2
LGBT　54
エンターテイメント小説　165
オイディプス（エディプス）　20
欧米中心主義　151
「狼の血族」　26
大きな物語　154,185
おとぎ話　18
『おひとりさまの老後』　65
オプラズ・ブック・クラブ　167
音声中心主義　116
『女が読むとき・女がかくとき』　63

か行

快楽原理（pleasure principle）　18
「学童たちのあいだで」　112
『風立ちぬ』　15
環境問題　189
間主観的（intersubjective）　123
感情　192
　——の資本主義化　195
感傷的誤謬（pathetic fallacy）　180
感情労働（emotional labour）　195
観念形態の学（ideology）　186
換喩　45
『危機と批評』（*Krisis und Kritik*）　6
『キャラクター精神分析』　173
旧約聖書　121
鏡像段階論　50,59
共通感覚（*Gemeinsinn*）　177
享楽（jouissance）　99,193
ギリシア神話　156
「ギリシア壺に寄せるオード」　179
クィア（批評／研究）　8,40,41,52
KKK（クー・クラックス・クラン）　92
『虞美人草』　69
グリム童話　27
『グリム童話の悪い少女と勇敢な少年』　29
クレオール　138,148
グローバル社会　153
ゲイ・スタディーズ　54,40
形式主義（formalism）　4,176,181,189
『形式のために読む』　191
形而上学　116
芸術のための芸術　178
ゲシュタルト　51
言語行為論（speech act theory）　128
『言語と行為』　128
現象性　183,186
『行為としての読書』　173
後期資本主義社会　166
公共のるつぼ（communal melting pot）　25
『公衆の誕生、文学の出現』　76
『高慢と偏見』　67,68,70,71

公民権運動期　89
功利主義的　180,181
故郷喪失者（exile）　144
『古事記』　156
『言葉と物』　159
コミュニケーション　170

　　さ　行
差延（différance）　116
作者　152,159
　　──の意図　113,157
　　──の死　152,154,158
「桜の園」　63
『サルガッソーの広い海』　35,139
『三四郎』　134
『ジェイン・エア』　20,35,137
ジェンダー　53
『ジキル博士とハイド氏の奇妙な物語』　20
自己同一性　51
指示記号　48,49,118,122,184
指示内容　48,118,122,184
児童文学　165
シニフィアン→指示記号
シニフィエ→指示内容
『詩の擁護』　179
資本主義的類型　171
自民族中心主義　151
社会的弱者　151
「ジャックとマメの木」　19
『斜陽』　63
『車輪の下』　174
自由意志　23
修辞疑問（rhetorical question）　113
修辞的読解（rhetorical reading）　110,181
『獣人』　21
趣味（taste）　177
　　──の審判者　192
受容理論　152,166
『ジュリあるいは新エロイーズ』　120
純文学　173
『小説から遠く離れて』　173
ショーヴィニスト　78
「植民地幻想」　148
植民地主義　137
「白雪姫」　18

人種　151
心的外傷（トラウマ）　15
「シンデレラ」　18,30
人文学（Humanities）　4,5
信頼できない語り手（unreliable narrator）　43
新歴史主義（new historicism）　188,191
崇高（the sublime）　186
「砂男」　21
性　34
　　──の革命（sexual revolution）　26
『精巧に作られた壺』　112
政治的公正（political correctness）　190
政治の美学化　187,189,195
精神分析理論　14
性的マイノリティ　151,189
性的欲動（sexual impulse）　14
正典（canon）　146,192
『青鞜』　69
精読（close reading）　4,112,176
『生の勝利』　182-6
『性の政治』　79
西洋中心主義　137
『世界名作大観』　71
セクシュアリティ　39,40,52
『狭き門』　174
全知の語り手（omniscient narrator）　42

　　た　行
対位法（的読解）　141
退行（regression）　33
大衆小説　165
『宝島』　174
他者（性）　99,100,160
多重人格　170
脱構築（的）→ディコンストラクション
脱中心化　149,151
男性中心主義　49
探偵小説　165
断片化　184
『血染めの部屋』　14,24,32
チックリット小説　75
知の枠組み・構造（episteme）　140,159
地方的（provincial）　136,143
超自我（super-ego）　19

事項索引　203

『挑発としての文学史』 162
ツイッター 152,168
帝国主義 137
ディコンストラクション（deconstruction）
　6,8,110,114,125,188
「ティンターン寺院」 119
『テクストの快楽』 193
転移（transference） 46-9
伝記的研究 113
転覆的（subversive） 190
『ドイツ国民に告ぐ』 196
同性愛（者） 8,82
『動物化するポストモダン』 173
『トゥルーマン・ショー』 173
読者（の誕生） 152,161
読書 162
『トム・ソーヤの冒険』 95
「虎の花嫁」 32
ドラマティック・アイロニー 72
トランスジェンダー（transgender） 54
奴隷解放宣言 91

な・は 行

ニュー・クリティシズム 110,112,180,181
『ニューヨーカー』 168
『ニューヨーク・タイムズ』 89
人間中心主義 151
認識論（epistemology） 128
『ねじの回転』 39,40,42,60
『ノーサンガー・アビー』 75
『伸子』 70
バイセクシャル（Bisexual） 54
白人至上主義（white supremacy） 92
『バックラッシュ』 66,67
『ハックルベリー・フィンの冒険』 87,88
パラドクス 113
パラバシス 110,124,125,129
『薔薇物語』 121
パレクバーゼ →パラバシス
『ハワーズ・エンド』 37
『判断力批判』 177,186
美学イデオロギー 110,115,125,126,176,186,
　189
美感的なもの（美的＝感性的なもの）(the
　esthetic) 115,130,176,176,177,189

『美感的なもののラディカル』 192
『引き裂かれた自己』 31
「美女と野獣」 25
『美と正しくあることについて』 191
『日の名残り』 143
『批評空間』 6
『秘密の花園』 174
譬喩（論的） 117,125,184,185
『評伝 野上彌生子』 68
プア・ホワイト 87,96
『ファンハウスで迷子になって』 163
フィクション 124,192,198
フェイスブック 152,170
『フェミニスト的差異』 189
フェミニズム 8,65
　——の理論 53
フェミニズム運動 30,78
物質性 160,185,186
『冬の夜ひとりの旅人が』 164
プラグマティズム 41,61
「ブラック・ボックス」 168
『フランケンシュタイン』 14,20
『ブリジット・ジョーンズの日記』
　64,65,67,76
ブルーストッキング 67,69
『フロイトのウィーン』 20
文化（culture） 151
文学史 185
文化研究（cultural studies） 4
『文化と社会を読む』 65
「文化の詩学」（poetics of culture） 188
文化唯物論（cultural materialism） 188
文明（civilization） 18
ヘイト・スピーチ 99
「ヘンゼルとグレーテル」 18
『方法序説』 21
『ポール・ド・マンの遺産』 194
ポストコロニアリズム（研究） 8,137,189
『ポストコロニアル理性批判』 189
ポストフェミニズム 65,79
ポストモダン（小説） 152,165
ポスト・レイシャル（脱人種） 87,89,91
ホモエロティック 39,54,58
ホモセクシュアル 54
ホワイト・トラッシュ 96

ホワイトネス・スタディーズ　87

　　　　ま　行
マジック・リアリズム　26
『魔女の語るグリム童話替え話』　30
『真知子』　64,67,68
『魔法の玩具店』　31,32
マルクス主義（批評）　4,9,196
『マルホランド・ドライブ』　39
『マンスフィールド・パーク』　141
『みだれ髪』　69
『密林の野獣』　55
無意識　15
『昔話の魔力』　18
無関心（disinterest）　177,178
夢遊病　24
メタフィクション　124,131
メディア的環境　167
『もう一つの声』　38
『盲点と洞察』　117
『燃えあがる緑の木』　111
モダニズム　180
物語（り）　7,110,128,129,171,176,199
『物語消費論』　169
『物語消費論改』　169,172
『物語批判序説』　173
模倣＝再現（mimesis）　179
「桃太郎」　155

　　　や・ら・わ行
野蛮・未開（primitivism）　18
唯美主義　178
唯物論　186,194
『ヨーロッパ諸学の危機』　5
『読むことのアレゴリー』　125,129,184,194
読むことの不可能性（unreadability）　114
ライフログ　170
鏡像段階　41
ラカン派精神分析　38
ラディカル（急進主義）　71
ラファエル前派　178
リアリティ番組　173
理性　23
リビドー（libido）　62
『ルネサンス』　178
『霊魂論』　21
歴史（性）　130,184
　　――の物質性　185,186,194
歴史的実証研究　112,181
レズビアン（Lesbian）　40,54
『レベッカのお買いもの日記』　77
ロゴス　63,116
『ロビンソン・クルーソー』　121
ロマン主義（的）　110,118,179
ロマンティック・アイロニー　118,124,125
ロマン派（詩人）　110,179
「ロングフェローのバラッド」　179

人名索引

　　　　あ　行
アーノルド（M. Arnold）　180
アームストロング（I. Armstrong）　192
芥川龍之介　172
浅田彰　6
東浩紀　173
アディーチェ（C. N. Adichie）　141
アトリッジ（D. Attridge）　192
アリストテレス（Aristotelēs）　21
イーガン（J. Egan）　168
イーグルトン（T. Eagleton）　4
イーザー（W. Iser）　162
イェイツ（W. B. Yeats）　110

イシグロ（K. Ishiguro）　143
伊藤野枝　69
ヴァレリー（P. Valery）　14,16
ウィリアムズ（R. Williams）　197
ウィルソン（E. Wilson, Jr.）　41
ウィンターソン（J. Winterson）　81
上野千鶴子　65
ウォーミンスキ（A. Warminski）　194
ヴォルテール（Voltaire）　76
ウォルフソン（S. Wolfson）　191
ウルストンクラフト（M. Wollstonecraft）　71
エリオット（T. S. Eliot）　88,180,188
エンプソン（W. Empson）　131

大江健三郎　111
オースティン，J.（J. Austen）　64,67,128
オースティン，J.L.（J.L. Austin）　128
大塚英志　169
オバマ（B. Obama）　39,87,88

か　行

カーター（A. Carter）　14,25
カフカ（F. Kafka）　174
カラー（J. Culler）　128,194
カラス（J. Calas）　85
カルヴィーノ（I. Calvino）　164
川崎寿彦　113
川端康成　111
カント（I. Kant）　36,177,186
キーツ（J. Keats）　179
キェルケゴール（S. A. Kierkegaard）　126
ギデンズ（A. Giddens）　67
ギャラハー（C. Gallagher）　191
キング・ジュニア（M. L. King, Jr.）　91
キンセラ（S. Kinsella）　77
グーテンベルク（J. Gutenberg）　156
グリーンブラット（S. Greenblatt）　190
ゲベルス（P. J. Goebbels）　187
ゴドウィン（W. Godwin）　23

さ　行

サール（J. Searle）　128
サイード（E. W. Said）　4,142,190
斉藤環　173
ジイド（A. Gide）　174
ジェイムズ，H.（H. James）　39,40,163
ジェイムズ，W.（W. James）　41
シェリー，M.（M. Shelly）　14,20
シェリー，P.（P. B. Shelley）　179
ジジェック（S. Žižek）　99
シャファーク（E. Shafak）　149
シャルコー（J.-M. Charcot）　16
シュレーゲル（F. Schlegel）　123-5
ジョイス（J. Joyce）　158,174
ショーウォルター（E. Showalter）　137
ジョンソン（B. Johnson）　63,189
シラー（F. von Schiller）　186
スウィンバーン（A. C. Swinburne）　178
スカリー（E. Scarry）　191

スターン（L. Sterne）　163
スタイン（G. Stein）　158
スタンダール（Stendhal）　157
スティーブンソン（R. L. Stevenson）　20
スピヴァック（G. C. Spivak）　140
関肇　69
セクストン（A. Sexton）　30
ゼジウィック（E. K. Sedgwick）　55
ソクラテス（Socrates）　131
ソシュール（F. de Saussure）　42
ゾラ（É. Zola）　21
ソンタグ（S. Sontag）　160

た　行

ダーウィン，C.（C. Darwin）　33
ダーウィン，E.（E. Darwin）　17
竹村和子　53,65
太宰治　63
ディケンズ（C. Dickens）　173
デカルト（R. Descartes）　17,21
デフォー（D. Defoe）　121
デリダ（J. Derrida）　115,188
ド・マン（P. de Man）　5,110,113,181
トウェイン（M. Twain）　87,88
ドストエフスキー（F. Dostoevsky）　174

な・は　行

中山和子　85
夏目漱石　68,134
ニグラ（D. Negra）　79
野家啓一　9
野上彌生子　64,67,68
バース（J. Barth）　163
ハートマン（G. H. Hartman）　133
バーバ（H. K. Bhabha）　143
ハイデガー（M. Heidegger）　132
バウムガルテン（A. G. Baumgarten）　177
蓮實重彦　173
バリー（P. Barry）　196
バルザック（H. de Balzac）　173
バルト（E. Barthes）　154,193
バレット（M. Barrett）　79
ヒューム（T. E. Hulme）　180
平塚らいてう　69
平野啓一郎　170

ファース（C. Firth）85
フィールディング，ヘレン（Helen Fielding）64,76
フィールディング，ヘンリー（Henry Fielding）52
フィッシュキン（S. F. Fishkin）93
フィヒテ（J. G. Fichte）127
フーコー（M. Foucault）25,30,159,171
ブース（W. C. Booth）126
ブールハフェ（H. Baerhaave）17
フェルマン（S. Felman）41,63
フォークナー（W. Faulkner）167,174
フォースター（E. M. Forster）37
フクヤマ（F. Fukuyama）154
フッサール（E. Husserl）5
ブルーム（H. Bloom）133,192
ブルックス，C.（C. Brooks）111,181
ブルックス，P.（P. Brooks）23
ブロイアー（J. Breuer）62
フロイト（S. Freud）14,40,43,62
ブロンテ，C.（C. Brontë）20,137
ヘーゲル（G. W. F. Hegel）126
ペーター（W. Peter）178
ベック（U. Beck）67
ヘッセ（H. Hesse）174
ベッテルハイム（B. Bettelheim）14,18
ヘミングウェイ（E. M. Hemingway）88
ベルシー（C. Belsey）192
ベンヤミン（W. Benjamin）6
ポウ（E. A. Poe）178
ボードレール（C. Baidelaire）123
ボティックハイマー（R. B. Bottigheimer）29
ホフマン（E. T. A. Hoffman）21
ポリドーリ（J. W. Polidori）23
ポルウェル（R. Polwhele）72

ま 行

マークス，L（L. Marx）88
マイヤーズ（T. Myers）99
マギャン（J. J. McGann）196
マックロビー（A. McRobbie）67
マニング（B. Manning）62
マラルメ（S. Mallarmé）5
マルクス（K. Marx）131
水林章 76
水村美苗 127
宮崎駿 15
宮本百合子 70
ミラー（J. H. Miller）4,133
ミレット（K. Millet）79
村上春樹 149,173
村山敏勝 54
モイニハン（R. Moynihan）131,196
モリソン（T. Morrison）93

や・ら・わ行

ヤウス（H. R. Jauss）162
ヤング（R. J. C. Young）142
ラカン（J. Lacan）40
ラスキン（J. Ruskin）180
リーヴィス（F. R. Leavis）180
リース（J. Rhys）35,139
リオタール（J.-F. Lyptard）153
リンカーン（A. Lincoln）91
リンチ（D. K. Lynch）39
ルソー（J.-J. Rousseau）120,132
レイン（R. D. Laing）25
レヴィーン（G. Levine）190
レヴィンソン（M. Levinson）196
レッドフィールド（M. Redfield）194
ロセッティ（D. G. Rossetti）178
ワーズワス（W. Wordsworth）118,196
ワイルド（O. Wilde）189

執筆者紹介 （執筆順）

木谷　厳（きたに　いつき）【編者／イントロダクション，5章，8章】
2011年、ダラム大学大学院博士課程修了（博士）
現在、帝京大学教育学部教育文化学科准教授

小川　公代（おがわ　きみよ）【1章，3章】
2005年、グラスゴー大学大学院博士課程修了（博士）
現在、上智大学外国語学部英語学科准教授

生駒　久美（いこま　くみ）【2章，4章】
2012年、オクラホマ大学大学院博士号候補生
現在、大東文化大学文学部英米文学科講師

霜鳥　慶邦（しもとり　よしくに）【6章】
2004年、大阪外国語大学大学院博士後期課程修了（博士）
現在、大阪大学大学院言語文化研究科准教授

髙村　峰生（たかむら　みねお）【7章】
2011年、イリノイ大学大学院博士課程修了（博士）
現在、神戸女学院大学文学部英文学科准教授

文学理論をひらく

2014年10月6日　初版第1刷発行
2016年5月2日　初版第2刷発行

編著者　木谷　厳
発行者　木村　哲也

定価はカバーに表示　　印刷　中央印刷／製本　川島製本

発行所　株式会社　北樹出版
〒153-0061　東京都目黒区中目黒 1-2-6
URL : http://www.hokuju.jp
電話(03)3715-1525(代表)　FAX(03)5720-1488

ⓒ 2014, Printed in Japan　　ISBN978-4-7793-0430-9
（落丁・乱丁の場合はお取り替え致します）